Carlo Lucarelli
Die schwarze Insel

Carlo Lucarelli

Die schwarze Insel

Roman

Aus dem Italienischen von Monika Lustig

Piper
München Zürich

Die Originalausgabe erschien 1999 unter dem Titel
»L'isola dell'angelo caduto« bei Giulio Einaudi Editore, Turin

ISBN 3-492-04505-7

Gesetzt aus der Stempel Garamond
Satz: Filmsatz Schröter GmbH, München
Druck und Bindung: Pustet, Regensburg
Printed in Germany

www.piper.de

Inselhin, neben den Toten,
dem Einbaum waldher vermählt,
von Himmeln umgeiert die Arme,
die Seelen saturnisch beringt:

so rudern die Fremden und Freien,
die Meister vom Eis und vom Stein:
umläutet von sinkenden Bojen,
umbellt von der haiblauen See.

PAUL CELAN, »Inselhin«

Seit damals, auch viele Jahre nach den Ereignissen, die weit zurücklagen und doch keineswegs abgeschlossen waren, kam ihm jedesmal, wenn er das Meer und die Schaumkronen beobachtete und die Wassertropfen an die Fensterscheibe klatschen hörte, unweigerlich, wo er auch war, die Nacht in den Sinn, in der er seinen Fuß auf die Insel gesetzt hatte.

Stockfinster war jene Nacht, Himmel und Meer schienen eins zu sein, glänzend schwarz flossen sie ineinander, man konnte glauben, im Nichts zu schweben. Schloß er die Lider und drückte heftig die Hand dagegen, war der Raum hinter den Augen – der blinde Raum, in dem die Gedanken Gestalt annehmen – schwarz wie jenes Meer und jener Himmel, einfach grenzenlos und tiefschwarz. Auch das Salz damals auf seinen Lippen, der leichte Geschmack von Benzin und Motoren und das schwache Seufzen des Holzboots, das übers Meer glitt, schienen aus dem Nichts zu kommen und verschwanden sogleich in der matten Stille, im dumpfen Geruch jener Nacht. Überwältigt von Übelkeit und Angst hockte er im Heck des Boots und spürte, wie Hana, als fürchtete sie, ins Wasser zu fallen, an ihn gedrängt seinen Arm drückte und von einem unnatürlichen Zittern geschüttelt wurde.

In jener Nacht verbarg sich der Vollmond hinter schwarzblauen Wolken, die den Himmel anschwellen ließen und den Mond wie mit einer bleiernen Faust umklammerten. Nur hin und wieder entkam ein Strahl und glitt hastig und fahl über den Kamm einer Welle. In der

Nähe der Insel bildete der Nebel einen feuchten schwarzen Schleier. Er warf Streifen in die Dunkelheit, die immer undurchdringlicher wurde und dort, wo die Mole begann, wenn möglich noch eine Nuance tiefer war.

Kaum hatte er einen Fuß auf den Kai gesetzt, löste sich ein Brigadiere aus dem Nichts und eilte ihm mit der Öllampe entgegen. *»Benvenuto, Commissario, benvenuto«*, wiederholte er mehrmals zur Begrüßung und streckte den Arm aus, um ihm den Koffer abzunehmen. »Willkommen auf der Insel, einen guten Aufenthalt wünsche ich Eurer Exzellenz und der Signora.«

In diesem Augenblick faßte der Kommissar Hana um die Schultern und flüsterte ihr ins Ohr: »Du wirst sehen, glaub mir, Hana, es ist nicht für lange! Du wirst es sehen, glaub mir«, immer heftiger stieß er die Worte aus, immer fordernder war sein Ton, bis ein gequältes Lächeln über ihre Lippen huschte, das rasch verschwand wie ein Mondreflex.

Der erste Tag

1

Der Wind trug etwas heran. Drehte er das Gesicht über die eine Schulter, glitt die Morgenluft leise über seine Stirn, schwach erwärmt von der flüssig gelben Sonne – ein Gelb wie das eines nicht mehr frischen Eidotters. Doch sah er über die andere Schulter, erfüllte der Wind seinen Kopf, pfiff gegen sein Trommelfell und entließ diese Stimme, diesen schrillen Mißlaut, der in das rauhe Gezischel der Luftströme eintauchte und plötzlich auffuhr mit einem Schnalzer, ächzend und schluchzend zugleich. Er dachte nicht: *Was für ein Lied ist das*, denn er kannte es nur zu gut; es war das Lied, das hinter dem geschlossenen Fenster seines Hauses ertönte, ein dümmliches Lied mit dem Refrain *Ludovico, süß wie eine Feige bist du*, wieder und wieder, ohne Ende. Er drehte den Kopf zur anderen Seite, um es nicht mehr hören zu müssen. In dieser Stellung hätte er den ganzen Vormittag ausgeharrt, wäre nicht der dunkle Schatten gewesen, der lautlos und geschwind über die Zeitung auf seinen Knien hinwegglitt.

Es war das schräg hingeworfene Profil eines Mannes, das die Überschrift auf der Seitenmitte ERKLÄRUNGEN DES ABGEORDNETEN MUSSOLINI VOR DER KAMMER und auch die nächsten drei kleineren Zeilen in fetter Kursivschrift mit abgerundeten Kanten, die wie eingraviert wirkten, zweiteilte: *Schließung der Versammlung ohne Debatte oder Abstimmung: Die Versammlung wird erneut im Haus einberufen. Innerhalb von 48 Stunden ist mit einer Klärung zu rechnen.*

Der Kommissar sah auf und drehte angestrengt das Kinn so weit über die Schulter, daß der Wind ihm *Ludovico* ins andere Ohr pfiff. Von der Sonne geblendet, schloß er halb die Augen und erkannte gegenüber an der Gartenhecke unscharf, an den Rändern verwischt wie eine Photographie, die im Gegenlicht aufgenommen wurde, die Gestalt des Mannes, der sich auf die Zehenspitzen gestellt hatte, um über seine Schultern hinweg in der Zeitung mitzulesen, und sich jetzt wieder auf die Fersen hinabließ.

»Unglaublich«, murmelte die Gestalt.

Der Kommissar rückte die Beine auf dem Korbstuhl zurecht, denn in der verdrehten Haltung schmerzte ihn der Hals, und beugte sich auch nach vorn, um sich gegen das blendende Licht zu schützen. Sogleich verstummte *Ludovico*.

»Unglaublich«, wiederholte die Gestalt, die aus diesem Blickwinkel Formen, Umrisse und klar unterscheidbare Merkmale hatte: ein zugeknöpftes Jackett über einer Weste mit gelben Arabesken, ein locker um den Hals gelegter Wollschal, der knapp die Krawatte zwischen den Spitzen des hochgestellten Jackenkragens bedeckte. Sie war im republikanischen Stil mit breitem Knoten gebunden. Gewöhnlich lächelte Valenza, die Lippen zu einem ironischen Grinsen breitgezogen. Doch diesmal machte er auf den Kommissar einen ernsthaften Eindruck.

»Was ist denn so unglaublich?« fragte der Kommissar.

»Daß wir bereits den vierten Januar neunzehnhundertfünfundzwanzig haben. Für mich bedeutet das fast zwei Jahre Zwangsaufenthalt auf dieser Insel. Und das bedeutet es mehr oder weniger auch für Euch, Exzellenz.«

Der Kommissar dachte an *du wirst sehen, Hana, du wirst sehen*, dann schüttelte er heftig den Kopf, um diesen Gedanken zu verscheuchen, und entgegnete: »Ich bin schließlich nicht in der Verbannung hier!«

Valenza tippte sich dumpf gegen die Stirn: »Teufel, ich weiß ... Das meinte ich nicht ... Es war nur, um festzustellen, wie schnell die Zeit vergeht.«

»Ich dachte, Ihr spieltet auf die Rede von Mussolini an.«

»Um Gottes willen, ich bitte Euch, Exzellenz ... Ich weiß sehr gut, daß den Verbannten das Lesen von Zeitungen untersagt ist. Ich habe nur aufs Datum gesehen ... und auf alle Fälle würde ich mir nie erlauben, die Reden des Cavaliere Benito Mussolini als unglaublich zu bezeichnen. Nicht einmal, wenn er sich selbst bezichtigte, die Ermordung eines Abgeordneten der Oppositionspartei angeordnet zu haben.«

Der Kommissar legte die abgewinkelte Hand gegen die Stirn wie einen hochgeklappten Mützenschirm und konnte nun Valenzas Gesicht erkennen, bleich und schmal in der hellen Wintersonne. Jetzt lächelte er wirklich.

»Das ist ein politischer Kommentar«, sagte der Kommissar, aber auch er lächelte.

»So etwas würde ich nie wagen. Den Verbannten ist es untersagt, sich mit Politik zu beschäftigen, und so tue ich es nicht. Auch Ihr, Exzellenz, tut das nicht ... Zumindest scheint es so. Das Presseorgan der faschistischen Partei liegt noch ungelesen auf dem Tisch, Ihr habt die Zeitung noch nicht einmal aufgeschlagen.«

Der Kommissar blickte widerwillig auf den kleinen

Marmortisch neben sich. »Corriere della sera«, »Tribuna«, »Messaggero«, »Resto del Carlino« ... von all den Zeitungen, die der Brigadiere ihm jeden Morgen brachte, war »Popolo d'Italia« die einzige, die noch zusammengefaltet und mit unversehrter Manschette am Rand des Tisches lag.

»Die lese ich später. Doch wie auch immer, Ihr seid im Irrtum.«

»Was Mussolini betrifft?«

»Nein, das Datum. Heute ist der fünfte, nicht der vierte Januar. Die Zeitungen treffen immer mit einem Tag Verspätung auf der Insel ein.«

Valenza zuckte die Schultern und meinte mit bitterer Miene: »Es stimmt, auf diesem verlassenen Eiland herrscht eine ganz eigene Zeit, sie ist anders als die auf der übrigen Welt. Nicht einmal die Tage hier sind so wie die für den Rest der Menschheit.« Er spannte die Lippen über den Zähnen, und sein Gesicht ähnelte einer lachenden Maske. »Warum sollten sie auch. Die einzigen Kontakte, die wir zum Festland haben, sind der Telegraph auf dem Molo Vecchio und ein Militärdampfboot, das nicht einmal anlegt, es verlangsamt seine Fahrt nur und läßt die Post mit einem kleinen Zubringerboot ans Ufer schaffen. Dies hier ist eine Welt, die allem fern ist, Exzellenz, eine Welt der Verbannung. Das gilt auch für die Zeit. Oh, hört Ihr das ... Was ist das? Es kommt aus Eurem Haus.«

Valenza summte mit geschlossenen Augen *Ludovico, süß wie eine Feige bist du* und ließ den Kopf pendeln, als hätte er ihn dem Wind überlassen. Der Kommissar drehte das Gesicht in Richtung seines Hauses, zu den angelehnten Holzläden des geschlossenen Fensters in der weißen Wand. *Basta*, dachte er, *es reicht*.

»Ich höre immer dasselbe Stück«, sagte Valenza, »jedesmal, wenn ich hier vorbeikomme. Tag für Tag, egal, zu welcher Stunde. Wie geht es Eurer Gattin?«

Basta, dachte der Kommissar, *es reicht*.

»Es geht ihr gut, danke.«

»Ich sehe sie nie im Garten oder mit den anderen Damen einen Spaziergang durchs Dorf machen ... Wie kommt das?«

Basta.

»Sie verträgt das Sonnenlicht nicht.«

»Wie schade. Auch im Winter nicht? Die Wintersonne ist zwar hell, aber sie hat keine Kraft, und wenn Eure Gattin sich eine Brille mit getönten Gläsern aufsetzen würde, vielleicht ...«

Der Kommissar erhob sich mit einem Ruck und warf die Zeitung auf den Tisch. Er war verstört, nicht wütend, und er wollte auch nicht grob sein, doch Valenza hielt unvermittelt mit einem erschreckten Laut inne, der ihm peinlich war.

»Genug jetzt, es ist schon spät«, und um Haltung bemüht, knöpfte der Kommissar den dunklen Doppelreiher der Beamtenuniform auf und zog die Taschenuhr aus der Weste. Aber er kam nicht dazu, einen Blick darauf zu werfen. Ein erregtes Geräusch, begleitet vom Knirschen des Schotters, lenkte seinen Blick zum Ende des Sträßchens auf der Rückseite des Gartens. Im Eilschritt kam von dort der Brigadiere, vorgebeugt und mit einer Hand die Dienstmütze auf dem Kopf festhaltend.

»Was gibt es?« mußte der Kommissar zweimal fragen, denn der Brigadiere war so außer Atem, daß er kein Wort herausbrachte.

»Ein Unglück«, stieß er schließlich prustend hervor und zerrte am Uniformkragen unter dem Schulterriemen, der ihm den Hals zuschnürte. »Ein Unglück, Exzellenz. Ein Toter. In der Schlucht unten, auf dem Felsen ... so«, und dabei breitete er die Arme aus wie ein Gekreuzigter, schloß die Augen und schob das Gesicht vor.

»He, he, he«, der Kommissar rüttelte den Brigadiere an der Schulter, damit er die Augen wieder öffnete, »laß gut sein, ich sehe mir den Toten schon selber an. Wer ist es? Ein Schäfer?« Dann fiel ihm Valenza wieder ein. Doch als er sich umdrehte, um ihm zu sagen, er solle das Weite suchen, sich auf den Heimweg machen und ja vor niemandem, weder einem Freien noch einem Verbannten oder einem Faschisten, ein Wort darüber verlieren, war er bereits spurlos verschwunden. Der Brigadiere bedeutete währenddessen mit dem Kopf *Nein*, und dann noch einmal heftiger: *Nein, Nein.*

»Es ist eine Katastrophe, Exzellenz. Der Tote, das ist kein Schäfer, sondern ein Faschist. Ein Schwarzhemd.«

2

Der Sektionssekretär der Faschistischen Partei klagte: »Im Dorf ist längst Frühling, am Strand ist es schon wie im Sommer, und hier oben herrscht noch immer tiefster Winter. Ich werde mich nie an das Klima auf dieser Insel gewöhnen, obwohl ich hier geboren bin.«

Das Kinn in den aufgestellten Kragen der Kordjacke vergraben, die Arme eng über der Brust verschränkt, stand er am Rand des Abhangs und sah den Kommissar voller Mitgefühl an, denn auch er war wie eine Ziege, ein Bein vors andere setzend, den Saumpfad hinaufgeeilt und fror jetzt schweißgebadet und von der Anstrengung erhitzt.

Der Federale war eigentlich gar keiner, nicht einmal ein Sektionssekretär war er, nur ein Untersekretär, denn die Parteisektion auf der Insel war so klein, daß man es in Rom nach dem Tod des alten Federale einfach versäumt hatte, ihn, den Stellvertreter, die Nachfolge antreten zu lassen. Aber nicht einmal wie ein Untersekretär sah er aus – kleinwüchsig, mit schütterem Haar, das er in langen Strähnen an den Schädel geklebt trug, mit der Jägerjacke, die ihm lose über die rundlichen Schultern fiel, der Pumphose, die knapp unterm Knie geschnürt war. Und doch nannten alle ihn *Federale*.

Der Kommissar kniff die Augen zusammen, denn am

Rand des Abhangs schnitt ihm ein eisiger Wind ins Gesicht. Mazzarino, der das schwarze Hemd mit dem gestickten Band des Manipelanführers auf den Manschetten am Hals offen trug, stand als einziger von allen erhobenen Hauptes da und schien keine Kälte zu spüren. Er war ein stämmiger, stark behaarter dunkler Kerl, und seine tief auf die Lippen gedrückte Nase mit den breiten Nasenlöchern glich der eines Wildschweins.

»Wartet hier, Exzellenz«, sagte er zum Kommissar, der sich anschickte, einen Blick über den Rand der Schlucht zu werfen, »wir ziehen ihn jetzt hoch«, und er schloß mit »Exzellenz«, jedoch stärker betont und mit geschlossenem E in der abgehackten Aussprache der Bergbewohner.

Etwas verdeckt von den gelblichen Grasbüscheln am Rand der Schlucht lag unter ihnen der halbmondförmige Strand wie ein kleiner weißer Fingernagel, den das Meer aus dem Bergfels gehöhlt hatte und den die Flut des Nachts mit schwarzem Wasser überspülte. Kurz nach seiner Ankunft auf der Insel war der Kommissar schon einmal Gefahr gelaufen, in die Tiefe zu stürzen. Ein heftiger Schwindelanfall drohte ihn ins Leere zu reißen, während er mit ausgebreiteten Armen wie ein Vogel, der nicht fliegen konnte, schwankte, bis Hana ihn gerade noch am Jackenzipfel erwischte. Deshalb blieb er jetzt an der Seite des Federale zurück, der wie ein Maultier aufstampfte, die Sohlen sorgsam anhebend, um nicht auf eines der steinharten Kotbällchen der Wildziegen zu treten.

Zwei Milizsoldaten im Schwarzhemd, der eine beinahe zwergwüchsig, der andere wiederum so groß, daß er wie ein Buckliger wirkte, hatten einen Holzpfahl in eine Felsspalte getrieben und zogen jetzt an einem Seil, das bei jedem Ruck langsam und nur widerwillig durchs

Gras nach oben rutschte, denn sie zogen nicht in gleichmäßigen Abständen.

»Wollt Ihr wissen, wie es passiert ist, Exzellenz?« brüllte Mazzarino und schirmte seine Stimme mit der flachen Hand neben dem Mund gegen den Wind ab. »Der da ist ausgerutscht und abgestürzt. Es war dunkel, und er wird die abschüssige Stelle übersehen haben.«

»Er patrouillierte oft bei Nacht«, fügte der Federale rasch hinzu, hielt aber, nach einem Blick zu Mazzarino, schlagartig inne und wurde rot bis zum Haaransatz. Mit gesenktem Blick meinte er nur noch: »Aber natürlich weiß der Manipelanführer über solche Angelegenheiten besser Bescheid als ich.«

»Es stimmt. Ab und an geht einer meiner Männer in dieser Gegend auf Patrouille. Einfach so, ohne genau eingeteilte Wachschichten ... Nur damit die Verbannten die allgegenwärtige Überwachung von seiten der faschistischen Justiz zu spüren kriegen. F.S.P. – Freiwillige, spontane Patrouille nenne ich das.«

»Und diese F.S.P., die macht immer ein Mann allein?« brummelte der Kommissar vor sich hin und glaubte, Mazzarino hätte ihn nicht gehört, denn er hatte gegen den Wind gesprochen. Aber er sah, wie der andere die Schultern hochzog.

»Allein, ja. Es ist kein echter Wachgang, eher ein Demonstrationsakt.«

Das Seil blockierte, und während der kleine Milizsoldat sich an einem Felsblock abstützte, um es festzuhalten, trat der andere an den Rand und griff nach einem Arm, der weiß und nackt in die Höhe ragte. Mazzarino machte ruckartig einen Schritt zur Seite, schob den Soldaten vom Seil weg und bedeutete ihm, dem anderen zu helfen: Dann legte er sich selbst das gespannte Hanfseil um die Schultern, stand starr und unverrückbar da wie eine Statue, mit hart hervortretenden Halssehnen und angeschwollenen Unterarmen unter den hochgekrempelten Hemdsärmeln. Als der Körper über den Rand rutschte, auf dem Gras entlangglitt und auf den Rücken gedreht wurde, ballte der Federale die Fäuste und führte sie mit einem erstickten Schreckenslaut zum Mund.

Der Mann war wohl nach vorn gefallen, und sein Kopf war mit voller Wucht auf die Klippen geschlagen, denn von seinem Gesicht war nur noch ein feuchtes Gewirr aus Algen, glänzenden Muschelschalen, Blut und Knochensplittern übrig.

»Das ist Miranda«, stellte Mazzarino fest und ließ das Seil los. Dem Kommissar fiel auf, daß er den toten Milizsoldaten dabei kaum angesehen hatte und nicht überrascht schien. Nur seine rauhe Stimme verriet ein leises, ganz flüchtiges Zittern. Umgehend nahm der Manipelanführer eine kerzengerade Haltung an, schlug die Hacken zusammen, und ein fürchterliches Brüllen kam aus seinem Mund: »Kamerad Miranda: zur Stelle!«

Er streckte den Arm zum römischen Gruß nach vorn, was auch die anderen taten, die zusammen mit ihm aus voller Kehle »zur Stelle!« gebrüllt hatten – die zwei Milizsoldaten mit modellierter Bruststimme, der Sektionssekretär mit höherem Kopfton.

Der Kommissar stand reglos da und schwieg. »Verzeiht«, sagte er schließlich und hob den Arm mit Verspätung und leicht zur Seite geneigt. »Ich war in Gedanken woanders. Ich dachte …«

»Es gibt Augenblicke, da ist Denken überflüssig«, fuhr Mazzarino ihm über den Mund.

»Ich dachte«, machte der Kommissar weiter, den Blick starr über die Schlucht auf die Linie des Horizonts gerichtet, die von der Insel aus nie blau, sondern immer bleigrau wirkte, »ich dachte, es ist schon merkwürdig.« Er wollte vermeiden, die Leiche anzusehen, und als sein Blick über den Rand des Abhangs glitt und er sich den fallenden Leib vorstellte, war ihm ein Zweifel gekommen. »Wenn er abgestürzt ist, weil es dunkel war und er die Stelle nicht gesehen hat, warum hat die Strömung ihn dann nicht weggeschwemmt? Nachts kommt die Flut, und die Felsen sind vollkommen vom Wasser bedeckt.«

»Er wird bei Tag abgestürzt sein«, erwiderte der Federale verhalten und warf einen ängstlichen Blick auf Mazzarino. »Oder nicht?«

»Tagsüber ist es hell«, sagte der Kommissar, »und die Schlucht ist deutlich zu erkennen so wie jetzt.«

»Vielleicht hat er nicht aufgepaßt«, beharrte der Federale und warf erneut einen flüchtigen Blick auf den Anführer. »Oder nicht?«

»Seine Exzellenz hat recht«, meinte Mazzarino knapp. »Ich stimme zu, die Sache ist merkwürdig. Die Milizverwaltung wird umgehend eine gründliche Untersuchung einleiten, die mit unfehlbarem faschistischem Eifer durchgeführt wird. Vergossenes Blut schreit nach Gerechtigkeit! Kamerad Miranda: zur Stelle!«

»Zur Stelle!« schrien alle zusammen, nur der Kommissar nicht, der erneut den Arm zu spät zum Gruß hob und ihn auf halber Höhe leicht zur Seite bog.

3

Es stand nicht in seinen Sternen, daß er Polizist werden sollte.

Sein Vater hatte ihn gedrängt, sich an der Juristischen Fakultät einzuschreiben, weil er sich einen leitenden Staatsbeamten als Sohn wünschte, so wie er selbst einer war, aber keinen Sbirren. Und wenn er ihm das mit erhobenem Zeigefinger nahelegte und eine der weißen Augenbrauen auf der knochigen Stirn hochzog und die Lippen unter dem Schnauzer im Stil von Giolitti dehnte, klang das L in »leitender« gewichtig wie das gesamte Staatsgebilde.

Als er in den frühen Morgenstunden des 29. Dezember 1885 das Licht der Welt erblickte, war sein Vater Präfekt von Turin unter der Regierung Francesco Crispi; genau wie seinerzeit sein Urgroßvater, der dieses Amt unter dem österreichischen Kaiser in Triest innegehabt hatte, und wie sein Großvater, der erst unter Franz Joseph, dann unter Cavour Präfekt gewesen war, denn, wie sagte er doch immer so schön: »Der Staat ist immer der Staat, gleich welche Sprache er spricht.«

Alle drei, Urgroßvater, Großvater und Vater, blickten gestreng und wachsam von der Wand des Empfangssalons im alten Stil. Ihre Porträts waren gleich groß, gleich breit, und auch die schmalen Rahmen, schwarz wie die Büromöbel, waren identisch. Als kleiner Junge mit Locken, die sich über dem Matrosenkragen kringelten, hielt er manchmal vor der spaltbreit geöffneten Tür inne und betrachtete die drei heimlich. Zwischen dem letzten Bild und der Zimmerecke war noch eine Stelle an der Wand frei. Seine Mutter hatte ihm gesagt, daß auf dieser blendendweiß getünchten Stelle eines Tages sein Porträt hängen werde; wenn er dann allein an diesem Zimmer mit den mächtigen stummen Möbeln und den gehäkelten Spitzendeckchen, die nicht angerührt werden durften, vorbeiging, hielt er am Türrahmen inne und warf einen vorsichtigen Blick hinein. Darauf erschrak er und rannte bis ans Ende des Korridors, voller Entsetzen bei der Vorstellung, daß die Herren auf den Bildern aus der Wand treten könnten, um ihn zu packen und in der grellen weißen Fläche verschwinden zu lassen.

Als er mit drei Jahren Verzögerung wegen des Kriegs, im März 1922 seinen Universitätsabschluß ablegte, wußte er bereits, welches Schicksal ihm bestimmt war, wie sein Leben und seine Laufbahn aussehen würden. Doch der Gedanke an jene leere Stelle an der Wand raubte ihm den Schlaf, und Angst und Beklemmung würgten ihn. Als er sich endlich dazu durchrang, mit seinem Vater zu reden, ihm zu sagen, daß er vielleicht nicht das war, was ... daß es vielleicht besser sei, wenn ... daß es möglicherweise nicht angesagt sei, daß ... Als er sich endlich seinem Vater anvertrauen wollte, empfing dieser ihn just in dem alten Salon, unter den Porträts der Präfekte. Auf dem großen Tisch lag der Antrag auf Zulassung zum öffentlichen Wettbewerb für das Amt des Polizeikommissars, obenauf der Füllfederhalter zum Unterschreiben. Die Quästur, erklärte der Vater mit erhobenem Zeigefinger, den Schnauzer und eine Augenbraue hochgezogen, sei nur der schnellere Weg zur Präfektur. Es fehlte also nur noch ein einziger Schritt bis hin zum Bild. Den Rahmen hatte der Vater bereits bestellt.

Sein Vater starb in jenem Jahr gegen Ende des Sommers. Er verschied in den Morgenstunden, während die Wachsoldaten die Ergebnisse des Wettbewerbs in den Glaskästen der Präfektur aushängten. Er war Rangerster auf der Liste, doch das wußte er in dem Augenblick noch nicht. Die letzten Worte des Vaters kamen keuchend unter dem Schnauzbart hervor, der vom säuerlichen Atem der Krankheit gelblich verfärbt war, und seine vom nahen Tod und der Krankheit abgemagerten Finger hielten den Arm des Sohns umklammert, bis es schmerzte. Die letzten Worte, die er ihm, schwer atmend, aber laut genug, sagte, um das Gemurmel des Pfarrers an seiner Seite zu übertönen, waren: »Denk immer daran, mein Sohn, denk nur an eines, vergiß nie den Staatsgeist.«

So kam es, daß er als beigeordneter Vizekommissar in der Quästur von Ferrara am 15. März 1923 die vier Männer schnappte, die in Comacchio einen Sozialisten bei einer Kneipenschlägerei kaltgemacht hatten. Dabei hatte er sich keineswegs von den Interessen einer Partei leiten lassen, weder der faschistischen noch der populären, noch der liberalen, sondern er erfüllte einfach nur seine Aufgabe als Vizekommissar im Polizeipräsidium, schnappte sie und brachte sie hinter Gitter.

Die vier aber waren Mitglieder der Sturmabteilung des Quadrumviraten Italo Balbo, des Helden beim Marsch auf Rom, der ein persönlicher Freund Seiner Exzellenz des Duce und in Wirklichkeit oberster Herr von Ferrara war. Ehe er sich's versah, hatte er auch schon seine Beförderung: Noch vor Ablauf des ersten Dienstmonats landete er auf der Insel in einem Kommissariat, das der reinste Witz war.

Das kleinste Polizeipräsidium Italiens. Er und ein Brigadiere, und damit hatte es sich.

An all das und noch viel mehr dachte der Kommissar und wartete draußen, an die Wand der Krankenstation gelehnt, den Blick zu Boden gerichtet, die Arme über dem dunklen Zweireiher verschränkt, bis der Arzt in aller Ruhe die Leiche des Schwarzhemds untersucht hatte. In seinem Kopf bahnte sich zwischen nüchternen Berechnungen von Lichtverhältnissen, Meeresströmungen und Gezeiten der beschämende Zweifel seinen Weg, ob er wohl auf der Höhe der gestellten Aufgabe sei. Tief im Innern ahnte er, daß er besser daran getan hätte, dort an der Felsschlucht den Mund zu halten. Ein kaum spürbarer Windhauch trug aus der Ferne die kindliche lästige Stimme an sein Ohr, die wie mit schwindenden Sinnen wiederholte: *Ludovico.*

4

»Exzellenz … Herr Kommissar, hier bin ich.«

Der Kommissar hob den Kopf, und in seinem Blick geisterten die Schatten des Sonnenuntergangs umher. *Wie lange habe ich an dieser Mauer gelehnt*, fragte er sich und erinnerte sich nicht mehr, daß es auf dieser Seite der Insel viel früher dunkelte. Die Sonne verschwand rasch hinter dem Felsgrat, und alles war plötzlich in ein abendliches Halbdunkel getaucht, das düstere Schleier über die schmalen gewundenen Dorfstraßen warf, die sich knotig wie der Zeigefinger einer Alten um die Häuser krümmten. Und genau aus der finstersten, unergründlichsten Ecke war die Stimme an sein Ohr gedrungen. Er löste sich von der Wand der Krankenstation und machte mit zusammengekniffenen Lidern einen Schritt nach vorn.

»Valenza?« rief er zu dem Schatten, der gegen die Rückseite der Steinmauer gequetscht war. »Was habt Ihr hier verloren? Laut Vorschrift müßt Ihr bei Einbruch der Dunkelheit in der Cayenne sein …«

»Bis es richtig dunkel ist, vergeht noch eine halbe Stunde. Wenn ich renne, schaffe ich es noch rechtzeitig zum Appell in den Schlafsaal, keine Sorge. Doch eben deshalb kann ich mich nicht aufhalten, sonst kriege ich Schwierigkeiten mit Mazzarino. Andernfalls hätte ich gern einen gründlichen Blick auf die Leiche des Milizsoldaten geworfen.«

Der Kommissar verkniff sich eine Grimasse und preßte die Lippen aufeinander. Er hatte die Krankenstation verlassen, als Doktor Niagara, der einzige zugelassene Arzt auf der Insel, mit der Obduktion der Leiche begonnen hatte. Er war ins Vorzimmer geflüchtet, als er gesehen hatte, wie der Arzt auf dem Tisch kniete, um dem Soldaten die Algen aus dem Gesicht zu reißen; mit beiden Händen griff er in die grünen Büschel, als wäre es Unkraut. Schließlich hatte er das Gebäude verlassen, weil ihm, mehr noch als dieser Anblick, das feuchte, schlabbernde, würgende Geräusch zu schaffen machte.

»Exzellenz«, flüsterte der Schattenmann hinter der Mauer, »wißt Ihr, was ich gemacht habe, bevor sie mich auf diesen Felsen verbannt haben?«

Er wußte es. Valenza, vielmehr Professor Valenza, hatte an der Universität gelehrt. Das stand in der Fahndungskartei ganz oben auf der sepiafarbenen Zeile. *Königliche Universität zu Neapel. Medizinische Fakultät.* Und weiter unten, unter den Porträtaufnahmen – eine Vorderansicht, eine im Profil –, war unter den Körpermaßen vermerkt: *Republikaner, aufrührerisches, subversives Element.*

»Und wißt Ihr, an welchem Lehrstuhl ich brillanter Assistent war und gute Aussichten hatte, dessen Inhaber zu werden?«

Er wußte es, auch wenn er nie daran gedacht hatte. Es war der Lehrstuhl für *Pathologische Anatomie*, Angewandte Pathologie in der Gerichtsmedizin. Aber Valenza war auch *Agitator, Saboteur, Defätist* und zu drei Jahren Zwangsaufenthalt verurteilt.

»Und wollt Ihr wissen, was mir von meinem Versteck hinter einem Busch aus auffiel, als die Leiche von den Klippen hochgezogen wurde?«

Ja, das wollte er wissen, bedeutete er ihm mit einer

knappen Kopfbewegung und einem heiseren, zwischen den Zähnen hervorgestoßenen Laut.

»Ich habe seine Lippen gesehen.«

»Die waren doch gar nicht zu erkennen.«

»Doch, die konnte man sehen. Man mußte einfach nur hinschauen und sich nicht abwenden, wie Ihr es gemacht habt, mit Verlaub gesprochen. Ich habe gesehen, daß die Lippen schwarz verfärbt waren, und das ganze Gesicht war geschwollen und bläulich angelaufen. Auf der Stirn hatte er große Abschürfungen, aber Blut war so gut wie nicht zu sehen, nur ein kleiner Bluterguß.«

»Was hat das zu bedeuten?«

»Das bedeutet, das bedeutet ...« Der Schattenmann lächelte. Auch wenn sein Gesicht nicht zu erkennen war, ahnte man, daß Valenza den Mund zu einem stillen Lächeln verzogen hatte. An seiner Aussprache war zu hören, daß er lächelte. »Exzellenz, wollt Ihr wissen, was mir hier, seit ich auf der Insel bin, am meisten fehlt? Die Tagesmeldungen. Wir dürfen keine Zeitungen lesen, und Mazzarino läßt uns nicht einmal die Briefe von unseren Angehörigen aushändigen. Nun, bis auf eine alte Mama, die immer dieselben Geschichten erzählt, habe ich keine Familie, und was die Zeitungen angeht, schaffe ich es am Morgen, sie über Eure Schulter hinweg zu lesen. Doch das reicht mir nicht mehr. Das Regierungsoberhaupt erklärt nämlich jetzt, den Auftrag zur Entführung und Ermordung eines Vertreters der Opposition gegeben zu haben. Da muß etwas geschehen ... Die Gelegenheit ist gekommen, das gesamte Regime unter Anklage zu stellen!«

»Valenza, keine Politik ... Kommt auf den Punkt.«

»Schließen wir einen Pakt, Exzellenz. Ich verrate Euch meine Vermutung über die Todesursache bei dem Milizen, und wenn die Zeitungen eintreffen, laßt Ihr mich Italiens Reaktionen auf Mussolinis Rede lesen. Was meint Ihr, läßt sich das machen?«

»Das läßt sich machen, Valenza, aber sagt mir jetzt bitte, was Ihr wißt.«

»Wenn das Blut nicht mehr zirkuliert, können sich keine Blutergüsse bilden. Der Soldat war schon seit längerem tot, als er mit dem Gesicht auf den Felsen aufgedonnert ist. Er ist einfach erstickt. In der Schlucht ist er erst später gelandet, gegen Morgen, als der Wasserstand gesunken war. Genau, wie Ihr es gesagt habt.«

»Und wie soll er den Weg dorthin gefunden haben?«

»Bei mir zu Hause können die Toten nur in den Ammenmärchen laufen. Doch hier auf der Insel ist ja alles möglich. Viel wahrscheinlicher ist jedoch, daß man ihn hinuntergeworfen hat. Was meint Ihr?«

Der Kommissar schwieg. Das Zwielicht der Dämmerung war inzwischen keines mehr, das lichte Blau war einem Dunkelblau gewichen. Das war auf der Insel die Farbe des Abends, die sich zwischen den Häusern staute und einen merkwürdigen Geruch wie nach Verbranntem zurückließ.

»Eine Bitte, Exzellenz«, sagte Professor Doktor Valenza, brillanter Gerichtsmediziner an der Königlichen Universität von Neapel. »Laßt Euch die Zunge und den Hals des Milizen zeigen und kontrolliert unter seinen Fingernägeln. Achtet auf alle Zeichen, die er möglicherweise am Leib hat. Und wenn da etwas ist, was Euch nicht überzeugt, laßt ihn an einen kühlen Ort schaffen und findet eine Gelegenheit, daß ich einen Blick auf ihn werfen kann. *Madonna*, es ist schon spät ... Ich muß los.«

Der Kommissar wollte ihn zurückrufen, ihm sagen, er solle dableiben und sich nicht um die Ausgangssperre für die Verbannten scheren, doch Valenza hatte sich schon wieder in Luft aufgelöst.

Hinter ihm ging die Tür der Erste-Hilfe-Station auf, und die Stimme des Arztes ließ ihn zusammenzucken. »Was ist, Exzellenz? Redet Ihr jetzt schon mit Euch selbst, wie die Irren es machen?«

Der rundliche kleine Mann vergrub die Zähne in den vollen dunklen Lippen, die wie Pflaumenhälften aussahen, und schluckte schnell.

Vor einer ganzen Weile schon hatte der Wind gedreht, und *Ludovico* war nicht mehr zu hören, doch für eine Sekunde streifte jetzt ein Klangfetzen das Ohr des Kommissars, der stirnrunzelnd den Kopf schüttelte und mindestens ebenso verlegen war wie der Doktor.

»Kommt herein, wir sind fertig«, sagte der Arzt und riß die Tür auf. Der Kommissar sah den Federale am Ende des Korridors auf einem Holzhocker aus dem Wartesaal sitzen. An der Ecke des Tischs standen, hinter der Blumenvase versteckt, eine Korbflasche Wein und zwei Gläser, und der Federale hatte noch Brotkrumen auf dem samtenen Jackenkragen. Als der Kommissar dann im Vorzimmer war und durch die halbgeschlossene Tür den noch immer bekleideten Leichnam sah, wußte er, daß der Arzt nur die Algen weggerissen und sonst nichts gemacht hatte.

So nahm er seine ganze Kraft zusammen, und als der Arzt anfing mit: »Wie ich gerade unserem Federale erklärte, habe ich die Leiche gründlich untersucht, und es war eindeutig festzustellen, daß dieser arme Bursche hinuntergestürzt ist und auf der Stelle tot war ...«, unterbrach er ihn mit erhobener Hand: »Seid Ihr Euch da so sicher? Habt Ihr seine Zunge untersucht?« Der andere machte große Augen und starrte ihn beinahe erschrocken an.

5

Die Strafkolonie der Insel hatte einen recht unpassenden Namen, Kap des Engels, ein Witz von einem Namen, denn in Wirklichkeit war sie als Gefängnis für Aufständische entstanden. Ursprünglich hieß der Ort Kap des Gefallenen Engels – der Legende nach soll nämlich einer der aufbegehrenden Engel aus dem Himmel gestürzt und genau an dieser Stelle der Insel gelandet sein. Ferdinand II. hatte dann der Kolonie den anderen Namen verpaßt – die Verbindung mit einem Teufel erschien ihm doch etwas gotteslästerlich. Außerdem wollte er mit diesem Namen die in der Festung eingeschlossenen Karbonari und Garibaldini verspotten.

Anfangs existierte auf der Insel nur die Strafkolonie, von den Bourbonen als schwerer Kerker für Aufständische und Hochverräter errichtet. Später war dank der Familien der Wachmänner und Verwandten der Häftlinge eine kleine Siedlung entstanden, die nach und nach zu einem Schäfer- und Fischerdorf geworden war. Weit draußen im Meer, abgeschnitten vom Rest der Welt, galt die Festung des Gefallenen Engels bald als idealer Ort, an den Gewalttäter, Delinquenten, Subversive und Staatsgegner, gleich welchen Staates, in den Zwangsaufenthalt geschickt wurden. Weniger ironisch als die Gefangenen der Bourbonen, die die Kolonie zuerst getauft hatten, weniger konservativ als die der Piemonteser, die sie geerbt hatten, nannten die Anarchisten Giolittis sie schließlich Cayenne. Cayenne hieß sie auch für Mussolinis Faschisten, die ihre Kontrolle übernommen hatten, und auch für Mazzarino, der vom Generalkommando der Miliz hierher beordert worden war, um dem Polizeipräsidium zur Hand zu gehen, das sich wegen Personalmangels nicht um die Festung kümmern konnte.

Um schnell und unbemerkt zur Cayenne zu gelangen, mußte man den Hafen und den beinahe völlig ungeschützten Hauptweg meiden und statt dessen über den Hügel steigen und den Friedhof überqueren. Valenza hielt kurz vor der Kreuzung hinter einem Mäuerchen inne, unentschlossen, welchen Weg er nehmen sollte: nach links, geradewegs zum Hafen, oder nach rechts bis zum Friedhofstor hinauf, zwischen den Gräbern entlang und dann bergabwärts bis hinter die Festung. Er fragte sich, ob er die Sache gelassen nehmen, sich reumütig am Eingang melden und sich dann wegen Zuspätkommens bestrafen lassen sollte; oder ob er besser zum Hintereingang rannte, dem Wachsoldaten etwas Geld zusteckte und versuchte, noch vor dem Appell in die Schlafstube zu gelangen. Mehr als die Bestrafung störte ihn Mazzarinos unvermeidlicher Zornausbruch – deutlich stand ihm sein Bild vor Augen, wie er ihm, die Fäuste in die Seiten gestemmt, mit geschwellter Brust die Phrasen aus dem Handbuch der Schwarzhemden ins Gesicht brüllte. Wie immer würde er die Konjunktive falsch bilden, was er nicht besser gelernt hatte während seiner unwillig erduldeten Schulzeit auf dem Land, die er schließlich für die militärische Ausbildung abgebrochen hatte. Er selbst würde in Unterhosen und Unterhemd in Habachtstellung vor der Pritsche stehen. Nein, nein, lieber die Gräber und das

Türchen auf der Rückseite. So vergrub er das Gesicht tiefer in seinen Schal und machte sich eilig an den Aufstieg.

Auf dieser Seite war die Insel wesentlich feuchter. Aufgrund des vielfältigen Zusammenspiels warmer und kalter Strömungen, die sich vor dem Hafen kreuzten, waren die Luftschichten hier viel dichter und nasser. Je näher man dem Meer kam, desto schwerer lasteten die zerrissenen Wolken, die sich zu dichtem Nebel ballten, der einem die Brust einschnürte, die Kleider an den Schultern festkleben ließ und wie Rauch in der Nase brannte. Der Hafen mit den Fischerbaracken, die an die Hügelwand gequetscht waren, glich einem schmalen dunklen Halbmond – wie ein schmutziger Fingernagel. Die Mole verschwand abrupt wenige Meter vom Ufer entfernt, wurde vom Nebel abgetrennt, der weiß und aufgebläht und schaumig das Meer, den Himmel und den Horizont verschluckte. Bei Sonnenschein war der Nebel blendend hell, nachts wurde er schwarz.

Valenza dachte an den Fünflireschein, den er in die Rocktasche der Wache schieben mußte. Behend stieg er den Hügel hinauf und gelangte zum Friedhof. Außer Atem vor Erschöpfung, ein wenig aber auch vor abergläubischer Angst, stieß er das schmiedeeiserne Tor auf und ging hindurch. Genau auf der Spitze des Hügels wölbte sich der Boden wie ein Eselsrücken, dicht besät mit Grabstätten, die aussahen, als seien sie zufällig und ungeordnet wie Haare aus der Erde geschossen. Die Grabmale, die einen aus rot- und grüngestrichenem Holz, die anderen aus schwarzem, glattem Stein, manche auch aus schneeweißem Marmor, spiegelten das Licht des Mondes, wenn er sich einmal zeigte, und durchbohrten den Nebel, der wie eine dunkel glänzende Wasserschlange zwischen den Kreuzen entlangstrich.

Valenza warf sich auf die Knie und duckte sich tief hinter einen angeschlagenen Grabstein.

Von dieser Stelle aus konnte er wegen der Wölbung des Erdbodens nichts erkennen, doch die zwei flüsternden Stimmen hatte er noch rechtzeitig gehört.

Auf allen vieren kroch er vorsichtig, um ja kein Geräusch zu machen, durchs feuchte Gras und starrte geradeaus, bis er etwas erkennen konnte.

Da waren zwei Personen.

Die erste sah aus wie eine große schwarze Fledermaus, aber nein, nein, das war doch nur der Rücken einer dunkelgekleideten Gestalt, die tief gebeugt über einem Grab kauerte, die Schultern zwischen den Beinen gekrümmt, so daß die Knie wie Flügelspitzen rechts und links über den Kopf ragten. Die andere war ein Mann, der auf einem Stein neben dem mit Arabesken verzierten Portal der Hauptkapelle saß. Obwohl Valenza ihn deutlich sehen konnte, war er sich nicht sicher, ob er ihn kannte, denn es war noch nicht ganz dunkel, und das Weiß des offenstehenden Hemdkragens über dem dunklen Jackett reflektierte die ersten Mondstrahlen.

Die beiden redeten miteinander, doch worüber, war nicht zu verstehen. Aufgrund einer seltsamen akustischen Brechung, die es immer schon unmöglich gemacht hatte, Trauermessen vor der Kapelle abzuhalten, glitten die Stimmen an der Ringmauer des Friedhofs ab, strichen um die Gräber und kreisten wie ein undurchdringliches Geflüster durch die Lüfte, Schwindelgefühle hervorrufend. Am meisten redete der mit dem Rücken zu ihm, die Fledermaus. Der andere sah ihn nur an, weiter nichts, hielt die Augen unter den aufgeworfenen Lidern halb geschlossen, die Lippen zu einem Grinsen verzogen, einen Ellenbogen aufs Knie gestützt, und das Kinn ruhte auf der zur Faust geballten Hand.

Hinter ihm stand eine mächtige, nicht sehr hohe, angesengte Pappel, durch die ein Blitz gefahren war. Sein Gesicht war noch immer vom Widerschein des Mondes erhellt, doch mit zunehmender Dunkelheit schienen die kurzgeschnittenen Haare und der schwarze Stoff des Jacketts allmählich eins zu werden mit den Umrissen des Baums. Schließlich schien es Valenza, als wären die verkrüppelten und trockenen Zweige der Pappel mit seinem Körper und seinem Kopf verwachsen wie ein schwarzes Geweih, das sich gegen den blauen Friedhofshimmel abhob.

Da wurde das Flüstern noch erregter, die Worte folgten immer schneller aufeinander, verdichteten sich zu einer engen Spirale, und der Mann drehte sich um. Er schien Valenza nicht entdeckt zu haben. Valenza aber wurde stocksteif: ein irrationales, blindes Entsetzen hatte ihn gepackt und raubte ihm den Atem, angesichts dieses Mannes, der im Licht der Nacht zu einem gehörnten Götzen geworden war. Ganz vorsichtig rutschte er auf Händen und Knien zum Eingangstor zurück. Dort angelangt, sprang er auf, stürzte nach draußen, raste den Hügel hinunter Richtung Hafen und den ungeschützten Weg entlang bis zur Cayenne.

6

Unter den vielen Freunden habe ich einen,
ich sag's euch, wen,
Ludovico ist es,
der Phönix unter den Freunden,
ja, die Beatrice,
einen Gefallen von ihm erbittend,
machst du ihn glücklich nur,
und gleich zwei erweist er dir,
um tausend Lire bittest du ihn, schon sind sie dein,
verlangst du seine Nase gar, kein Zögern,
flugs schneidet er sie ab, dir in die Hand hinein.

Die Musik klang jetzt, neben dem Grammophon, viel leiser als im Freien, wenn der Wind sie herantrug – vielleicht weil sie ihm in der Ferne besonders lästig und aufdringlich vorgekommem war. Die Töne knirschten unter der Nadel, kamen matt, wie abgenutzt aus dem Lautsprecher, und die vor langer Zeit aufgenommene Stimme des Sängers wurde, mit übertrieben gerolltem R, zum hysterischen Falsett. Schnell glitt die Nadel über die schwarze Schellackscheibe, deren Rillen ganz flach geworden waren, und hin und wieder schien sie auszuscheren. Doch die Musik ging weiter.

Ein Mädchen hatte Ludovico,
ihr könnt's kaum glauben,
ein Prachtstück ferner Zeiten,
die mir gefiel: sie mir zu leihen bat ich ihn –
für wenige Monat' nur,
für wenige Monat' nur,
doch als das Mädchen eines Tags
mit einem blonden Knäblein kam zurück,
sagt' ich, Ludovico, guter Freund,
nicht ich,
du wohl des Knaben Vater bist.

Inmitten dieses metallischen, hüpfenden Breis aus Strophen und Noten gab es eine kaum wahrnehmbare Stimme, die fein wie eine Äderung war. Man konnte sie nur hören, wenn man sich auf das schwache, dissonante, aus dem Takt gekommene Gemurmel konzentrierte. Es war ein beinahe lautloses, aber dennoch entschiedenes Flüstern, wie eine halbierte Konversation, der eine Antwort fehlt. Es war Hana, die sprach.

Als der Kommissar ins Zimmer trat, unterbrach sie ihr Reden nicht, denn sie redete mit sich selbst. Kerzengerade saß sie auf einem Stuhl, die Schultern nach hinten gedrückt, und starrte in den Halbschatten, flüsterte, während sie *Ludovico* hörte.

Ludovico, ein echter Freund
vom alten Schlag bist du,
nein sagen bringst du übers Herze nicht,
Ludovico, süß wie eine Feige bist du,
einen treueren Freund als dich
hab ich nicht,
du gäbst mir, wollt ich's von dir, Uhr und Portefeuille,
den Anzug samt Hut und deine Schwester,

Ludovico, süß wie eine Feige bist du,
einen lieberen Freund als dich
hab ich nicht.

Noch vor einem Jahr hätte er den Tonarm hochgehoben und sich vor Hana auf die Knie gelassen, um ihre Hände in die seinen zu nehmen und mit ihr über alles mögliche zu reden, bis er sie überzeugt hätte, aufzustehen, die Fensterläden aufzumachen und sich anzukleiden. Noch vor wenigen Monaten war es ihm manchmal gelungen – wenn er ihren cremefarbenen Unterrock hochschob und seine Wange auf ihre weißen, mit ganz hellen Sommersprossen besprenkelten Knie legte, wenn sie dann aufstand, ihre Hand in der seinen –, sie zur Türschwelle des Hauses oder sogar in den Garten zu führen, bevor sie ihre Augen abschirmte und schreiend wie ein verletzter Vampir zurück ins Haus stürmte.

»Es braucht eben seine Zeit«, hatte der Arzt gesagt. Auch die Frau des Federale war bei ihrer Ankunft schneeweiß und holte sich einen schlimmen Sonnenstich; doch dann hatte sie sich, das Leben der anderen Frauen auf der Insel teilend, daran gewöhnt, und jetzt war sie schwarz wie eine Abessinierin. »Ihre Frau kommt ja auch aus dem Norden. Ist sie Deutsche? Ach nein, aus Trient kommt sie. Und obendrein ist sie rothaarig.« Doch Hana hatte nach den ersten zwei Monaten ihre Besuche im Dorf eingestellt; selbst mit Sonnenschirm, Kopftuch und Brille mit getönten Gläsern ging sie nicht mehr hinunter. Vor Sommeranfang hatte sie schließlich aufgehört, sich im Garten aufzuhalten, und jetzt öffnete sie nicht einmal mehr die Fenster. Sie habe eine Sonnenallergie, behauptete sie.

Bis vor kurzem hatte er sich noch darüber geärgert. Oder er lachte, sagte etwas Scherzhaftes und brachte

Gesellschaft für sie mit, beispielsweise die Frau des Federale, die für sie im Wohnzimmer Klavier spielte; oder die Frau des Arztes, die ihr das Sticken beibrachte. Doch am Ende kamen auch sie nicht mehr, denn bei den stets geschlossenen Fenstern konnte man nicht einmal den Faden in der Nadel erkennen. Dann ärgerte er sich oder scherzte, meist aber wußte er nicht, was er tun sollte. Also redete er mit ihr, während ihr Blick über seinen Mund, seine Hände und seine Augen streifte, wie damals, als sie verlobt waren. Dann nicht einmal mehr das.

Unter den vielen Freunden habe ich einen,
ich sag's euch, wen,
Ludovico ist es,
der Phönix unter den Freunden,
ja, die Beatrice …

Sie saß da und hatte die Knie zusammengepreßt unter dem dünnen Unterrock, der die Knöchel und den Spann ihrer Füße in den ausgeschnittenen Pantoffeln streifte. Noch immer bewegte sie ganz langsam die Lippen. Sie ließ es zu, daß der Kommissar ihr mit raschen, mechanischen, aber behutsamen Bewegungen den Träger des Unterrocks, der ihr immer wieder über die Schulter rutschte, hinaufschob.

Ein Mädchen hatte Ludovico,
ihr könnt's kaum glauben,
ein Prachtstück ferner Zeiten …

Sie rührte sich nicht, als er sich über sie beugte, um nachzusehen, ob der Unterrock auch frisch war und Martina nicht vergessen hatte, ihr die Haare zu bürsten.

Der Kommissar ließ ihre roten Locken durch seine Finger gleiten, nahm die Bürste vom Toilettentisch, hielt sie gegen das schwache Licht und suchte sie nach ausgegangenen Haaren ab. Dabei dachte er: *Teufel noch eins mit diesem Mädchen, warum kommt die nicht zurück.*

Verlangst du seine Nase gar, kein Zögern,
schon schneidet er sie ab, dir in die Hand hinein.

Soweit er wußte, bewegte Hana sich nur dann, rasch und verhuscht, als wäre sie tatsächlich ein Gespenst, wenn sie die Nadel des Tonkopfs auf die Platte legen wollte. Ihre Gesten waren so mechanisch und immer wieder gleich, daß es schien, als würde sie sich überhaupt nicht bewegen. Manchmal aber schüttelte sie sich urplötzlich und war wieder ganz da und lebendig.

Sie starrte auf die Bürste in seiner Hand, blinzelte und blickte zu ihm auf. Hana hatte hohe Backenknochen, gesprenkelt mit ganz hellen, fast durchscheinenden Sommersprossen, die sich, wenn sie lächelte, zu den Augen hinaufdrängten. Sie senkte halb die Lider, und unter den Wimpern blitzte es grün und intensiv. Gleich darauf, wenn man nur abwartete, zeigte sich eine Falte in ihrem Mundwinkel, eine einzige nur. Da war sie ja auch schon.

»Weißt du was? Heute nacht habe ich vom Teufel geträumt.«

Nichts weiter. Ihre Stimme klang klar und hell wie früher, doch schon bei der letzten Silbe setzten die stummen Mundbewegungen wieder ein, und der grüne Widerschein war verschwunden.

»Hana«, sagte der Kommissar, »Hana, ich bitte dich!«

Unter den vielen Freunden habe ich einen,
ich sag's euch, wen,
Ludovico ist es …

Er streckte einen Arm aus und konnte sich gerade noch beherrschen, Hana nicht an den Schultern zu packen und zu schütteln. Er wußte, daß er nicht mehr aufgehört hätte, und das flößte ihm Angst ein. Er bückte sich rasch, um die Bürste aufzuheben, die zu Boden gefallen war, warf sie ins Handwaschbecken und ging aus dem Zimmer; in seiner Erinnerung suchte er nach dem grünen Reflex und der feinen Falte, um sie so lange wie möglich vor seinem inneren Auge zu behalten. Das gelang ihm nicht. Da schlug er heftig die Haustür hinter sich zu und ging durch den Garten, die Straße entlang, die zum Dorf führte. Es war windstill, und das hüpfende, absurde und hysterische Liedchen war nicht mehr zu hören.

7

Keiner wußte, was Hana sagte, wenn sie in dem großen Zimmer Selbstgespräche führte. Mit aufrechtem Oberkörper saß sie da und starrte auf etwas Unsichtbares vor sich. Bei Tag, wenn die Sonne schien, stand ein hauchdünner Lichtstreifen vor ihren Augen, der durch die geschlossenen Holzlamellen der Fensterläden drang. Darin wirbelten Myriaden winziger funkelnder Staubkörnchen. Vielleicht waren sie es, die Hana beobachtete.

»Sie zählt die Staubkörner«, meinte Martina, die barfuß und still vom frühen Morgen bis zum Nachmittag, wenn sie nach Hause ging, in dem Zimmer hantierte. Sie war die Person, die am meisten Zeit mit Hana verbrachte. Nach einigen Wochen achtete auch sie nicht mehr auf das ständige Gemurmel, drehte sich nicht mehr überrascht zu ihr, um zu fragen: »Habt Ihr mich gerufen, Signora, was wünscht Ihr?« Sie hatte sich auch an das *Ludovico*-Liedchen gewöhnt, das sie selbst halblaut vor sich hin sang, niemals aber in Gegenwart Seiner Exzellenz, des Kommissars.

Sie zählt den Staub.

Wäre Martina nicht nur bis zum Nachmittag in dem Zimmer geblieben, sondern bis zu der Zeit, wenn die Sonne und mit ihr die Lichtschneise verschwunden waren, hätte sie gemerkt, daß Hana mit zuckenden Lippen die Stelle auch dann noch fixierte, wenn es da gar nichts mehr zu zählen gab. Wäre Martina keine ungeschliffene dreizehnjährige Dienstmagd, obendrein Analphabetin, hätte sie möglicherweise begriffen, daß Hana, wenn sie die Lippen bewegte und ins Nichts starrte, in Wirklichkeit schrieb. Im Geiste sah sie eine Schreibtischplatte und darauf ein Blatt poröses weißes Fabriano-Papier vor sich und folgte mit den Augen den Kurven und Ecken ihrer gestochen schönen Handschrift à la Klassenbeste im Schönschreiben. Inmitten kreisender heller Punkte, die am Morgen gelb, bei Sonnenuntergang rot, im abendlichen Halbschatten grau und in der Nacht nicht zu sehen waren, schrieb Hana. Sie schrieb Briefe an ihren Kommissar.

Mein Liebster Komma und Zeilenanfang es fallen ständig Lichtstreifen in mein Zimmer Komma wenn ich zu schlafen versuche Punkt Zeilenanfang Großschreiben Ich schließe die Augen halb und senke die Wimpern ganz leicht Komma genug Komma um einen hauchdünnen Lichtstreifen eindringen zu lassen Punkt.

Komma, Punkt, Zeilenanfang, Großbuchstabe, doch später vergaß sie die Kopfzeile, die Bindestriche und die Auslassungszeichen und ließ sich schließlich von den Worten mitreißen, die von selbst vor ihren Augen dahineilten.

In diesem Licht sehe ich, wie die Staubkörner dünner werden oder sich zusammenballen, je nach den Luftstrudeln, und höre, wie sie aufeinanderprallen. Mein Liebster, ich weiß, daß diese Worte seltsam klingen, doch alles macht ein Geräusch, auch die Staubkörner, die in der Luft aufeinandertreffen und mich nicht schlafen lassen. Aus dem Grund höre ich diese Musik, immer dieselbe, denn ich kenne jede Pause, jede Beschleunigung, jede Bewegung, und sie kann mir keine angst machen.

Die Sonne auf dieser Insel ist anders als alle anderen Sonnen, die ich je gesehen habe. Anders als die laue Sonne des Parks bei der Villa, in der wir uns zum erstenmal begegnet sind, als ich deine Hände streifte und dich bat, meinen Schirm zu halten. Ich weiß, daß du das gemerkt hast, ich sah die Verwirrung in deinem Blick, als meine Finger unter deine weißen Offiziershandschuhe glitten, es war nur eine Sekunde, doch das genügte. Ich gefiel dir nicht und wußte, daß ich dir nie gefallen würde. Das begriff ich, kaum hörte ich, wie du hinter mir in den Weg einbogst und der Kies unsicher unter deinen Stiefeln knirschte. Ich las es an deinen Augen ab, genau in dem Moment, als ich mich auf der Steinbank des Villengartens umdrehte. Ich war zu blaß, zu mager, zu zerbrechlich.

Ich entsprach nicht dem Wesen in deinen Vorstellungen. Ich ähnelte ganz und gar nicht dem braven Mädchen, das dir Briefe an die Front schrieb. Ich nahm mich deiner an, ohne dich zu kennen, folgte dem Brauch unter uns jungen Mädchen aus gutem Hause und wurde eine der Kriegspatinnen für junge Offiziere. Ich erinnere mich noch an meine Empörung, als ich zur Antwort auf meine von Herzen kommenden Worte deine korrekten, nüchternen, steifen und gleichgültigen erhielt. Es war eine Herausforderung, mein Wertester, und ich habe sie angenommen und gesiegt: Auf jeden Brief, den ich nachts an dich schrieb, auf dem Bett sitzend, damit das Mondlicht, der zitternde Kerzenschatten und die Seufzer meiner schlafenden Schwestern meinen Worten die richtige Gefühlsstärke verliehen – auf jeden Brief, mein Liebster, traf deine Antwort immer prompter ein, wurde immer länger und leidenschaftlicher, bis ich dann die Gewißheit hatte, daß du in mich verliebt warst.

Aus diesem Grund verzweifelte ich nicht, als ich hörte,

wie du hinter meinem Rücken zittertest, sondern wartete ab. Auf der Steinbank neben dir wartete ich ab, bis sich die Dunkelheit auf uns senkte, während ein Marmorfaun wohlwollend auf uns herabblickte. Je dunkler es wurde, desto mehr wurde ich zu einer Schattengestalt, und du hörtest nur noch den Klang meiner Stimme und meine Worte und vergaßest dabei, daß ich nicht so war, wie du es dir in den Kampfgräben des Karst erträumt hattest. Und du erinnertest dich, daß du mich liebst. »Wißt Ihr, Fräulein Hana«, sagtest du, als du zum zweitenmal auf Fronturlaub heimkehrtest, »wenn Ihr lacht, erstrahlt die Sonne in Euren Augen.«

Aber diese Sonne hier, mein Geliebter, diese Sonne ist anders. Es ist eine leuchtende Kugel, die nicht wärmt, sondern nur verbrennt, die weiß und steinhart am Himmel glüht. Ich kann sie nicht ansehen, mein Liebster Punkt groß geschrieben Ein Kuß Komma Hana.

So schrieb Hana in der Dunkelheit flüsternd an ihren Kommissar. Er wartete zu diesem Zeitpunkt nachdenklich, mit verschränkten Armen weit weg und hörte zerstreut das Gurgeln eines abgewürgten dünnen Wasserstrahls aus einem Wasserhahn aus Messing, der von der Form her vage an ein Ziegengesicht erinnerte.

8

Am Dorfeingang stand der Brunnen, an dem sich die Bauern und Fischer an den Markttagen den Staub von den Füßen wuschen, bevor sie die Schuhe überzogen; die trugen sie über der Schulter, um sie zu schonen und den Glanz der Schuhwichse möglichst lange zu erhalten.

Auch Zecchino hatte seine Schuhe, an den Senkeln zusammengeschnürt, quer über die Schulter geworfen, und sie glänzten schwarz wie sein Anzug und das mit Brillantine nach hinten gekämmte Haar. An jedem von Gott gewollten Abend kleidete sich Zecchino an, wusch sich am Brunnen vor dem Dorf die Füße und ging dann ins Café, um eine Sambuca zu trinken. Wer ihn als Zwischenhändler für Ziegen oder Käse brauchte, konnte ihn jeden Morgen auf der Piazza antreffen, und wer ihn als Vermittler von Ehefrauen wollte, konnte ihn sonntags auf dem Kirchplatz finden. Für die Polizei jedoch hatte er seinen Stammplatz am hintersten Tisch des Cafés, wo er schwarze glänzende Sambucakörner knabberte. Jeden Abend, tagaus, tagein, wie er dem Kommissar beim erstenmal erklärt hatte, als er sich bei ihm vorstellte und seine Dienste als Spion anbot.

Aus diesem Grund wunderte er sich, als er sah, daß die dunkle Gestalt des Kommissars am Brunnenrand lehnte. Gewöhnlich erschien der Kommissar nämlich auf der Türschwelle des Cafés, wo die Sonne hinter den Knochenröhrchen des Vorhangs zurückblieb, und bedeutete ihm mit einer knappen Kopfbewegung, ihm im Freien zu berichten, was er wissen wollte. Er zögerte, auch weil es ihm peinlich war, sich so unordentlich und mit einer dicken kalkweißen Staubschicht an den Füßen vor einer so hochgestellten Persönlichkeit zu zeigen.

Doch dann zuckte er mit den Schultern und trat vor. »Eure Exzellenz werden mich entschuldigen ...«

Doch der Kommissar unterbrach ihn mit einer Handbewegung. Zecchino setzte sich auf den runden Stein am Brunnenrand, der wie ein Becken das Wasser auffing und der unter dem Wasserhahn dunkles, glitschiges Moos angesetzt hatte.

»Wenn es wegen der Rede Seiner Exzellenz des Duce ist«, sagte er, die Arme ausbreitend, »habe ich nicht viel zu berichten. Das wißt auch Ihr, Herr Kommissar, auf der Insel sind wir da alle einer Meinung. Abgesehen von den Verbannten in der Cayenne, von denen weiß man sowieso, daß sie schlecht denken, habe ich keine Silbe aus dem Mund der anderen gehört. Der Apotheker soll, nachdem er die Zeitung gelesen hat, gesagt haben: Dieses Mal ist es soweit, daß sie ihn einlochen, und da er offensichtlich Neigungen zur Anarchie hat, wie ich Euch bereits gesagt habe, dürfte das kein wohlmeinender Kommentar über Seine Exzellenz, den Cavaliere Mussolini, gewesen sein.«

Der Kommissar nickte. Er streckte den Arm aus und berührte mit dem Zeigefinger das Moos unter dem Wasserhahn, zog die Hand aber gleich wieder zurück, denn es fühlte sich kalt und schleimig wie Aas an. »So scheint es«, sagte er. »Und sonst?«

Zecchino seufzte und rückte die Schuhe über der

Schulter zurecht. Er blickte auf seine Füße, hob sie hoch und schüttelte erneut die Schultern. »Ich wußte doch, daß es nicht nur die Politik ist, die Euch interessiert. Was wollt Ihr wissen?«

»Miranda. Der ermordete Milizsoldat.«

»Ermordet? Ich weiß nur, daß er verunglückt ist.«

»Ist gut … Jedenfalls ist er tot. Was für ein Typ war das?«

»Ein recht munteres Bürschchen, wenn Ihr wißt, was ich meine.«

»Nein, Zecchino, das weiß ich nicht.«

»Herr Kommissar, bitte keine Mißverständnisse. Die Zecchinos stehen seit Generationen auf der Gehaltsliste der Quästur. Doch seit die Faschisten an der Macht sind, war die Cayenne für mich immer wie eine Insel auf der Insel. Wenn Ihr mir sagt, daß es einen Aufpreis gibt …«

Eine Insel auf der Insel. Der Kommissar berührte wieder das Moos unter dem Tropf, um noch einmal das abstoßende Gefühl zu spüren. In der Tat fiel ihm beim Gedanken an die Cayenne nichts ein. Die Anzahl der Faschisten und der Verbannten, die Art der Strafen und die begangenen Verbrechen, nichts von alledem, nur Valenza und Mazzarino kamen ihm in den Sinn. Der frühere Kommissar hatte das Kommando über die Festung voll und ganz in die Hände der Faschisten gelegt, als sie zur Unterstützung der Quästur auf die Insel geschickt worden waren. Er hatte es dann genauso gehalten, besser gesagt, er hatte die Cayenne fast schon vergessen. Auch die Briefe, die Telegramme, die Rapporte und die Anträge auf Auskunft über die Verbannten, all diese Papiere, die ja schließlich in zwei Jahren angekommen und abgegangen sein mußten, die hatte er gern direkt der Milizverwaltung überlassen, obwohl eigentlich er dafür zuständig war. Es stimmte, die Cayenne war wirklich eine Insel auf der Insel.

»Einverstanden mit dem Zuschlag.«

Zecchino preßte die Lippen zusammen und nickte verkrampft. Er erhob sich vom Brunnen und rückte die Schuhe zurecht, die ihm über den Jackenärmel gerutscht waren. »Also dann erkläre ich mich genauer. Dieser Miranda war nicht wie alle anderen Schwarzhemden der Cayenne. Die habt Ihr doch gesehen, nicht wahr? Alles Idioten und Schwachköpfe, genau wie ihr Chef.«

Ja, die hatte er gesehen. Ebenso wie die Auskunftsvermerke über sie, die sein Vorgänger, noch kurz bevor er gestorben war, angefordert hatte. Ehrenrührige Vorstrafen, Geisteskrankheiten, Syphilis ... Es schien, als hätte sich die Partei, als sie die Männer auf die Insel verbannte, im selben Zug auch all dieser Übel entledigen wollen. Miranda war da, so stand es auf dem Vermerk, weil er die Tochter eines Generalkonsuls der Miliz geschwängert hatte.

»Dieser Miranda war ein Typ, der den Frauen gefiel. Ihr werdet mich fragen, welchen Frauen bloß, denn an weiblichen Wesen gibt es auf der Insel außer den Ehegattinen der Amtspersonen nur noch Ziegen und die Frauen der Bauern und der Fischer, die ebenfalls wie Ziegen aussehen. Ich werde es Euch sagen: Genau den Ehefrauen der Honoratioren gefiel er. Der schöne Milizsoldat Miranda hatte was mit der Frau des Federale, der des Arztes und auch mit der jungen Tochter des Apothekers, der Witwer und unbeweibt ist. Die Frau des Engländers ist erst vor kurzem angekommen, sonst wäre auch sie schon an der Reihe gewesen, sie soll ja, wie man sagt, eine Schönheit sein.«

Der Kommissar hob abrupt den Kopf. »Ein Engländer? Hier auf der Insel lebt ein Engländer?« Als Polizist mochte er vielleicht kein As sein, aber als leitender Beamter war er sorgfältig und gründlich und kannte sämtliche Akten, die in Reih und Glied hinter dem metallenen Gitterfenster seines Büroschranks im Kommissariat standen. Wenn ein Engländer auf der Insel lebte, dann mußte der hierhergeflogen sein.

»Ich weiß nicht«, sagte Zecchino. »Der Postbeamte hat mir von ihm erzählt. Jeden Tag, sagt er, kommt dieser Engländer zu ihm, um ein Telegramm aufzugeben, und einmal hatte er auch eine schöne Frau bei sich. Ich werde mich genauer erkundigen.«

Der Kommissar nickte. »Sprechen wir wieder von denen da«, und er zeigte Zecchino den Rücken seiner Faust, von der Zeigefinger und kleiner Finger wie Hörner abstanden. »Wer *die* hatte, das hast du mir ja gesagt. Und wer wußte Bescheid, wer welche hatte?«

»Die des Doktors waren in aller Munde ... Auch er wußte es, er ist nämlich impotent und war froh, daß jemand da war, der es seiner Frau besorgte. Über die des Federale wußten ebenfalls alle Bescheid. Nur er selbst nicht, er ist derart verknallt, daß er glaubt, seine Teuerste wäre tatsächlich Grundschullehrerin in Taranto gewesen. In Wirklichkeit war sie Reihentänzerin in den Nachtcafés und ist auf der Insel, weil sie einen Ausweisungsbescheid von der Sittenpolizei hat. Aber davon habe ich Euch ja bereits erzählt, soviel ich weiß.«

»Und die des Apothekers?«

»Die sind genau genommen noch keine Hörner, auch wenn sie schon mächtig jucken. Es weiß nämlich noch keiner. Ich persönlich habe das Fräulein Idea an einem Tag mit dem schönen Milizsoldaten gesehen, als ich vom Berg herunterkam. Doch seit mindestens zwei Monaten läßt der Apotheker sie nicht mehr aus dem Haus.

Vorgestern hat man ihn gesehen, wie er bis zur Cayenne ging und danach fluchend heimgekehrt ist.«

Der Kommissar nickte erneut. Er sah auf das Wasser, das im Brunnen gluckerte, und hielt die gespreizten Finger in den Strahl, ohne sich zu rühren oder etwas zu sagen.

Zecchino sah zum Himmel hinauf und seufzte: »Ich bin spät dran Euretwegen. Ich verpasse meine Sambuca«, doch da der Kommissar keine Anstalten machte, aufzustehen, setzte er sich auf den feuchten Stein, breitete die Hände über den Knien aus und neigte sich zu ihm hin. »Dieser Miranda«, flüsterte er, »soll ein enger Freund seines Vorgesetzten, dieses Mazzarino gewesen sein. Wenn sie sich zusammen besoffen hatten, stiegen sie auf die Felsen, um auf Möwen zu schießen, oder sie machten in den Wäldern Jagd auf verwilderte Hunde. Mazzarino kannte alle Weibergeschichten Mirandas, sie sollen sogar Wetten darauf abgeschlossen haben. Er wurde mehr als einmal gesehen, wie er dem Milizsoldaten Geld gegeben hat. An einem Tag, als ich in der Nähe der Cayenne war, habe ich es mit eigenen Ohren gehört, Exzellenz, und wenn das nicht stimmt, sollen mir auf der Stelle die Ohren abfallen.«

»Was hast du gehört, Zecchino?«

»Du kriegst von mir das Doppelte, wenn du die Frau von diesem Schergenaas flachlegst.«

Der Kommissar schwieg. Er nickte nur und hielt die Finger der einen Hand ins kalte Wasser. Trotz der Dunkelheit konnte Zecchino deutlich die weißen Knöchel der anderen Hand erkennen, die Seine Exzellenz zur Faust geballt hatte.

9

Jeden Abend, den der liebe Gott auf Erden werden ließ, nur nicht an diesem.

Zecchino hatte auf seine Sambuca verzichtet. Die gewienerten Schuhe baumelten über seine Brust, als er sich eilig vom Dorf entfernte.

Wäre er eine Dichterseele gewesen, hätte er die Augen gen Himmel gehoben und die Wolken betrachtet und das tiefblaue Licht gesehen, das ihre Ränder anschwellen ließ und sie vom Himmel löste. Er hätte zu erkennen versucht, was sich in der schwarzen Tiefe dahinter verbarg, die sich im Unendlichen verlor, und hätte vielleicht Gefallen oder Angst verspürt. Doch Zecchino war kein romantischer Typ, sein Sinnen und Trachten war politisch gelenkt. Den Blick auf den Boden geheftet, achtete er darauf, wohin er seine Schritte lenkte. Er eilte auf der Mitte des Pfads, zwischen den niederen Trockensteinmauern entlang, um den Kakteendornen auszuweichen, die auf den Steinen wucherten. Er dachte nach und verfluchte sich unterdes.

Sein Vater, der Vater seines Vaters und der Vater des Vaters seines Vaters waren, seit es die Zecchinos gab, allesamt Polizeiinformanten gewesen. »Die Kommissare wechseln, die Regierungen lösen sich ab, auch der König ist nicht immer derselbe«, pflegte sein Vater zu sagen, »aber die Zecchinos bleiben.« Und das stimmte, denn er selbst hatte im Laufe seiner Karriere als Spion viele verschiedene Kommissare auf dem Stuhl des leitenden Polizeibeamten gesehen, dazu genug Porträts von Ministern an der Wand hinter ihnen. Da war der Kommissar unter Giolitti gewesen, der aus Palermo stammte und von ihm verlangt hatte, bei den Wahlen von 1913 Klappmesser in den Jacketts der Sozialisten zu verstecken, damit die Polizeiagenten sie bei der Durchsuchung auf den Wahlversammlungen fänden. Er aber hatte gesagt: »Exzellenz, nein danke: Das ist die Arbeit der Schergen.« Dann hatte es diesen Kommissar aus Bologna unter Salandra gegeben. Der hatte von ihm die Namen all derer wissen wollen, die sich vor dem Militärdienst drückten und nicht an die Front gehen wollten; er hatte gesagt: »Exzellenz, Ihr schuldet mir eine Entschädigung.« Damals hatte er sich nämlich angewöhnt, Toscano-Zigarren zu rauchen, als er im Kolonialwarengeschäft viel Zeit zubringen mußte, um all jene aufzuschreiben, die Tabak kauften – preßte man sich den am Vorabend der Musterung unter die Achseln, bekam man Fieber. Da war das Porträt von Facta gewesen, dazu der Kommissar, der aus Verona stammte und in seiner lispelnden Sprechweise sagte, daß er sich gerade noch rechtzeitig die Liste der faschistischen Parteimitglieder besorgt habe, und schon hatte er ihn aufgefordert, sie zu verbrennen, während jene noch auf dem Marsch nach Rom waren. Kommentarlos hatte er seine Anordnung ausgeführt. Und danach ist der jetzige eingetroffen. Nie wußte er, wie er ihn nehmen sollte, diesen Kommissar da, wahrscheinlich, weil er so jung, so anständig, so übergenau war, und so wenig erfahren in Inseldingen. Oder es war wegen seiner armen verrückten Frau oder wegen irgendeiner anderen Sache. Jedenfalls verfluchte er sich jetzt.

Einer mit einer Dichterseele hätte vielleicht den Kopf gehoben, um den blauen Wolken nachzuschauen, die sich zu einer Art Teleskop zusammenballten, das auf eine absolut unvorstellbare Unendlichkeit gerichtet war. Zecchino aber hatte nur die Politik im Herzen und dachte an seinen Vater, der ihm bei der Unterweisung in den Beruf gesagt hatte, daß man in der Quästur »stets alles erzählen mußte, aber nicht allen alles«. Und nun hatte er, verdammt sei er selbst, diesem Kommissar zuviel erzählt. Um ihn abzulenken und auf andere Gedanken zu bringen, hatte er ihm jenes Detail mit der Wette auf seine Gemahlin aufgetischt, das wertlos war, aber bei Gott wahr.

Erst jetzt hob er die Augen zum Himmel, doch nur, um sich mit noch größerem Nachdruck zu verfluchen. Genau in dem Augenblick sah er den Schatten auf dem Mäuerchen hocken, diesen gekrümmten Umriß, der sich gegen den blauschwarzen Himmel abhob und in der Höhe zwei spitz zulaufende Auswüchse hatte wie Hörner oder Flügelenden. Im ersten Augenblick hatte er Angst, dann aber erkannte er die Gestalt, klaubte einen Stein vom Weg auf, schleuderte ihn gegen die Gestalt und zischte: »Scher dich zum Teufel!« Der Schatten verflüchtigte sich schnell, wie Schatten es tun, zog zwischen den Kakteen hindurch und breitete die Arme aus wie eine Fledermaus, um sich nicht an den Dornen zu verletzen.

Der zweite Tag

10

Das Wetter auf der Insel schlug rasch um. Am Morgen schien noch eine blasse Sonne, die unbeirrt von den weißen Hauswänden zurückstrahlte und den Kommissar auf der schmalen Straßensteigung zur Apotheke ins Schwitzen brachte. Plötzlich aber, und ohne daß eine einzige Wolke zu sehen war, peitschte heftiger Regen auf den Straßendreck nieder, und das Rauschen dröhnte so gewaltig, daß es in den Ohren schmerzte. Der Kommissar eilte unters Vordach der Apotheke. Regentropfen liefen ihm über die Augen, er konnte kaum noch sehen. Keuchend und Wasser schluckend blieb er stehen, der Geruch nach feuchtem Eisen drang ihm in die Nase. Da stieß ihn eine Schattengestalt mit einem Schulterstoß von den Steinstufen des Treppenabsatzes. Es war Mazzarino in Begleitung zweier Schwarzhemden, der Kommissar erkannte ihn hinter der Regenwand an seinem breiten Rücken.

Im Innern machte die Apotheke einen seltsamen Eindruck. Auf den ersten Blick schien alles wie sonst, abgesehen von einem Keramikkrug, der von einem Wandregal gefallen war. Fräulein Idea kniete vor der Ladentheke und sammelte die Scherben ein. Hinter der Theke war niemand, nicht einmal der Apotheker, und dieser Umstand war noch auffälliger als das zerbrochene Gefäß: Seit der Kommissar auf der Insel war, kannte er den Apotheker nur eingerahmt von Porzellankrügen, hinter diesem Ladentisch aus Mahagoni stehend.

»Wenn Ihr meinen Vater sucht, der ist nicht da«, erklärte das Mädchen, ohne das Gesicht zu heben, das von ihrem blonden Haar verdeckt war. »Er hat sich nicht wohl gefühlt und ist nach Hause gegangen.«

»Unser guter Apotheker mußte Mazzarino eine Demonstration von der Wirksamkeit eines seiner Produkte geben«, erklärte Valenza, und erst jetzt gewahrte der Kommissar den Arzt, der totenbleich am Kräuterregal lehnte. »Einen Augenblick lang hatte ich Angst, daß auch ich das tun müßte«, brachte er mit hauchdünner Stimme hervor, »doch der Kelch ist diesmal an mir vorübergegangen.« Er streckte das Kinn Richtung Theke und deutete auf das Fläschchen Rizinusöl mit dem unverwechselbaren schwarzen fettigen Etikett. Es war zu drei Vierteln leer.

»Ich komme später wieder«, sagte der Kommissar.

Das Mädchen richtete sich auf, hockte sich auf die Fersen und strich sich die Haare aus der Stirn. Ihr Blick war derart haßerfüllt, daß es dem Kommissar ungemütlich zumute wurde.

»Warum denn? Geht ruhig zu ihm. Wenn Ihr ums Haus geht, stoßt Ihr auf ihn.« Fräulein Idea hatte die Hände voll mit Scherben, und es war ihr peinlich, daß sich die hellblaue Schürze über ihren Knien spannte und ihr, die eigentlich mager war, um den Bauch herum zu eng war. Als der Kommissar den Arm ausstreckte und sie unterm Ellbogen stützen wollte, entzog sie sich ihm mit einem Ruck und stand, die Füße in den Stoffpantoffeln gegen den Boden gestemmt und ohne seine Hilfe auf.

»Geht, geht«, sagte sie ihm noch einmal in rauhem

Ton, »gleich links hinterm Haus, dann seht Ihr ihn schon.«

Der Kommissar rannte im Regen los, auch weil er diesem unheilvollen Blick ausweichen wollte. Kaum aber war er um die Hausecke gebogen, blieb er wie angewurzelt stehen. Dort war ein Holzverschlag, ein wenig größer als ein Hühnerkäfig, eine Art Kabuff mit kurzem, schmalem Vordach aus Blech. Die Tür stand offen. Im Innern befand sich der Apotheker, hielt sich mit beiden Händen an zwei Ledergurten fest, die rechts und links an die Wand genagelt waren; er hatte die Knie gebeugt, die Hosenbeine über die Knöchel hochgerollt, und er hielt das nackte Gesäß über ein Loch zwischen zwei Brettern.

»Was gibt's?« ächzte er, und seine Lippen waren vor Schmerz verzerrt. »He, was gibt's denn?«

»Ich komm ein andermal wieder«, sagte der Kommissar, doch der Apotheker rief jetzt in bellendem Ton. »Warum nur? Ein Mann bleibt auch mit nacktem Hintern ein Mann! Ich schäme mich nicht. Im übrigen ist es Eure Schuld …«

»Meine? Ich habe nichts damit zu tun. Ich bin Polizeibeamter, ich … Ich bin ein Ordnungsdiener des Staats.«

»Ach ja? Und worin besteht da der Unterschied? Mein Gott … mir zerreißt's bald die Gedärme!«

Sich an die Gurte klammernd, biß er die Zähne aufeinander, drehte das Gesicht über die Schulter und brüllte etwas gegen Mussolini, und der Kommissar tat so, als hätte er es nicht gehört. Plötzlich wurde der Gestank trotz des Regens sehr beißend.

»Ich kann Euch nicht leiden«, zischelte der Apotheker, bleich im Gesicht und mit blutunterlaufenen Augen. »Ich weiß, was Ihr getan habt, und ich respektiere

Euch. Aber bei Gott .... Eure *padroni* im schwarzen Hemd! Bei Gott ... bei Gott!«

Er preßte den Unterkiefer nach vorn, Schweiß bedeckte seine Stirn, die gläsern, wie gefroren aussah. In einem dumpfen, lautlosen Schmerz krümmte er sich, bis er mit dem Kinn die Knie berührte.

»Ich halt's nicht mehr aus. Laßt mich mit Eurer Hilfe weggehen von dieser Insel, ich bitte Euch. Wenn ich einfach so aufs Festland zurückkehre, falle ich dem nächstbesten Mazzarino in die Hände. Doch wenn Ihr mir ein Schreiben mitgebt, in dem Ihr bestätigt, daß ich eine anständige Person bin ...«

»Ein Schreiben von mir ... wozu soll das gut sein? Ich kann bestätigen, daß Ihr Euch keines Verbrechens schuldig gemacht habt, doch das, was Ihr braucht, ist ein politisches Führungszeugnis, und das müßt Ihr Euch beim Federale besorgen.«

Der Apotheker riß den Mund auf und zuckte wie eine wahnsinnig gewordene Schlange. Er zerrte so heftig an den Gurten, daß sie aus der Holzwand sprangen und er mit dem Hinterteil in die Öffnung zwischen den Brettern plumpste. Er weinte, es war ein bösartiges Weinen, bei dem sich Lippen und Augenwinkel nach unten krümmten wie bei einer Maske. Aus seiner Kehle kam ein kurzes, dumpfes Röhren wie Eselsgeschrei.

»Ich komme ein andermal, ich komme wieder«, und mit diesen Worten flüchtete der Kommissar auf die Straße.

Valenza stand unter einem Baum und wartete auf ihn. Als er bei ihm anlangte, hörte der Regen mit einem Schlag auf, genau wie er angefangen hatte, und hinterließ auf dem Staub einen so durchdringenden Geruch nach nassem Eisen, daß es einem beinahe den Atem nahm. Auch die Sonne prallte erneut auf die Hauswände. Es war ein ungesundes, stechendes Licht, und Valenza klappte zum Schutz das Mützenschild über die Augen.

»Wenn er will, kann er Anzeige erstatten«, sagte der Kommissar und strich sich mit der Hand übers nasse Haar. Dann schüttelte er die Finger, schleuderte Regentropfen um sich, die hart wie Splittergeschosse waren, und sah Valenza an, der lächelte.

»Nein, wirklich. Wenn er Anzeige erstatten wollte …«

»Ich glaube nicht, daß er das will. Zumindest nicht jetzt. Wißt Ihr, daß ich vorhin bei Euch zu Haus vorbeigegangen bin. Euer Dienstmädchen hat mir gesagt, daß Ihr die Zeitungen eingesteckt habt und weggegangen seid, ohne sie gelesen zu haben.«

Valenza deutete auf die Papierrolle, die geschwärzt und regennaß aus der Jackentasche des Kommissars herausragte. Der Kommissar nickte und krümmte die Schultern, um das tropfnasse Hemd unter der ebenfalls vom Regen schweren Weste und der Jacke vom Rücken zu lösen. Doch er bahnte letztlich nur den Weg für die eiskalten Tropfen, die ihm jetzt, äußerst unangenehm, von den Haaren herabrannen und zwischen den Schulterblättern bis hinunter zum Steißbein liefen.

Valenza führte die geballte Faust zum Mund und räusperte sich. »Darf ich Euch an unsere Vereinbarung erinnern, Exzellenz?« fragte er leise. »Ihr habt mir versprochen, daß Ihr die Zeitungen …«

»O ja, das ist richtig.« Der Kommissar tippte sich mit dem Finger gegen die Stirn, dann zog er die Rolle aus der Tasche und reichte sie Valenza, der sie ungläubig in der Hand wog.

»Nur zwei? Und die anderen?«

»Die wurden in der Druckerei beschlagnahmt. Ihr müßt mit denen hier vorliebnehmen.«

Valenza zuckte mit den Achseln, suchte seine nasse Zeitung heraus und löste sie vorsichtig von den anderen. Er reichte dem Kommissar das Parteiblatt zurück, überflog rasch die erste Seite und las halblaut. »OVIGLIO, SAROCCHI UND CASATI WURDEN IM MINISTERIUM DURCH ROCCO, GIURIATI UND FIDELI ERSETZT: Nun, zumindest eine paar Gentlemen gibt es noch. VERHAFTUNGEN UND SCHLIESSUNGEN VON VERSAMMLUNGSRÄUMEN AUS GRÜNDEN DER ÖFFENTLICHEN SICHERHEIT. DER ZERFALL EINES FREIEN ITALIEN … damit habe ich gerechnet. AM ZWÖLFTEN SPIELTAG DER MEISTERSCHAFT DIE NIEDERLAGE DES FUSSBALLCLUBS JUVENTUS UND DIE VON GENUA. Und sonst nichts? Schon zu Ende?«

Mit den Knöcheln klopfte er auf den Kasten, mit dem die Seite abschloß: »ISCHIROGENO: DAS WELTBERÜHMTE AUFBAUMITEL DES ÄRZTEGENERALS GIUSEPPE BRIZZI«, las er. »Auch der Opposition würde ein wenig Ischirogeno guttun. Nun ja … Es ist noch früh. Wir werden ja sehen. Zu welchem Untersuchungsergebnis ist der Arzt gekommen?«

»Er beharrt darauf, daß Miranda infolge eines Sturzes vom Felsen zu Tode gekommen ist.«

»Dann sollte er seinen Doktortitel zurückgeben. Habt Ihr Euch die Zunge des Milizen zeigen lassen?«

Der Kommissar verzog das Gesicht und nickte kurz.

»Ich kann mir vorstellen, daß dies eine schlimme Erinnerung bei jemandem hinterlassen kann, der nicht daran gewöhnt ist. Aber sagt mir … war sie schwarz und steif?«

»Ja.«

»Und sie hatte Abschürfungen, Kratzern ähnlich?«

»Ja … so schien es mir, ja, doch.«

»Wie war der Hals?«

»Ein bläuliches Mal verlief rings um den Hals.«

»Was war unter den Fingernägeln?«

»Gras und Erde. Eine Hand hing im Wasser, die andere nicht. Gras würde ich sagen, ja ... und Erde.«

»Weitere Verletzungen? An den Beinen, Füßen, auf dem Rücken?«

»Auf dem Rücken, ja. Oder besser gesagt: auf dem Hintern. Schnitte in den Gesäßbacken. Abschürfungen wie nach einem Sturz vom Fahrrad.«

»Mit oder ohne Schorf?«

»Valenza, bitte ...« Der Kommissar breitete die Arme aus, atmete tief durch und schüttelte den Kopf. »Nein. Kein Schorf. Sie waren rot von Blut, aber nicht verschorft.«

»Interessant.« Valenza stippte mit der Kante der Zeitung, die er wieder zusammengerollt hatte, gegen seine Lippen. Mit bedächtigem Nicken gab er dem Kommissar die Zeitung zurück und wiederholte: »Interessant.«

»Was ist daran so interessant?«

»Laßt Ihr mich auch morgen die Zeitung lesen?«

»Rückt schon mit der Sprache heraus, Valenza ... Macht mich nicht nervös.«

»Also: Der Soldat wurde erwürgt. Er weist am Hals die entsprechenden Druckstellen auf; die Kratzer auf der Zunge sind von einem, der den Mund aufreißt, um nach Luft zu schnappen, und sich dabei an den eigenen Zähnen verletzt. Im Laufe meiner Zeit an der Universität habe ich jede Menge solcher Fälle zu Gesicht bekommen. Seid Ihr sicher, daß der Bluterguß um den ganzen Hals ging?«

»Da bin ich mir sicher.«

»Dann haben Sie ihn mit einem Seil erwürgt. Hätte ich den Leichnam gesehen, hätte ich Euch sogar sagen können, in welcher Position sich sein Mörder befand, auch wie groß er war, aber so ... Doch ich kann Euch noch etwas anderes verraten, etwas Pikantes: Im Augenblick seines Todes war unser schöner Miranda nackt.«

»Nackt?«

»Zumindest ohne Hosen. Als sie ihn über den Felsen hochzogen, konnte ich sehen, daß seine Kleider hinten noch unversehrt waren. Und so, wie Ihr die Hautabschürfungen auf seinem Popo beschrieben habt, waren die nicht alt. Wißt Ihr, was ich denke? Als sie Euer Schwarzhemd mit einem Seil erwürgt haben, lag der Kerl nackt auf einer Wiese, und als er sich wehrte, hat er sich den Hintern verkratzt, und Gras und Erde sind unter seinen Fingernägeln zurückgeblieben. Ach, wenn ich ihn doch nur sehen könnte ...«

»Ich habe eine Fischeistruhe beschlagnahmt und ihn ins Kühlhaus gelegt, wie Ihr mir empfohlen habt.«

»Und Mazzarino hat Euch das gestattet?«

»Ja.«

»Seltsam. Ich kann mir vorstellen, daß Ihr von unserem offiziellen Spion bereits Informationen angefordert habt.«

»Gewiß.«

»Und daß Ihr auch unserem Erzpriester einen Besuch abgestattet habt; nicht nur, daß seine Kirche ganz in der Nähe der Stelle steht, wo der Milizsoldat abgestürzt ist... Er ist sozusagen von Berufs wegen ebenfalls eine Art Spion.«

Der Kommissar sah Valenza mit krauser Stirn an. Sein Blick sollte nicht tadelnd sein für das Gesagte, sondern nur Verwunderung ausdrücken, denn an den Erzpriester hatte er überhaupt nicht gedacht.

»Und jetzt seid Ihr hier, weil Ihr glaubt, daß es der Apotheker gewesen sein könnte?«

Der Kommissar schüttelte den Kopf. Er verriet ihm

aber nicht, daß er nur wegen der Dinge, die Zecchino ihm erzählt hatte, zum Apotheker gegangen war. Die Tochter des Apothekers ist von einem Milizsoldaten entehrt worden, hatte es geheißen. Das war der einzige Hinweis, den er besaß, und da er nicht wußte, womit anfangen, wollte er es damit versuchen.

Valenza machte einen Schritt, hob den Mützenschild ein wenig an, legte die Stirn in Falten und sagte: »O mein Gott, verzeiht mir, Exzellenz ... Ich hatte ganz vergessen, Eurer Gattin geht es ja nicht gut, und vielleicht seid Ihr aus diesem Grund hier.«

Der Kommissar dachte erst jetzt wieder an Hana. Ein schwerer, klebriger Windstoß trug *Ludovico* herbei, und sein Verlangen, sich alle nassen Kleider vom Leib zu reißen, wurde schier unerträglich. »Jeder sollte auf seinem Posten bleiben. Ich bin der Kommissar und Ihr seid der Verbannte. Wenn hier also jemand Fragen stellt, dann bin ich das. Haben wir uns verstanden?«

»In Ordnung. Ihr habt die traurige Aufgabe, zu klären, wer in der Gegend herumläuft und nackte Milizsoldaten auf der Wiese erwürgt. Mir genügt es, wenn Ihr morgen die Zeitungen nicht vergeßt.«

Wieder ein Windstoß mit den letzten Tönen von *Ludovico*, die genauso entnervend waren wie diese unnatürliche, klebrige Wärme.

Erwartungsvolles Schweigen, bis die Nadel des Tonarms wieder in der Rille lief.

»Was gedenkt Ihr zu tun, Exzellenz? Werdet Ihr mit uns anstoßen, wenn die Nachrichten gut sind?«

»Ich weiß nicht, von welchen Nachrichten Ihr sprecht.«

»Oh, davon gibt es eine ganze Menge ... Die Lira holt gegenüber dem Pfund auf. Das neueste Theaterstück von Pirandello ... Mehrere Millionen Italiener kommen wieder zu Verstand und bringen einen Verbrecher hinter Gitter.«

Der nächste Windstoß. Schweigen. Abwartendes Schweigen, diesmal ohne *Ludovico.*

Die Stille dauerte an.

Viel zu lange hielt sie an.

»Sollen wir ins Kühlhaus gehen, Exzellenz?«

Immer noch Schweigen. Nur der Wind ohne Töne. *Warum beginnt sie nicht wieder von vorn*, dachte der Kommissar.

Stille.

»Wenn Ihr wollt, können wir sofort hingehen, so lege ich Euch ....«

»Verzeiht«, sagte der Kommissar. Er trat unter dem Baum hervor und rannte, völlig gedankenlos, dem klebrigen Wind entgegen, der ihm den Atem nahm.

11

Ein Telegramm war gekommen.

Ein Herr – nicht der Brigadiere, aber auch nicht der Mann von der Post – hat es gebracht, erklärte Martina dem Kommissar, als er, noch naß von Regen und Schweiß, das Haus betrat. Und was ist jetzt damit? Mit dem Herrn oder dem Telegramm? Mit beiden. Martina bog den Kopf zur Seite, stützte einen nackten Fuß auf ein knochiges Knie und stand wie ein Storch auf einem Bein. Im Wohnzimmer war ein Herr, der auf Seine Exzellenz wartete. Das Telegramm jedoch hatte Martina der Signora gebracht.

Der Mann, weder der Brigadiere noch der Postmeister, war ein magerer Herr, fast kahl, bis auf einen kurzen glänzenden Flaum, der seinen ganzen Schädel bedeckte und in einer Spitze über der Stirn auslief. Er hatte ein schmales Gesicht und riesige Ohren. Auch der dünnlippige Mund und die Augen mit den etwas überhängenden Lidern waren sehr groß. Sein Teint war weiß, zumindest wirkte er so, denn der helle Hemdkragen über dem dunklen Jackett schien die Sonnenstrahlen, die durchs Fenster fielen, auf sein Gesicht zurückzuwerfen.

Er saß auf der Stuhlkante. Als er den Kommissar eintreten sah, schnellte er hoch, und seine Kniegelenke knackten. Er war nicht sehr groß. »Ich heiße Santana und bin seit ein paar Wochen auf der Insel, ohne bislang

Eure Bekanntschaft gemacht zu haben. Als beim Leiter des Postamts ein Telegramm für Euch eintraf, dachte ich …«

»Seid Ihr der Engländer?«

Santana lächelte, und der Kommissar konnte die ersten Worte seiner Antwort nicht verstehen, da die Stille ohne *Ludovico*, das Schweigen hinter der verschlossenen Tür von Hanas Zimmer, seine ganze Aufmerksamkeit in Beschlag nahm.

»Wie habt Ihr gesagt?«

»Ich habe gesagt, daß man mich so nennt, aber aus welchem Grund, weiß ich selbst nicht. Ich bin in L'Aquila geboren, und meine Familie ist seit jeher italienisch.«

Dieses Schweigen. Es war, als stünde ein Fenster in seinem Gehirn offen und ein Luftzug trüge alle Gedanken mit sich fort. Anstelle der Ohren waren da aufgeklappte Fensterläden aus Holzlamellen, schön symmetrisch, und ein seltenes Windchen aus den Bergen bläst und weht die Papiere vom Tisch. Vielleicht auch eine Wolke vom Himmel.

»Was habt Ihr gesagt?«

»Ich sagte, ich bin hier auf der Insel, um mich inspirieren zu lassen. Wißt Ihr, ich bin Musiker, Komponist und Orchesterleiter. Kennt Ihr Satie?«

Sein Gehirn war zur Hälfte von dieser Luft erfüllt. Wie ein Zeppelin wurde es in die Höhe gehoben und schlug gegen den Schädelbogen. Der Singsang von Santanas Worten drang aus weiter Ferne an sein Ohr, verschwommen wie Klaviernoten, die sich wiederholten und falsch klangen.

»Ich sagte, daß ich Schönberg vorziehe, *Verklärte Nacht. Litanei und Entrückung*. Kennt Ihr die Wiener Schule?«

Was hat diese Stille nur zu bedeuten? Und das Telegramm, was stand bloß darin?

»Aber nicht um über Musik zu reden, bin ich hier, sondern um mich vorzustellen und Euch um einen Gefallen zu bitten. Ich wollte mir nämlich Euer Dienstmädchen ausleihen. Ihr müßt wissen, sie ist das einzige weibliche Wesen auf der Insel, das die Weißwäsche ordentlich waschen kann. Von den Frauen, die bereit sind, das gegen Bezahlung zu tun, meine ich. Ginge das, von Euch aus? Nur für heute. Ich habe bereits das Einverständnis ihrer Familie eingeholt.«

Der Kommissar nickte zustimmend, vor allem auch in der Hoffnung, die viele Luft und das ganze Geschwätz aus seinem Kopf zu vertreiben, um dort, in diesem Zimmer mit den weißgetünchten Wänden, zurückzukehren zu dem Holzstuhl mit Strohsitz, dem Engländer, der ihn mit seinen Glubschaugen prüfend ansah, zu Martina, die mager und barfuß wie immer in der Tür erschienen war und wie ein Storch das eine Bein angewinkelt hatte.

»Sicher«, murmelte er, »sicher ... Wie habt Ihr gesagt?«

»Ich habe von weißen Oberhemden gesprochen. Ich trage nur solche und wechsle sie täglich. Doch ich will Euch nicht länger stören, ich sehe, Ihr seid sehr beschäftigt. Wenn Ihr gestattet, und meine Empfehlung an die Frau Gemahlin.«

Der Engländer deutete mit etwas steifen Schultern, den Kopf ein Stück vorgestreckt, eine Verneigung an. Vielleicht war es aber auch eine richtig zeremonielle Verbeugung, bei der er, das Kinn auf die Brust gepreßt, mit gekrümmtem Rückgrat in einem Halbkreis der Bewegung seiner Hände folgte, die rasch an der Beinlinie entlangglitten. Vielleicht – denn der Kommissar sah die

Verbeugung des Engländers nicht. Kaum deutete der Engländer eine Bewegung an, öffnete der Kommissar rasch die Tür des Schlafzimmers seiner Frau.

Die Stille im Raum war nicht vollkommen. Da war das Schaben der Grammophonnadel gegen den Rand des Etiketts, ein rauhes Kratzen, das hin und wieder, wenn eine Papplocke den Tonarm auf den schwarzen glatten Schellack zurücksetzte, unterbrochen wurde, ohne daß er die letzten Rillen und damit *Ludovico* erreichte. Nur das fehlte, sonst nichts. Alles andere war wie immer, die Fensterläden waren verriegelt, der Staub wirbelte in Leuchtpunkten durch den Sonnenstrahl, der Rest lag im Halbschatten. Hana saß im Morgenmantel, steif und vor sich hin murmelnd, neben dem Handwaschbecken aus Porzellan. Zwischen den Fingern hielt sie das vergilbte Papierrechteck des Telegramms. Es war noch verschlossen. Als der Kommissar sich ihr näherte, verharrte sie nicht unbeweglich, um die Staubpünktchen zu fixieren, sondern drehte sich um, sah ihn an und sprach sogar zu ihm. Und sie sagte nichts Verrücktes wie »Heute Nacht im Traum ist mir der Teufel erschienen«, sondern: »Ein Telegramm ist eingetroffen.« Dabei hob sie betont langsam den Arm. Und dann sagte sie noch etwas, was dem Kommissar die Luft zum Atmen nahm, beinahe hätte er aufgeschrien: »Öffne die Fensterläden einen Spaltbreit, sonst kannst du es nicht lesen.«

Bevor sie es sich anders überlegte, machte der Kommissar das Fenster weit auf und drückte die hölzernen Lamellenläden nach draußen. Zu weit jedoch hatte er das Fenster geöffnet, denn Hana hatte den Kopf zur Seite gebogen und schirmte jammernd mit dem Handrücken die Augen ab. Also holte er die Läden wieder heran, noch ein Stückchen und noch ein Stückchen, bis ein heller Lichtfleck verblieb, der gerade ausreichte, den Halbschatten etwas fahler werden zu lassen, doch immerhin. Ans Fensterbrett gelehnt, fuhr der Kommissar mit dem Finger unter die Schlaufe, mit dem die beiden Telegrammränder verbunden waren, und riß sie zu einem großen Papierkreuz auf. Die im Postamt ausliegenden Vordrucke waren alt und verblichen, auch die Handschrift des Postmeisters schien alt und verblichen zu sein, doch der Kommissar hatte ein scharfes Auge, war er doch in seinem Ausbildungskurs für Staatsbeamte der einzige gewesen, der nie eine Brille trug und auch im Dunkeln eine Stecknadel auf dem Boden finden konnte.

Es war ein Telegramm vom Personalbüro des Innenministeriums: *Es wird gebeten sich für eine mögliche Versetzung an neuen Standort bereit zu halten.*

Weiter nichts. Doch es genügte. Die Hände des Kommissars zitterten, und er sah zu Hana hin, die ihn mit reglosen Lippen anstarrte. Aus dieser Entfernung und im Halbschatten war nicht zu erkennen, ob ihr Blick ängstlich oder gleichgültig war. Er wiederholte die zwei Zeilen, sah sie dabei an, und sie ihn. Nur einmal wiederholte er den Wortlaut und wartete dann mit angehaltenem Atem ab. Er brauchte nicht lange zu warten. Er konnte nicht erkennen, ob die Sommersprossen zu den Wangenknochen hinaufwanderten, doch den grünen Reflex in ihren Augen, wenn sie lächelte, den sah er.

»Ich bin müde«, sagte Hana. »Ich würde gern schlafen.«

Sie schickte sich an aufzustehen, stützte sich auf das Waschbecken und brachte den dreifüßigen Ständer aus Eisenemail zum Schwanken. Der Kommissar entfernte sich vom Fenster und faßte nach Hanas Ellenbogen, besann sich aber noch einen Moment, bevor er sie berührte, als fürchtete er, ihr weh zu tun, dann brachte er sie zu Bett.

Er streifte ihr den Morgenrock von den Schultern, und erst jetzt wurde ihm wirklich bewußt, wie blaß, dünn und zerbrechlich sie geworden war. Als er den Saum des Bettuchs in die Höhe hob und sie die Beine anwinkelte, um darunterzuschlüpfen, entdeckte er, daß die Sommersprossen auf ihren Knien – dieser dichte, feine Fleckenregen, der seinen Blick magisch fesselte, als Hana sich zum erstenmal vor ihm ausgezogen hatte –, ganz blaß, ja beinahe unsichtbar geworden waren.

Was habe ich die ganze Zeit eigentlich gemacht, fragte sich der Kommissar, und als sie ihren Kopf aufs Kissen bettete, zog er ihr das Leintuch bis zum Kinn hinauf, strich ihr ganz behutsam die Haare aus der Stirn und küßte sie auf die eine Schläfe.

Bevor er hinausging, hielt er am Grammophon inne, das ohne Unterlaß lästig rauschte. Entschlossen hob er die Nadel in die Höhe und legte den Tonarm auf den Halter zurück. Er lauschte schweigend, doch Hana sagte nichts, rührte sich nicht, und vielleicht war der einzige Laut, den sie von sich gab, ein erleichtertes Aufatmen.

Der Kommissar zog sachte die Zimmertür hinter sich zu. Das Telegramm, das er in die Westentasche gesteckt hatte, raschelte zwischen seinen Fingern, und er dachte unterdes *an den Teufel Valenza und all seine Mutmaßungen über einen Toten, den er nur aus der Ferne gesehen hatte.* Er dachte: *Und wenn es tatsächlich ein Unglück war? Ein stinknormaler, banaler Unglücksfall?*

Er preßte die Lippen zusammen, und das Papier knisterte zwischen Zeige- und Mittelfinger, die er in der Westentasche vergraben hatte.

Er dachte: *Du wirst sehen, Hana, du wirst schon sehen.*

12

Als sich der Kommissar auf das Fensterbrett gestützt hatte, um die Läden nach draußen zu drücken, hatte er einen Blick auf Martina und den Engländer erhascht, die den Garten durchquerten. Wie Vater und Tochter hielten sie sich bei der Hand, auch wenn niemand, nicht einmal bei einem flüchtigen Blick, sie dafür hätte halten können: Der Engländer sah aus wie ein richtiger Herr, Martina dagegen wie eine Dienstmagd. Sie war nicht wirklich hochgewachsen und mager, sondern eher aufgeschossen und knochig, sie hatte die ungeschlachte, unproportionierte Figur eines Landmädchens im Wachstum. Sie trug ein ärmelloses, zu kurz gewordenes Schürzenkleid, das ihr überm Busen und an den Hüften spannte und die kantigen Knochen sehen ließ, die erst noch weichere Formen annehmen sollten. Ihre Haut verströmte den wilden, durchdringenden Geruch eines Stalltieres, nur leicht vom milden Geruch nach Kernseife abgeschwächt, mit der sie sich am Morgen das Gesicht wusch. Die mattblonden gekräuselten Haare reichten ihr kaum bis zu den Schultern, was nicht etwa ein modischer Pagenschnitt war, sondern Zeichen dafür, daß sie im Jahr zuvor Läuse gehabt hatte: Sie mußte sich die Haare schneiden lassen, weil das Petroleum allein nicht half.

Der Engländer hatte, mit den Fingern flatternd, wie

man es bei Kindern machte, die Hand nach ihr ausgestreckt, und sie hatte sie flink, in ihrer bäuerlich unbefangenen Art, ergriffen. So gingen die beiden; sie blieb ein wenig hinter ihm, da sie nicht immer Schritt halten konnte, und bestaunte seine zweifarbigen Schuhe. Er erzählte in einem fort, als spräche er zu einem Kind. Doch auch aus der Ferne wirkten sie wie ein fremder Signore, der eine barfüßige Magd an der Hand hielt.

Sie stiegen einen staubigen Pfad hinauf, den Martina gut kannte. Das Gras unter ihren nackten Füßen war stoppelig und schütter wie der Bart eines Alten. Die niederen Büsche unter Martinas flacher Hand waren vom Sonnenlicht so gewellt, daß sie sich wie Ziegenwolle anfühlten.

Dort, wo der Weg zu steil wurde, waren Stufen in die harte Erde geschlagen, die Martina gewöhnlich mit einem Sprung nahm. Das tat sie auch diesmal, mit größerer Anstrengung jedoch, da sie keinen Anlauf genommen hatte; danach blieb sie stehen, um auf den Engländer zu warten, damit er wieder ihre Hand ergriff und sein Reden fortsetzte.

Von dem, was er sagte, bekam sie nichts mit, denn sie hörte nicht zu. Martina hörte einfach nicht gerne zu. Sie fühlte viel lieber, denn Hören war auf die Ohren beschränkt, doch Fühlen konnte man mit dem ganzen Körper. Wenn sich die Klänge zu Wörtern und die Wörter zu Reden verdichteten, schloß sie die Ohren, so wie man die Augen schließt, und ließ alles übrige auf sich einwirken – den durchdringenden Fischgeruch der Netze, die zum Trocknen ausgelegt waren, den Salzgeschmack der sonnengewärmten Meeresluft, das harte Brennen der knochigen Finger ihres Vaters auf ihrer Wange, wenn er sagte: »Also hörst du mir jetzt zu oder nicht?«

Von allen Arten der Sinneswahrnehmung gefiel ihr das Fühlen mit der Haut am besten: unter den Fingern, auf der Handfläche, das borstige Gras um die nackten Knöchel, der Wind auf den Lippen, die heißen Schweißtropfen, die ihr den Rücken hinunterliefen. Aus diesem Grund war sie auch so gut im Wäschewaschen. Sie liebte es einfach, das Wasser, die schaumigen Seifenstückchen und den Kleiderstoff in den Händen zu spüren. Deshalb war sie glücklich, als man ihr die Haare geschnitten hatte, um sie von den Läusen zu befreien, denn so konnte sie auch mit der glatten Nackenhaut, den nackten Schläfen und dem Hals fühlen. Und wenn sie krank war, verlor sie deshalb kein Sterbenswörtchen darüber und hielt sich noch tagelang, mit glasigen Augen und matten Bewegungen, auf den Beinen. Nachts dann glitt sie behend und stumm wie ein Glühfunken aus dem Gemeinschaftsbett, um das Brennen der kalten Luft auf ihrer elektrisierten Fieberhaut zu spüren.

Der Engländer redete und redete. Jetzt deutete er auch mit der erhobenen Hand auf die klobigen Steinblöcke jenseits des Wegrands, die aufeinandergetürmt und zu einem länglichen Rechteck ineinander verkeilt dalagen wie eine umgekippte Schachtel. Es waren die Reste eines antiken Tempels, der Zeus gewidmet war, wie man sagte, und der genau an der Stelle errichtet worden war, wo der Pfad nach links abbog, denn geradeaus ging es zu den Klippen in die Tiefe. Hier zwängte sich der Meereswind zwischen zwei Felsen hindurch, sog sich voll mit dem Salz der Wellen, die sich am Riff brachen, und spuckte es heftig auf die Steine wieder aus. Über die Jahrhunderte hatte der Wind diese mächtigen Steine geglättet, so daß sie, wenn die Sonne im Zenith stand, weiß und glatt wie Marmor glänzten. Doch es genügte, daß die sinkende Sonne aus einem etwas schrägeren Winkel die Wände des Tempels anstrahlte, und schon schienen sie wie aus Glas. In der Abenddämmerung, wenn die Sonne hinabstieg, um das Meer zu berühren, erglühten sie rot, und der Tempel fing Feuer.

Der Engländer unterbrach sein Reden, denn Martina zog an seiner Hand und blieb stehen. Sie kletterte rasch auf einen Felsen am Wegrand und stieg auf seinen Rücken, preßte ihre schmutzigen Knie in seine Seiten, denn sie hatte keine Lust mehr zu gehen. Der Engländer lächelte und ließ sie mit einem Schwung seinen Rücken hinaufrutschen, damit sie bequemer saß; sie schlang die mageren Arme um seinen Hals, lehnte das Kinn über seine Schulter und verschränkte die Knöchel vor seinem Bauch. Dann begann er wieder zu reden und setzte seinen Gang über den staubigen Weg fort, der jetzt ein ganzes Stück längs des Tempels verlief.

Martina roch das Rasierwasser des Engländers, kräuselte die Nase, weitete die Nasenflügel, um den Duft besser einatmen zu können. Da waren Methylalkohol, eine süßliche Note von Maiglöckchen und der säuerliche Geruch von Schweiß, der den Kragen seines weißen Hemds näßte, sowie ein Nachgeruch der Frische, die das Hemd am Morgen gehabt haben mußte. Auch eine Spur von Waschmittel konnte Martina schnuppern, als sie sich über die Schulter des Engländers beugte und vorsichtig eine Kragenspitze zwischen die Zähne nahm. Dazu klammerte sie sich noch fester an ihn, drückte die Beine und die Fesseln nach unten und spürte den weichen Stoff seiner Hose unter der Krümmung ihrer Ferse.

Der Engländer erzählte von Freunden, die in einer großen Villa auf dem Festland lebten. Martina hatte einen Moment lang seine Worte in ihren Kopf eindringen lassen. Doch rasch verflog das Gesagte, wurde wieder zu dem undeutlichen Gemurmel, das nur ihre Ohren streifte. Der Hosenstoff des Engländers rieb sich bei jedem Schritt an ihrer knochigen Ferse und kitzelte sie, was ihr zunehmend Vergnügen bereitete. Sie löste die schmalen Fußgelenke, ließ beide Füße baumeln und drückte sie so weit nach hinten, bis sie das glatte Webmuster des dunkel gefärbten Leinenstoffs spürte. Das Murmeln, das ihr in den Ohren lag, verlor seinen gleichmäßigen Ton. Der Engländer ließ sie nochmals seinen Rücken hinaufrutschen, doch behutsam und ohne anzuhalten, umschloß dazu mit den Fingern ihre Waden unterhalb der Kniehöhle, um sie besser halten zu können. Erneut rieb sich der Stoff bei jedem Schritt an ihr und kitzelte leicht. Sobald sie die Fersen nach hinten drückte, verschwand das Kitzeln, und das weiche, kühle Leinen fühlte sich warm an. Auch das machte Martina neugierig. Beglückt verschränkte sie die nackten Füße, steckte die Zehen ineinander und fing unter dem Hohlraum ihrer gekrümmten Fußsohlen diese Wärme auf. Der Engländer verstummte erneut, doch Martina fiel das nicht auf. Etwas anderes zog ihre Aufmerksamkeit auf sich: Zuerst war es der glänzende Schweiß zwischen den ganz kurzen Haaren des Engländers, dann ein Geräusch, ein heftiges, wütendes Surren, das aus dem Tempel kam. Dort war ein Fliegenschwarm, der zum Teil hinter einem der wie Glas glänzenden Steine verborgen war, und zielte im Gegenwind mit hysterischer Versessenheit auf einen Punkt auf dem Erdboden, der für sie noch von den gewellten Buschrändern verdeckt war. Vor Anstrengung brummend, preßten, zogen und drückten die Fliegen in ihrer angespannten Starre oben in der Luft. Was dort hinter dem Gebüsch war, konnte Martina nicht erkennen, aber sie versuchte es: Sie hob die Knie an und drückte die Füße gegen die Hosenbeine des

Engländers. Dann rutschte sie wieder zurück und verpaßte ihm einen leichten Schlag mit der Ferse, damit er stehenbliebe.

»Was gibt's?« fragte er, und Martina legte ihm eine Hand auf die Wange und drehte sein Gesicht zur Schulter.

»Oh«, sagte der Engländer.

Er näherte sich dem Busch, und schweigend blieb er längere Zeit dort stehen – er, ein fremder Herr, der eine barfüßige Magd huckepack trug und auf eine Stelle auf dem Boden vor den Tempelresten starrt. Dann drehte er sich zu Martina um, streifte mit der Nase die verschwitzte Haut ihrer Schläfe und meinte: »Ich glaube, das wird unserem Kommissar ganz und gar nicht gefallen.«

Martina hörte ihm nicht zu. Sie hatte das Kinn auf die Schulter des Engländers gestützt und betrachtete die Beine, die aus einem Loch in der Erde steil nach oben ragten und ein V bildeten. Die Hose war über die Fußgelenke gerutscht und ließ die nackte Haut und die Haare auf den Waden stehen, die genau wie die Steine des Tempels unter der Sonne zu dieser Stunde aus Glas zu sein schienen.

13

»Er hat sich an seiner eigenen Zunge verschluckt, Exzellenz. Beim Ausrutschen ist er mit dem Kinn auf einen Stein geschlagen und hat sie sich durchgebissen«, sagte der Brigadiere. »Er ist erstickt.«

Der Wind war an dieser Stelle der Insel ein flinker, leichter Finger, ein launischer Hauch, der sich erhob, kleine Wirbel bildete und sich verdrießlich gleich wieder fallen ließ; er spielte mit der Haartolle, die dem Kommissar über die Stirn fiel, verfing sich unter dem Mützenschild des Brigadiere, ohne die Mütze wirklich wegzureißen, nur um ihn zu necken, ließ sie ein wenig verrutschen und zupfte an einer Ecke des Leintuchs, unter dem der Tote auf dem Aufbau des Karrens lag. Groß und weiß wie ein Leichentuch war das Stück Stoff und so grob und kratzig, daß es steif und straff wie ein gestärktes Wäschestück zwischen den Zehenspitzen und der Stirn gespannt war. Nur auf das Gesicht des Toten hatte sich der Stoff, mit schwarzem Blut getränkt, gesenkt und haftete nun wie ein Verband an den Gesichtszügen. So zeichnete der Stoff einen weitaufgerissenen Mund, Zähne, die zwischen den verzerrten Lippen herausragten, tiefe Nasenlöcher und Augen mit geschwollenen Lidern nach und formte eine Schreckensmaske aus geronnenem Gewebe.

Wer ist dieser Mann, dachte der Kommissar, und sein

Blick wanderte von dem barfüßigen Bauern, der den eilig entladenen Heukarren hielt, auf dem die Leiche abtransportiert werden sollte, zum Brigadiere mit der schief sitzenden Mütze, weiter zum Engländer, der mit Martina auf den Knien auf einem Stein hockte; der redete leise und ohne Unterbrechung, als ginge ihn das Ganze nichts an, was sich da auf dem Strand – schmal wie der weiße Halbmond eines Fingernagels – steil unterhalb des Zeustempels abspielte.

Da es kaum zu bewerkstelligen gewesen wäre, die Leiche über die Treppen des Wegs abzutransportieren, über den Martina und der Engländer gekommen waren, hatte der Arzt den Toten bis zum Strand hinunterschaffen lassen, wo er auf ein Boot verfrachtet wurde, das die Leiche schnell zur Mole auf der anderen Seite der Bucht fahren sollte. Dort stand das Kühlhaus, in das, laut Anordnung des Kommissars, der Tote gelegt werden sollte. Der Arzt hatte keine Lust, auch noch diese Leiche zu untersuchen, obendrein zu dieser Stunde; ohne auf den Kommissar zu warten, hatte er den Toten eilig abtransportieren lassen, auch wenn der Brigadiere gebrummt hatte: »Herr Doktor, ich denke, wenn Seine Exzellenz kommt …«

Der Brigadiere war gefaßt auf einen Rüffel, und der Doktor ebenfalls, denn er war, ohne auf das Boot zu warten, mit den Worten: »Ich mache mich schon mal auf den Weg«, auf dem staubigen Fußpfad einfach davongegangen. Doch nichts dergleichen geschah. Seine Exzellenz hatte nichts gesagt und nicht gebrüllt, nur gefragt, ob der Arzt den Leichnam gesehen habe. Er hatte nicht einmal wissen wollen, wer der Tote war, nur was der Doktor darüber dachte; und der hatte ihm nur gesagt, daß er an seiner eigenen Zunge erstickt sei, Exzellenz. »Er ist ausgerutscht, mit dem Kinn auf einen Stein aufgeschlagen und hat sich die Zunge durchgebissen. Er ist erstickt.«

Wer ist dieser Mann, dachte der Kommissar, doch das behielt er für sich. Er sagte vielmehr: »Wenn der Herr Doktor das glaubt, soll's mir recht sein«, und starrte auf einen Stoffetzen, einen Zipfel des Leintuchs, den der Wind mit scharfen Hieben vergeblich zu lüpfen versuchte, wieder und wieder, wie er es mit der Mütze des Brigadiere gemacht hatte. Es gelang nicht, weil das Tuch zu dick war, auch wenn es dort, an den Fußspitzen des Toten festhängend, einen Spalt offenließ, in den der Wind eindringen konnte – es war einfach zu steif und zu schwer. *Wer ist dieser Mann*, dachte der Kommissar. Vielleicht ist es nur ein Fischer, ein Schäfer oder ein Bauer. Vielleicht auch ein Niemand.

Zu diesem Zeitpunkt hatte die untergehende Sonne am Horizont den Neigungswinkel erreicht, in dem sie das Meer mit einem Schlag in Flammen tauchte. Der Kommissar sah aus dem Augenwinkel das blutrote Glitzern, das so heftig war, daß er den Blick voll aufs Wasser richten mußte. Dort erkannte er einen flachen schwarzen Felsen, der die Bucht auf der gegenüberliegenden Seite der Kaimauer abschloß. Das Meer hatte in den Felsen eine kleine Höhle gegraben, die so schräge Wände hatte, daß man ihr Ende nicht sehen konnte und den Eindruck enormer Tiefe machte, in Wirklichkeit aber war sie nicht viel größer als ein Loch. Blind und von langen grünglänzenden Algen gemasert, wirkte die Grotte wie eine leere Augenhöhle, die auf den Strand gerichtet war. Aus diesem Grund nannten die Fischer sie von alters her das Teufelsauge. In diesem Moment jedoch war das Auge lebendig und hatte eine schmale rote Pupille wie die eines wilden

Tiers und starrte den Kommissar an. Es dauerte nur eine Sekunde, dann veränderte die Sonne ihren Winkel, und aus der Pupille wurde eine große, magere Frau, die unter dem Steinbogen des Teufelsauges stand.

Es war eine Unbekannte.

»Das ist meine Frau«, sagte der Engländer.

Der Kommissar zuckte zusammen, als der Engländer plötzlich auf den Zehenspitzen neben ihm stand und ihm komplizenhaft ins Ohr flüsterte. »Sie mag die Sonne nicht, und so wartet sie auf den Abend, um etwas vom Strand genießen zu können. Wie war der Name?«

»Der Ihrer Frau?«

»Nein, wie heißt der Tote?«

Der Wind spielte kurzatmig mit dem Zipfel des Tuchs, das sich nicht kräuseln ließ. Er schaffte es nicht, den Stoff hochzuheben, und ließ mit einem verärgerten Fauchen wieder davon ab. Vielleicht ist es ein Bauer, dachte der Kommissar. Vielleicht ein Fischer. Vielleicht ein Niemand.

»Es ist Zecchino«, sagte der Brigadiere. »Der Spion.«

Der Kommissar schloß die Augen und holte Atem.

Zecchino.

Er war ohne Fremdeinwirkung gestorben, das hatte der Arzt gesagt. Seit Jahren schon arbeitete Zecchino als Spion auf der Insel, und keiner hatte ihm jemals auch nur ein Haar gekrümmt. Am Vorabend hatte der Kommissar ihn noch am Dorfbrunnen gesehen, wo er sich die Schuhe, die er um den Hals trug, anziehen wollte, um ins Café zu gehen. Vielleicht hatte er ein paar Gläschen über den Durst getrunken und dann einen langen Rutsch in die Tiefe gemacht. Auch der Arzt hatte gesagt, daß er ohne Fremdeinwirkung hinuntergestürzt sei. Zuviel Sambuca, einfach zuviel Sambuca.

»Keine Sambuca, Exzellenz.« Der Brigadiere zog die Schultern hoch und rückte die Mütze gerade. »Ich war gestern abend im Café, und Zecchino ist gar nicht aufgetaucht.«

Ist gut, dachte der Kommissar. Also keine Sambuca.

Doch das muß nichts bedeuten. Zecchino macht sich fluchend auf den Weg, weil *dieser vermaledeite Sbirre* ihm die Lust auf seine Sambuca-Stunde genommen hat. Er geht wieder nach Hause, die gewienerten Schuhe baumeln über seinem Brustkorb, er stolpert über einen Stein, einen trockenen Zweig, ein Grasbüschel und fällt hin. Das hat schließlich auch der Arzt gesagt.

Er blickte zur Höhle auf, doch die Frau des Engländers war verschwunden. Er drehte den Kopf zur Seite, und jetzt war auch der Engländer nicht mehr da. Ziellos ließ er seinen Blick schweifen, und der fiel auf das erste, was auf seiner Bahn lag: auf den Wagen und auf die rote Maske mit dem aufgerissenen Mund. Er schlug die Augen nieder, und die folgten dem weißen Leintuch, und am Ende angelangt, hatte der Wind endlich sein Ziel erreicht: Er zerrte am Stoffzipfel, zog ihn zurück und legte Zecchinos Füße frei.

Der Kommissar atmete noch einmal tief ein, und diesmal bedeckte er die Augen mit den flachen Händen, so daß ihm die Finger bis in die Haare reichten. So verharrte er eine ganze Weile, und als er endlich die Hände wegnahm, blies ein frischer Wind auf seine zusammengepreßten Lider. »Geh schnell ins Dorf«, sagte er zum Brigadiere, »laß dir von jemandem helfen und suche jeden Winkel ab. Stell an, was du willst, aber schaff mir umgehend Doktor Valenza herbei.«

Zecchino stammte aus einer Bauernfamilie und war

von klein auf barfuß gegangen. Schuhe trug er nur, um ins Dorf zu gehen oder um eine Respektsperson, jemanden, der zählte, aufzusuchen. Das Dorf hatte er nicht betreten. Warum hatte er sich also die geputzten Schuhe angezogen, die jetzt im Licht des Sonnenuntergangs rot glühten?

14

Valenza war nicht im Dorf.

So kurz vor Sonnenuntergang konnte er nur an einem einzigen Ort sein. In der Cayenne.

Hätte jemand in diesem Moment, da die Sonne ganz niedrig überm Meer stand, die Cayenne malen wollen, hätte er Ölfarben verwendet, um eine glänzende und zugleich undurchlässige Farbschicht zu erstellen. Er hätte zuerst Blau und Rot zu einem intensiven Violett gemischt und damit den Himmel und das Meer gemalt. Dabei hätte er den Pinsel fest auf die Leinwand gedrückt, bis sich die Pinselhaare spreizten, und lange weißliche, nur schwach von Farbe getränkte Streifen hinterlassen. Dann hätte er mehr Rot ins Farbgemisch gegeben, um ein helleres Violett zu erzielen, und hätte damit jenen schweren, undurchdringlichen Himmel wieder gelichtet und in der Mitte geweitet, bis er langsam in ein blasseres Rot, fast in ein Rosa übergegangen wäre. Dann hätte er die inzwischen verdickte Farbpaste mit einem Gelb, das er mit der Pinselspitze an den Stellen mit dem Rot vermischt hätte, wo es noch dicht und grobkörnig war, noch leuchtender gemacht; damit hätte er die zurückgelassenen Streifen übermalt und sie in blutige Lichtsplitter verwandelt; so hätten sie unter der unsichtbaren Linie, die das Violett des Himmels von dem des Meeres trennt, das Licht noch strahlender und glänzender zurückgeworfen. In der Mitte, ein wenig nach links verschoben, hätte er die gelbe, klar umrissene Scheibe des aufgehenden Mondes gemalt. Doch dann hätte er die Pinselspitze dort, wo das meiste Blau war, in die Farbpaste gedrückt und damit den tieferen Teil des Himmels und den Mond übermalt, bis von ihm nur noch die schmale gelbe Mondsichel übriggeblieben wäre, die versucht, das Violett zu durchstechen, um sich im Meer zu spiegeln.

Für die Cayenne hingegen hätte er Schwarz verwenden müssen. Nur Schwarz, um aus jenem Hintergrund eine schiefe Steinscherbe, spitz zulaufend wie ein abgebrochener Zahn, herauszuholen.

Dort drinnen war Valenza und beobachtete unruhig den aufgehenden Mond überm Meer.

Er lehnte mit den Armen auf dem Fensterbrett im Saal, hielt wegen des blendenden Widerscheins des Meeres die Augen geschlossen und preßte im Wind die Lippen zusammen. Der Schlafsaal mit den nackten Steinwänden, in dem er über Nacht mit zehn anderen Verbannten eingeschlossen wurde, war lang und schmal wie ein Stollen. Das dreistöckige Gebäude, in das dieser Raum zwischen einem anderen darüber und einem darunter gezwängt war, wirkte als Gefängnis ziemlich seltsam. Alle Wände, die breiten wie die schmalen, einschließlich der zum Meer hin liegenden, waren von Fensteröffnungen, eine neben der anderen, durchbrochen, so daß das Gebäude mehr aus freien Stellen denn aus Mauerwerk gemacht zu sein schien. In den Fensterhöhlen waren weder Scheiben noch Gitter oder Stangen, sondern nur Wind, Luft, die, je nach Tageszeit, wärmer oder kälter, ununterbrochen hereinwehte. Nur die Richtung änderte sich mit dem Wind; plötzlich mochte er einschlafen, um dann böig aufzufrischen. Die Verbannten hatten sich seit dem ersten Tag angewöhnt, alles mit Steinen zu beschweren: Auf Papierblättern und Heften erhoben sich Pyramiden aus kleinen Steinen, die die Gefangenen draußen gesammelt hatten; flache Kiesel ruhten auf den Buchdeckeln, runde Steine in den auf dem Boden abgelegten Hüten. Steine waren neben den Pritschen aufgereiht, und die Bettücher waren ganz straff über die groben Matratzen gespannt, damit der Wind die Zipfel nicht herauszerrte. Die Gefängnismauern schienen nicht aus Stein, sondern aus Luft gemacht zu sein; es war eine bösartige Luft, die nicht auf der Schwelle innehielt wie ein Wächter, sondern eintrat und wie ein Folterknecht Pein und Leid zufügte.

Die Luft allein hätte die Verbannten sicher nicht von einer Flucht abgehalten. Selbst wenn die gemeinen Sträflinge des ersten Stockwerks über die Fensterbänke gesprungen wären, selbst wenn die Politischen im zweiten und die Sonderhäftlinge im dritten Stock sich mit Bettüchern heruntergelassen hätten, sie hätten sich auf einem Erdwall mitten auf dem staubigen Platz wiedergefunden, umringt von einer hohen Mauer aus Lavastein, schwarz und schief wie die Wand eines Kohlebergwerks.

Selbst wenn es ihnen gelungen wäre, in einer mondlosen Nacht den Wachgang der Milizsoldaten abzupassen und sich hinter die mehrstöckigen Wohnhäuser der Faschisten zu schleichen – die ja, die hatten Scheiben und Eisengitter an den Fenstern! –, das Tor aufzubrechen und zu entkommen, wären sie noch immer auf der Insel gewesen, und zwar genau eine Tagesfahrt mit dem Dampfboot von jedem beliebigen Punkt des Festlands entfernt. Im Rücken hätten sie Mazzarino, seine Männer und vielleicht einige der Hunde gehabt, deren Gekläff aus dem letzten finsteren Gebäude drang, das in die Mauern eingelassen und stets verschlossen war. Nachts bellten sie heiser und wütend, keiner hatte sie je zu Gesicht bekommen. So blieben die Verbannten in ihrem Gefängnis aus Luft und Meer, immer dieselben, denn kaum hatte einer, der noch gut davongekommen war und nur wenige Monate wegen Beleidigung oder Staatsverhöhnung gekriegt hatte, seine Strafe abgesessen, tauchte auch schon Mazzarino mit einem Telegramm auf, in dem die Verlängerung der Strafe mitgeteilt wurde.

An jenem Abend blies der Schirokko so klebrig, schwer und warm, daß das bloße Öffnen des Mundes schon zu Atemnot führte. Wie eine Feuerzunge aus einer Drachenkehle drang er durch die Öffnungen ein. In Kürze würde der Wind drehen, zu einem *libeccio* werden, die Farben des Sonnenuntergangs verlieren und den Schlafsaal, immer noch schnell wie eine Feuerzunge, aber nun wie eine schwarze kalte Zunge, durchqueren.

Valenza war nicht aus diesem Grund unruhig. Kurz zuvor hatte er mit dem Anarchisten Friedrich über den aufgehenden Mond gesprochen, doch nur, weil ein anderer Verbannter sich ihnen genähert hatte, der gemeinhin als Spion der Miliz bekannt war. Sobald er weg war, hatten sie ihre Diskussion über Mussolini und seine Rede vor der Abgeordnetenkammer wiederaufgenommen. Er wird fallen, hatte Valenza gesagt. Er hat die volle Verantwortung für einen Mord auf sich genommen und so den antifaschistischen Kräften Gelegenheit gegeben, auf ganz legalem Wege seinen Kopf zu fordern. Der König mag zwar eine Kanaille sein, doch er braucht das Gesetz. Friedrich hatte sich an den Koteletten gekratzt, die ihm bis zum Kinn reichten und in einen zweigeteilten Krausbart übergingen. *Nein.* Valenza war Professor, Sohn von Professoren, Einzelkind, und er hatte bis zum Tag seiner Verhaftung und der anschließenden Verbannung in den besseren Vierteln seiner Stadt gelebt. Friedrich aber war das sechste Kind eines Schusters und einer Waschfrau aus Dresden; er war durch halb Europa gezogen, hatte sich sein Brot als Hilfsarbeiter verdient und für DIE Idee gekämpft. Ja, und? Was besagt die? Daß niemand die Reichen besser versteht als die Armen, und zwar besser, als die Reichen es selbst könnten. Die Herrschenden bleiben immer und überall Herrschende und setzen die politische Stabilität nicht aufs Spiel, um einem Delinquenten den Prozeß zu machen. Eben deshalb, weil der König eine Kanaille ist, braucht er absolut keine Legalität.

Nach diesem Vortrag war Friedrich vom Fenster weggegangen, um seine und Valenzas Worte vor einem kommunistischen Genossen zu wiederholen, der auf seiner Pritsche saß und wartete. Auf Anordnung Mazzarinos galten die Freiheitsbeschränkungen für die Verbannten auch hinter den Mauern der Cayenne, also auch im Schlafsaal: Mehr als zwei Männer, die miteinander redeten, galten als eine nicht genehmigte Versammlung. Die einzige Möglichkeit, in einer größeren Gruppe zu diskutieren, war die, die Unterredung aufzusplitten und sie in Bruchstücken im Zimmer herumzutragen, in der Hoffnung, daß sie wie durch einen langen, schnurlosen Telegraphen zurückfloß.

Valenza lehnte wartend am Fensterbrett, und der kommunistische Genosse stellte sich mit verschränkten Armen, die Schulter gegen die Wand gedrückt, neben ihn. Es war ein junger magerer Bursche, und sein Hals war ganz weiß, denn in der Sonne trug er stets einen gestärkten Kragen bis hinauf zum Kinn.

»Ich stimme dem anarchistischen Genossen zu«, erläuterte er, »dem ich meinen Standpunkt dargelegt habe, den ich für dich jetzt wiederhole. Mussolini wird nicht nur an der Macht bleiben, sondern auch den ganzen Rest der Opposition in die Illegalität drängen. Nicht nur der König ist eine Kanaille, sondern mit ihm dieses ganze Italien der Industriellen, Beamten, Militärs, Rechtsanwälte und Professoren, die dabei sind, für ein bißchen politische und gesellschaftliche Stabilität ihre Seele an den Teufel zu verkaufen. Was stand in der Zeitung, die du heute lesen durftest?«

»Regierungsumbildung, subversive Kräfte in Handschellen, Werbung für ein Aufbaumittel. Doch die Rede Mussolinis vor der Kammer ist noch viel zu gut in Erinnerung, als daß die gesunden Kräfte …«

»Du wirst morgen schon sehen. Lies noch eine andere … Ich will fünf Lire für Wein wetten, wenn sich etwas geändert hat.«

»Einverstanden, morgen besauf ich mich auf deine Kosten, Genosse.«

Der Kommunist entfernte sich, um die Unterredung einem Sozialisten zu hinterbringen, der gerade von einem Gespräch mit dem Deutschen kam. Er hielt den Hut vors Gesicht und versuchte, gegen den Wind zu rauchen. Valenza widmete sich wieder dem Himmel vor dem Fenster und ließ den Wind seine Zähne vereisen, die im schwachen Lächeln ein Stück entblößt waren. Er dachte, *du wirst sehen*, mit einem entschlossenen Nicken, *du wirst sehen*, doch er konnte den Gedanken nicht weiterspinnen, denn eine Hand, schwer wie eine Pranke, quetschte seine Schulter und zwang ihn, sich umzudrehen.

Mazzarino sah ihn mit zusammengekniffenen Augen an, seine Nasenflügel waren weit gebläht wie die eines Wildschweins. »Euer Ehren, würdet Ihr uns bitte folgen?« knurrte er finster. »Wir würden gern ein paar Worte mit Euch wechseln.«

15

Er konnte es kaum glauben. Nach Hause zu kommen und nicht diese hüpfenden, einfältigen Noten zu hören. Es war eine Erleichterung, die ihm richtig weh tat, etwas, was sein Geist wie eine gute Nachricht oder ein kostbares Geschenk erfaßte, mit dem die Leerräume zwischen den Gedanken ausgefüllt wurden.

Als der Kommissar in das Sträßchen einbog, das zum Heckenzaun seines Hauses führte, fühlte er sich bereits schuldig, weil er Valenza vom Brigadiere hatte rufen lassen und damit seine Versetzung, wenn auch nicht zwangsläufig, doch irgendwie aufs Spiel gesetzt hatte. Und bei diesem Gedanken fühlte er sich schuldig, weil er sich überhaupt schuldig fühlte, denn es war nun einmal seine Pflicht als Staatsbeamter, Licht in eine so undurchsichtige Sache wie den Tod von Zecchino zu bringen. Die Tatsache, daß der Brigadiere Valenza nicht gefunden hatte, ließ ihm eine Verschnaufpause bis zum nächsten Tag; seine Gedanken wanderten zwischen dem Telegramm des Innenministeriums und den Schuhen des Spions hin und her, als er das Tor zwischen den beiden Büschen öffnete und die Frau des Federale vor der Haustür stehen sah.

Da die Öllampe auf der Veranda nicht brannte und die Frau ein dunkler Typ mit pechschwarzem Haar war, hatte er sie im ersten Moment nicht erkannt. Doch gleich darauf hatte er ihre üppigen Formen, die Rundungen ihrer Hüften unter dem straff geschnürten Unterkleid und die ihres Busens unter einem weißen Spitzenleibchen wahrgenommen. Selbst wenn sich die Frau des Federale wie eine Dame kleidete, mit Handschuhen und Halskrause aus Spitze, wirkte sie immer noch vulgär und aufreizend wie die Besitzerin eines Bordells vierter Klasse.

»Guten Abend, Herr Kommissar«, grüßte sie und reichte ihm die Hand. Als er so nah war, um ihr einen Handkuß zu geben, nahm sie ihn rasch beim Arm und zwang ihn zu einer halben Drehung Richtung Gartentor. »Ihr begleitet mich doch ein Stückchen, nicht wahr? Ich habe soeben Eure Gattin besucht und finde, es geht ihr besser, wesentlich besser sogar. Es wird wohl wegen der guten Nachricht sein? Meine Glückwünsche, wirklich, meine Glückwünsche ...«

Der Kommissar erstarrte, und sie stippte sich mit den Fingerspitzen gegen die Lippen.

»Oh, wie dumm von mir ... Ich habe Eurer Gattin geschworen, es sollte ein Geheimnis bleiben. Ihr werdet doch verstehen, unter Frauen ... Da redet man halt, man plaudert, und am Ende vertraut man sich der anderen an. Aber es war nicht ihre Schuld ... Ihr müßt wissen, ich habe meinen Spaß beim Kartenlegen, ich hatte meine Tarots in der Handtasche und habe sie gedrängt, sich von mir die Karten legen zu lassen. Als ich dann aus den Karten eine bevorstehende Reise las, hat Eure Gemahlin es nicht mehr für sich behalten können. Sie ist noch sehr schwach und wird schnell müde. Wird sie die Überfahrt überhaupt verkraften?«

»Es ist nicht gesagt, daß wir abreisen«, erklärte der Kommissar und öffnete das Tor, »die Bestätigung ist noch nicht eingetroffen.«

»Ihr werdet abfahren, Kommissar, ganz gewiß werdet Ihr abfahren«, flüsterte die Frau des Federale mit einem schrägen Blick auf ihn und ließ seinen Arm los. Ihre Augen glänzten und waren tiefschwarz wie ihre Lokken, von denen sich eine an der Seite ihrer markanten dunklen Augenbrauen aus der Frisur gelöst hatte und über die Stirn fiel.

»Mein Ehemann, der ja, der ist hier lebendig begraben, bis sie ihn von der Casa del Fascio auf den Friedhof verlegt haben werden. Und mich dazu.«

Sie hob ihr Unterkleid und ließ ein Paar Kurzstiefel mit hohem Absatz sehen. Blitzschnell schoß ein Fuß hervor und zerdrückte ein hartes grünes Blatt, das von der Hecke gefallen war. Es knirschte, und sie schloß halb die Augen. Danach blickte sie den Kommissar lächelnd an, und ihre vollen dunklen Lippen – fast so dunkel wie ihr Haar – wölbten sich. »Das habe ich immer so gemacht, als ich in Florenz war. Dort gibt es eine herrliche Allee mit Bäumen, die im Herbst ihre Blätter verlieren, und als kleines Mädchen lief ich herum und zertrat all das schöne Laub. Die Straßen auf dieser Insel sind zu schmal und nicht von Bäumen gesäumt … Ihr gestattet?«

Sie tat einen Schritt nach vorn und zerstampfte kraftvoll ein weiteres Blatt, half mit der Hand auf dem Knie beim Treten nach.

»Ich war der Meinung, Ihr seid Grundschullehrerin in Taranto gewesen?« fragte der Kommissar, und der funkelnde, maliziöse Blick, den die Frau des Federale ihm noch vor kurzem zugeworfen hatte, war jetzt hart und stumpf geworden.

»Florenz, Taranto … was macht das schon für einen Unterschied?« Und dann stampfte sie so heftig auf die Erde, daß ein Blatt an ihrem Absatz steckenblieb, mit gespreizten Flügeln unbeweglich wie ein aufgespießter Schmetterling. Vergeblich versuchte sie, es von ihrem Stiefel abzuschütteln; dann stützte sie sich auf den Arm des Kommissars, winkelte das Bein an und zog das Blatt mit der anderen Hand herunter.

»Was hat das schon für eine Bedeutung, wo ich vorher war? Mich interessiert, wo ich jetzt bin, nämlich auf diesem Felsen mitten im Meer, auf dem es nichts gibt, auf dem nichts geschieht und auf den nichts von außen dringt. Alle wollen von dieser Insel weg, doch keiner schafft es ... oder fast keiner. Seid Ihr jemals im Labor des Photographen gewesen?«

Sie hatte den Fuß auf den Boden gesetzt, doch ihre Hand ruhte noch auf dem Arm des Kommissars, der durch den Stoff hindurch den Druck der runden, weichen Finger spürte. Der Daumen und der Zeigefinger bewegten sich ganz langsam, kaum merklich, auf und ab. Glänzende schwarze Augen sahen ihn an. Die Lippen waren dunkel und voll wie die einer Abessinierin.

»Es wird spät«, murmelte der Kommissar. Er wollte seinen Arm zurückziehen, doch sie hinderte ihn daran.

»An der Tür der Photographenwerkstatt«, flüsterte die Frau des Federale, als verrate sie ein Geheimnis, »hängen die Aufnahmen derjenigen, die es in den letzten Jahren geschafft haben, die Insel zu verlassen. Wißt Ihr, wie viele das sind?« Die Antwort kam gehaucht über ihre Lippen: »Zwei. Der alte Parteisekretär und der Kommissar, der vor Euch im Amt war. Beide wurden aufs Festland zurückbeordert, denn das ist die einzige Art, um von hier wegzukommen. Hier auf der Insel wird man nicht reich, und hat man das Meer überquert, wovon sollte man dann leben, wenn man keine Anstellung hat? Wenn sie Euch zurückgerufen haben, heißt das, es wartet ein Posten auf Euch ...«

Jetzt drückte die Frau des Federale heftig seinen Arm. Der Druck stoppte sein Blut und ließ seine Hand eisig werden. Er versuchte, sich ihr zu entziehen, aber das wäre nur mit einem energischen Ruck möglich gewesen, und das brachte er nicht so ohne weiteres fertig.

»Wißt Ihr, warum diese Photos dort hängen?« fragte sie, und das war kein Flüstern mehr, sondern ein Zischen. »Wer sich die hat machen lassen, der hatte es so eilig, abzureisen, daß er sie nicht mehr abgeholt hat. Auf ihnen sind alle Dorfgrößen auf dem Platz vor der Kirche oder dem Rathaus versammelt, alle sind festlich gekleidet wie bei einer Hochzeit, und mitten unter ihnen steht das Glückskind und lächelt ... Der Photograph braucht einen Tag für die Entwicklung der Platten, doch als die Lichtbilder fertig sind, ist keiner mehr da, um sie abzuholen; so vergilben sie schließlich an der Wand. Diese Insel ist ein Gefängnis, Herr Kommissar, hier lebt man eingesperrt und abgetrennt vom Rest der Welt – wie in einem Gefängnis. Tut sich einem der Gefangenen eine Tür auf, wißt Ihr, was der dann macht? Er haut ab, nimmt die Beine unter den Arm, ohne sich auch nur einmal umzudrehen. So werdet auch Ihr es machen, Herr Kommissar, sobald man Euch photographiert haben wird.«

»Mich und meine Frau«, sagte der Kommissar. »Auch sie wird dabei sein, auf dem Bild...«

Ihr Griff veränderte sich. Er lockerte sich nicht, blieb fest und beharrlich, aber er bewegte sich, glitt wie ein erfahrenes und entschlossenes Streicheln über ihn. Der Daumen der Frau des Federale bahnte sich seinen Weg unter die Manschette des Kommissars, und ihr langer Fingernagel kratzte seine Haut. »Ganz gewiß ... Es sei denn, Ihr müßtet völlig überraschend aufbrechen, und Eure Gattin wäre noch nicht in der Lage, die Reise anzutreten. In einem solchen Fall würdet Ihr doch allein abfahren ... Oder nicht?«

Sie schloß die Lippen bei dem Nicht, und öffnete sie dann wieder einen Spaltbreit zu einem Kußmund. Ihre funkelnden schwarzen Augen jedoch waren weit offen, und ihr Blick war fest in seinen Augen verankert.

»Es wird wirklich spät«, sagte der Kommissar. »Hana ist allein, vielleicht braucht sie mich.«

Ein kurzes Aufblitzen in den Augen der Frau des Federale, ein Aufzucken, bei dem sich ihre Pupillen eine Sekunde lang verengten, und ein trübes Licht ging von ihnen aus, das verhüllte, anstatt zu erhellen. Es schien Angst zu sein. Doch das Ganze dauerte nicht lange.

Abrupt ließ die Frau von ihm ab. »Ach, wie glücklich kann sich Eure Gattin doch schätzen«, stieß sie böse hervor, »einen Mann geheiratet zu haben, der sie von hier wegbringt. Mein Mann tut das nicht, der ist aus anderem Holz gemacht. Es sind nun beinahe zwei Jahre, daß er auf seine Beförderung zum Parteisekretär wartet, und nichts wird daraus ... Wißt Ihr, wer hier der eigentliche Federale ist? Dieses Wildschwein von Mazzarino. Mein Mann tut alles, was der da will.«

Wieder diese aufblitzende Angst, als sie die Hand hob, um dann nochmals den Arm des Kommissars zu drücken, doch auf halber Höhe hielt sie inne. »Unterschätzt ihn nicht. Der Mann ist eine Bestie, doch er ist tausendmal schlauer, als er aussieht. Und verrückt ist er obendrein.«

Wieder machte sie einen Schritt nach vorn und durchbohrte mit dem Absatz ein weiteres Blatt. Dann ging sie davon.

16

Beim Gehen spürte Mazzarino, daß er nicht allein war. Er stampfte bei jedem Schritt auf, als marschierte er, neigte die breiten Schultern ein wenig nach vorn, winkelte die Arme über den Hüften an, als müsse er eine Menschenmenge im Zaum halten und zugleich ihre Macht noch stärken. Beim Gehen spürte der Manipelanführer Mazzarino in seinem Rücken den Atem Tausender und Abertausender von Schwarzhemden, hörte das Rauschen der versilberten Wimpelfransen, erspähte aus dem Augenwinkel das leuchtende Weiß der Schädel und Knochen, die auf den schwarzen Stoff gestickt waren. Zu beiden Seiten fühlte er die Schlagknüppel und die Dolchgriffe der faschistischen Sturmgruppen, die ihn antrieben, und in seinen Ohren lag das rhythmische Donnern der Fanfaren, der Trompeten, Becken und Trommeln, dazu das Stampfen der Stiefel der Milizsoldaten. Der Manipelanführer wußte, daß er auf seinem Marsch nicht allein war. Er schritt voran, als wäre er an der Spitze einer Kolonne, entschlossen und kraftvoll wie einer, der mit Sicherheit weiß, woher er kommt und wohin er geht.

Früher war das nicht so. Bevor er Mitglied der faschistischen Sturmabteilung wurde, dann Schwarzhemd, zweiter Gruppenanführer, Helfer und Manipelanführer, wußte er das nicht. Er war an einem Ort geboren, wo man von nirgendwo kam und nirgendwohin ging. Das war ein Berg tief im Appennin und das weit versprengte Bauernanwesen seiner Familie, das dem finsteren Wald abgezwungen worden war. Die schwarzen Bäume waren in dieser Höhe kleinwüchsig und gedrungen, genau wie er und seine sechzehn Geschwister. Außer der ältesten Schwester, die zu Hause geblieben war, um der Mutter zu helfen, waren die weiblichen Familienmitglieder wohl die einzigen, die irgendwohin kamen, denn bei Vollendung ihres dreizehnten Lebensjahrs schickte der Vater sie als Dienstmädchen in die tiefer gelegenen Ortschaften oder in die Stadt. Die Söhne aber blieben zu Hause, um den kargen Boden zu bestellen, Schafe, haarig wie Ziegen zu züchten, Kastanien zu sammeln, Wildesel einzufangen und Wildschweine zu jagen. So war Mazzarino, und so waren alle seine Brüder und Schwestern: Den Unterkiefer leicht vorgeschoben, atmeten sie pfeifend durch die Zähne und stießen grunzend einsilbige Wörter im rauhen Bergdialekt aus; ihre Nase war auf die Lippen gequetscht, und durch die breiten Nasenlöcher nahmen sie wie die Wildschweine Witterung auf, waren wie diese untersetzt, haarig und schwarz.

Im Dorf wurden sie gehänselt, man nannte sie ungebildet, schwerfällig und rauh wie die Wildesel. Deshalb gingen sie erst gar nicht ins Dorf. Auf den Höfen hoch oben auf dem Berg wuchs Mazzarino also heran, nährte sich vom Fleisch der Schafe, von Ricotta und Kastanienmehl und erreichte die genetisch vorbestimmte Körpergröße seiner Rasse. Seine Beine, Schultern und Unterarme waren kräftig und muskulös, denn er mußte über unwegsame steile Waldpfade klettern und viel steinhartes Holz hacken.

Genau auf dem Berggipfel, wohin er die Schafe zum

Weiden führte, lag ein See. Es war nur ein winziger Teich, doch groß genug, um den Himmel zu spiegeln, der dort oben, ohne etwas anderes über sich, ganz nah war. Bei klarem, wolkenlosem Himmel ohne Dunstschleier war das Wasser des Teichs blau, und man konnte weit, bis zum Meer sehen, das blau war wie der Himmel und der See.

Das war der Anblick, den Mazzarino am meisten haßte. Dann sah er den unendlichen Horizont, die azurblaue Linie, die, wie man ihm gesagt hatte, eine riesige, unbegrenzte Wasserfläche war, und er konnte sich nicht einmal vorstellen, wie groß sie in Wirklichkeit war. Dort auf dem Berg aber hatte er nur einen winzigen Wasserfleck vor sich, der das Meer, wie um ihn zu verspotten, in noch größere Ferne rückte.

Es war nicht so, als gefiele ihm das Leben auf dem Berg nicht. Das duftende Moos, der würzigere Geruch des Harzes, das aus der Rinde der Bäume wie aus einer klaffenden Wunde tropfte, der stechende Geruch der Schafe und der wilde der Wildschweine machten ihn noch trunkener als der Wein und weckten in ihm, wenn er allein in den Wäldern war, die Lust zu schreien: Dann heulte er aus voller Kehle wie ein Wolf. Und es geschahen Dinge auf dem Berg. Er sah Dinge.

Einmal entdeckte er einen Wildesel neben dem Teich. Verendend hatte sich das Tier zum Wasser geschleppt, ohne es jedoch zu erreichen. Sein Bauch war von der Leiste bis zum Brustbein von den Hauern eines Wildschweins aufgeschlitzt, und er sah das blutige Gedärm im schnellen Rhythmus seines Atems zittern. Kniete er auf der Erde nieder, die Hände aufs Gras gestützt, das naß und klebrig von geronnenem Blut war, konnte er auch das verängstigt schlagende Herz sehen. Genau das tat Mazzarino jetzt, und er sah, wie es plötzlich zu schlagen aufhörte. Eigentlich hätte er den Kadaver wegschaffen müssen, doch er ließ ihn einfach liegen. Jeden Tag stieg er zum See hinauf und sah ihn sich an. Er beobachtete, wie das bläuliche, aufgedunsene Aas erst mit surrenden Fliegen bedeckt war, dann aufplatzte, voll wuselnder Maden, sich schließlich auflöste und vertrocknete. Auch wenn der Geruch so heftig geworden war, daß er sich mit beiden Händen die Nase zuhalten mußte, ging er weiterhin dort hinauf und starrte in die Augen des Maultiers, die bald zwei wäßrige dunkle Löcher waren, auf die gelblichen Zähne, die sich deutlich von der grauen Haut des Mauls abhoben, in die dünner werdenden Nüstern, die sich in eine immer tiefere und finsterere Höhle voller Knochensplitter zurückzogen.

Außerdem gab es dort giftige Schwarzvipern, die sich durchs Laub schlängelten oder von den Bäumen herabhingen, und als Mazzarino gelernt hatte, ihnen aus dem Weg zu gehen, entdeckte er auch, wie man Jagd auf sie machen konnte. Es genügte, schlauer und schneller als die Schlangen zu sein: Er schreckte die schlafenden Tiere durch irgendein Geräusch auf, stürzte sich mit ausgestrecktem Arm auf sie, packte sie am Kopf und zerquetschte den mit einem Stein.

Sein ganzes Leben hätte er, genau wie sein Großvater, sein Vater und seine Brüder, auf dem Berg zugebracht, hätte Schlangen und Wildschweine gejagt, Schafe geweidet, Maultiere eingefangen; hätte seinen Haß auf den See und den Himmel genährt, die ihm zu verstehen gaben, daß das Meer weit weg war und einer wie er, der von nirgendwo kam und nirgendwohin ging, nirgendwo anders als auf einem Berg leben konnte. Sein ganzes Leben wäre er auf dem Berg geblieben, wäre nicht etwas eingetreten, das ihn von dort weggeholt hätte. Und das war der Krieg.

Dunkel, wie er war – dunkle Haut, Augen, Haare –, durchquerte er, an ein Holzbrett geklammert, da er nicht schwimmen konnte, den Piave. Auf seinem Rücken war ein Sack Granaten festgebunden. War er auf dem Gegenufer angelangt, kroch er hinter den österreichischen Wachsoldaten weiter voran und stellte es dann so an, daß sie sich zu ihm umdrehten. Wie bei den Vipern schnellte sein Arm nach vorn, und noch bevor sie losschreien konnten, bohrte er ihnen seinen Dolch in den Mund. Darauf schleuderte er die Granaten in die Gefechtsgräben und machte kehrt. Wieder klammerte er sich an einem Brett fest, hielt das Gesicht gegen das nasse Holz gepreßt, um der Versuchung zu widerstehen, den Kopf zu heben und wie ein Wolf loszuheulen. Das machte er drei Jahre lang, und am Ende des Kriegs wurde er mit dem Grad eines Feldwebels der *Arditi* entlassen. Dennoch wäre er auf den Berg zu den Schwarzvipern, den Maultieren und den Wildschweinen zurückgekehrt, wäre nicht noch etwas anderes in sein Leben getreten, das für immer von ihm Besitz ergreifen sollte. Und das waren die Faschisten.

Während er auf dem Bahnhof in Florenz den Truppentransport abwartete, hatte ein Totenkopf auf dem Wimpel eines Soldaten des faschistischen Schlägertrupps seine Aufmerksamkeit erregt. Der Kopf war schlecht gezeichnet und so schief auf den Stoff genäht, daß er eher wie der Schädel eines Maultiers als der eines Menschen aussah. In den Anblick versunken, verpaßte Mazzarino schließlich seinen Zug. Nach einer Weile näherte sich einer der Faschisten, der ihm zuvor mit einem Pfiff in seine Richtung bedeutet hatte, das Feld zu räumen. Jetzt begann er, ihn neugierig einzukreisen, und Mazzarino ließ ihn gewähren, ja, er ließ ihn sogar seine Schultern anfassen und seine Unterarme betasten.

Mazzarino duldete, daß er lachte, nachdem er, um ihn nachzuäffen, die Kinnlade vorgeschoben und grunzend die Nasenlöcher gebläht hatte. Als der Faschist zu seinen Männern zurückkehrte, hielt er auf halbem Weg inne und machte ihm ein Zeichen mit dem Kopf. Und Mazzarino war ihm gefolgt.

Er hatte zum erstenmal eine Frau gehabt, als die Faschisten ihn eines Nachts ins Bordell der Armida brachten: Johlend standen sie ums Bett und klatschten ihm Beifall, während die Frau vor Schmerz schrie, er solle aufhören. Während eines Überfalls auf die Arbeiterkammer zog er mit dem Zacken einer Spitzhacke dem ersten Sozialisten eine über den Schädel; den ersten Mann tötete er, als er vor einer Gastwirtschaft aus dem Hinterhalt mit gesenktem Kopf wie ein Wildschwein auf zwei Anarchisten zustürmte und einen von ihnen mit einem einzigen Messerstich aufschlitzte. Das war Nummer eins, sagten die Faschisten und stießen bei Armida darauf an, weil die im Krieg Getöteten nicht zählten, denn da ist Töten ja Pflicht. Gemeinsam mit den Faschisten bei Armida lernte er, Wörter zu buchstabieren und zu lesen; bald konnte er sämtliche Lieder von *Jugend, zu den Waffen und O du heiliger Schlagstock* auswendig, ebenso alle Reden des Duce, alle Zitate und das gesamte Handbuch der Schwarzhemden. Als dann der Moment gekommen war, schaffte er die Prüfung und wurde Manipelanführer, was in der Miliz dem Grad eines Leutnants gleichkam.

Doch an all das oder an andere Dinge verschwendete Mazzarino keinen Gedanken, als er zusammen mit Valenza in das Dunkel eines Korridors in der Cayenne vordrang. Im Bewußtsein, nicht allein zu sein, ging er kräftigen Schritts und vorgebeugt voran – wie damals, als er an der Spitze einer Kolonne marschierte und mit

Sicherheit wußte, wohin er ging – und dachte an nichts von alledem.

Seine Gedanken kreisten vielmehr um seine Ankunft auf der Insel, als er zum erstenmal das Meer gesehen hatte.

Der dritte Tag

17

Der Kommissar trommelte mit den Fingerspitzen auf die Zeitung auf seinem Schreibtisch, ohne sie anzusehen. Dann ließ er den Daumen über die Kette streichen, zog die Uhr aus der Westentasche und warf einen raschen Blick darauf.

Merkwürdig, daß sich Valenza heute noch nicht gezeigt hat, dachte er und tippte erneut auf die Zeitung, und zwar auf eine Photographie von Mussolini. Seine Exzellenz, das Oberhaupt der Faschisten, war auf der festen, dicken Röhre, zu der die Zeitung wie zu einem Schlagstock zusammengerollt war, in zwei Hälften geteilt. Die halbe Photographie zeigte einen in die Seite gestemmten Arm, ein schräg ausgestelltes Bein und eine Gesichtshälfte mit aufgerissenem Auge, das wegen des Rasters und der Druckerschwärze wie zerbröselt aussah. Hinter seinem Rücken an der Wand, knapp über dem Kopf des Kommissars, hing noch eine andere Photographie von Mussolini. Es war ein Brustbild Seiner Exzellenz, des Cavaliere, Premierministers und Regierungsoberhaupts, im Frack; auf diesem Photo hatte er einen erschrockenen Gesichtsausdruck, als wäre er bei einer unschicklichen Handlung überrascht worden. Es war eine alte Aufnahme, die der Vorgänger in aller Eile aufgehängt hatte und die hängen geblieben war, obwohl der Federale ihm ein anderes Photo, eine Nahaufnahme, gebracht hatte, auf der Seine Exzellenz im Profil mit kleinem Helm auf dem Kopf und kühnem Blick abgebildet war; aus reiner Vergeßlichkeit lag das Porträt noch immer in der Schublade. Hinter dem Kommissar hing auch ein Porträt des Königs, und darüber, nicht sehr viel höher, aber hoch genug, war ein schwarzes Holzkruzifix mit einem Christus an die Wand genagelt, der mit rissigem Gips überzogen war. Auf dem Schreibtisch aber stand eine Photographie seiner Frau Hana aus der Zeit, als es ihr noch gutging, und darauf lächelte sie wie eine präraffaelitische Madonna mit roten Wangen.

Der Kommissar schob die Zeitung zur Seite, um auf der lederüberzogenen Schreibtischplatte Platz für die Unterschriftenmappe zu machen, die der Brigadiere ihm soeben vorlegte. Es waren die üblichen, immer gleich lautenden Morgenmeldungen: *In der vorigen Nacht hat es keine besonderen Vorkommnisse gegeben*, und dann wie immer die Genehmigungsgesuche für die Ein- und Ausladeoperationen des Transportboots. Diesmal aber war auch der Bericht der Gerichtsmedizin über die Autopsie von Zecchino dabei: Es waren vier handgeschriebene Zeilen, dazu eine fünfte mit der Unterschrift des Arztes und eine sechste: *Gelesen und unterzeichnet … der Kommissar.*

Der Kommissar hatte einen Anflug von Schuldgefühlen. Er unterschrieb sämtliche Papiere mit Ausnahme des letzten, legte es auf die Zeitung und dachte, daß Zecchino ruhig noch eine Weile in Gesellschaft von Miranda und den tiefgefrorenen Fischen im Eislager verweilen konnte. Er stukte die anderen Papiere zu einem Haufen zusammen und schickte sich an, sie weiterzureichen. Doch dann nahm er sie nicht in die Hand, und der Brigadiere stand mit ausgestrecktem Arm da.

»Seit wann bist du bei der Polizei?«

Der Brigadiere zog den Arm zurück und zuckte mit den Schultern. »Im März werden es siebzehn Jahre, Exzellenz.«

»Glaubst du, daß du ein guter Polizist bist?«

»Exzellenz, ich denke, ja ... Im Rahmen meiner Fähigkeiten.«

»Was hältst du hiervon?« fragte der Kommissar und ließ die Hand zur Seite fallen, tippte auf den Bericht der Gerichtsmedizin, der auf der Zeitung lag.

»Von Seiner Exzellenz, dem Duce, Herr Kommissar?« fragte der Brigadiere mit aufgerissenen Augen und machte entsetzt einen halben Schritt zurück.

»Aber nein, was hast du denn verstanden! Von Zecchinos Tod, meine ich.«

Der Brigadiere kam wieder näher. Er rückte die Mütze aus der Stirn und preßte die Lippen unter dem Schnauzer aufeinander. Das war seine Art zu lächeln: Er verzog krampfhaft die Lippen zu einer Grimasse. »Ich weiß nur eins, der Herr Doktor hat studiert und hat einen Titel, deshalb sollte ich hier wohl meinen Mund halten, denn ich bin ein unwissender Mensch. Gewöhnlich ist es jedoch so, daß eine Zunge, wenn sie durchgebissen wird, so wie er es gesagt hat, eigentlich nach außen fallen müßte und nicht nach innen.«

Der Kommissar nickte: »Richtig«, sagte er. »Stellen wir uns vor, die Dinge seien ganz anders verlaufen. Nehmen wir an, Zecchinos Tod war kein Unfall.«

»Nehmen wir es an, Exzellenz.«

»Stellen wir uns vor, man hat ihn ermordet.«

»Stellen wir uns auch das vor.«

»Bravo ... Was meinst du, warum wird ein Mann wie Zecchino ermordet?«

»Warum ermordet man einen Spion, Exzellenz?« Der Brigadiere stützte die Hände auf den Schreibtisch des

Kommissars und beugte sich mit noch immer zusammengepreßten Lippen vor. Er stank nach Knoblauch und Schweiß, der Herr Brigadiere, und nach alter Uniform, nach zerschlissenem Stoff aus der Quästur. »Weil er ein Wort zuviel gesagt hat«, erklärte er. »Für gewöhnlich sterben Spione aus diesem Grund.«

Der Kommissar nickte wieder und reichte dem Brigadiere endlich die Papiere. Der zögerte, sie zu nehmen, doch schließlich griff er zu. Die Hand zum Gruß an die Schirmmütze gelegt, verabschiedete er sich und verließ das Zimmer.

Zecchino an jenem Abend, dachte der Kommissar, legte die Beine auf eine Ecke des Schreibtischs und lehnte sich so weit mit seinem Stuhl zurück, daß er beinahe den König und Seine Exzellenz, den Duce, berührte. Er war Zecchino an jenem Abend begegnet, und der mußte ihm gegenüber etwas ausgeplaudert haben, was ihn das Leben gekostet hatte. Zecchino hat geredet, und dann ist er abgehauen, um eine Person zu treffen, für die er sich die Schuhe angezogen hat.

Zecchino an jenem Abend.

Was hatte Zecchino ihm eigentlich an jenem Abend gesagt? Das einzige, woran er sich noch deutlich erinnerte, waren die Worte von der Wette Mazzarinos wegen seiner Ehefrau. Er biß die Zähne zusammen und versuchte mit geschlossenen Augen und heftigem Kopfschütteln, diesen Gedanken zu vertreiben.

Ist gut, und dann?

Er kreuzte die Finger im Nacken, wippte noch immer mit dem Stuhl und starrte auf das Regal vor seinen Augen, auf die Buchrücken der Bände über Strafrecht und Verfahrensrecht und auf die Pendeluhr, die senkrecht in eine leere Stelle zwischen die Regalfächer gequetscht war. Zecchino hatte gesagt, daß Miranda etwas mit der Frau des Federale gehabt habe. Für einen Augenblick hatte er das Bild der Grundschullehrerin aus Taranto vor Augen, die prall und nackt, wie eine Mätresse maliziös lächelnd, welke Blätter mit den Halbstiefeln zertritt.

Nun gut. Und dann?

Die Tochter des Apothekers. Zecchino war ein anarchistischer, gewaltbereiter Rebell, ohne weiteres imstande, jemanden zu töten, um ein Unrecht zu rächen. Aber wegen des Apothekers hätte er sich niemals die Schuhe angezogen. Vielleicht für den Federale, der jedoch nicht imstande gewesen wäre, jemanden umzubringen. Oder täuschte er sich da?

Er war kein richtiger Polizist. Das war kein Beruf, auf den er sich verstand. Die faschistischen Schläger in Comacchio zu verhaften, das war einfach: Es hatte Zeugen gegeben, die sie gesehen und angezeigt hatten, er war hingegangen und hatte sie hinter Gitter gesetzt, das war alles. Aber jetzt war er zu nichts anderem imstande, als Zweifel anzuhäufen und Gleichungen aufzustellen, die nicht aufgingen. Er formulierte Fragen, auf die es keine Antworten gab, genau wie ein Philosoph.

Er nahm den Befund der Gerichtsmedizin, faltete ihn zusammen und steckte ihn in die Westentasche. Dann nahm er sein Jackett vom Kleiderhaken, zog es über, steckte die Zeitung ein und verließ das Büro.

Er brauchte Valenza. Und da jeder Verbannte die Auflage hatte, einer festen Arbeit nachzugehen, und Valenza jeden Morgen der Hebamme für zwei Stunden zur Seite stand, beschloß er, bei ihr nach ihm suchen.

18

Der Sand war kalt, doch mit jeder Welle wurde er wärmer und schwärzer. Das zurückfließende Wasser entzog ihr rasch den Sand unter den Fußsohlen und den Zehen, und sie sank ein wenig ein. Sie hatte die Hosenbeine in zwei breiten, schweren Wülsten bis über die Waden hochgekrempelt, es waren Männerhosen, noch dazu mit Umschlag. Auch das Hemd war ein Männerhemd, und sie hatte es, damit es ihr paßte, fest über dem Bauch verknotet und bis über die Ellenbogen aufgewickelt. Im übrigen war der Mann, dem das Hemd gehörte, nicht sehr dick, doch sie war größer als er.

Sie spazierte an der Wasserlinie den Strand entlang, und ihr neugieriger und vergnügter Gesichtsausdruck schien zu bedeuten, daß sie all das zum erstenmal spürte. Die lauen Wellen an den Knöcheln, die rauhen, abgestorbenen Algen unter den Füßen, den Sand, sogar den Wind, der in ihrem Haar spielte, und die Sonne auf der Stirn und auf den halbgeschlossenen Lidern. Als sie auf der Höhe der Baracke am Ufer angelangt war, drehte sie sich wie eine Ballerina auf den Zehenspitzen und ging wieder ein Stück zurück. Plötzlich überkam sie rasende Lust, sich Hemd und Hosen vom Leib zu reißen und sich ins Wasser zu stürzen. Das hatte sie schon andere Male getan, aber nicht dort und nicht auf diese Weise. Und außerdem zog sie das Meer im Mondschein dem bei Sonnenlicht vor.

Als sie ihn kommen sah, hielt sie inne und schirmte mit der flachen Hand die Augen ab. Eine größere Welle näßte den Umschlag ihrer Hosen.

Er schien sie nicht einmal gesehen zu haben. Leicht nach vorn gebeugt, ging er, einen Schritt vor den anderen setzend, an ihr vorbei zum hinteren Teil des Strandes; sein Jackett ließ er an einem Finger über die Schulter baumeln, und der Hemdkragen unter der Krawatte stand offen.

Dann hielt er inne, als habe ihr starrer Blick ihn im Nacken getroffen und ihn gezwungen, sich umzudrehen. »Verzeihung«, sagte er und zog sich eilig das Jackett über, »ich habe Euch nicht erkannt. In dieser Aufmachung habe ich Euch mit einem Fischer verwechselt.«

Sie gab keine Antwort, streckte die Hand aus, sah ihm entgegen, als er näher kam, und erforschte belustigt seinen zweifelnden Gesichtsausdruck.

»Verzeiht mir noch einmal, auf einer so kleinen Insel klingt es vielleicht dumm, aber ich habe den Eindruck, daß wir uns schon begegnet sind, aber ich weiß nicht, wer Ihr seid.«

»Ihr habt mich gestern abend gesehen, aber Ihr seid entschuldigt. Ich war weit entfernt, im Teufelsauge. Ich bin die Frau des Engländers.«

Sie lächelte, als er sich über ihren Handrücken neigte, und obwohl er den Abstand wahrte und nicht einmal ein Atemzug sie gestreift hatte, schloß sie die Augen, als hätte sie seine Lippen auf ihrer Haut gespürt und als hätte das noch nie jemand bei ihr gemacht. »Ich jedoch weiß, wer Ihr seid. Ihr seid der Kommissar der Insel.«

»Ihr wißt eben besser Bescheid als ich«, sagte der Kommissar und sprang zur Seite, um dem Schaumkamm einer Welle auszuweichen. Dabei hatte er die Augen niedergeschlagen und für einen Moment den schmalen Streifen heller Haut unter ihrem Hemd erspäht, der schwach vom dunkleren Rund des Bauchnabels unterbrochen wurde. Sein Blick wanderte nach oben, um sie eingehender zu betrachten: Sie war eine hochaufgeschossene, bläßliche, magere Frau mit schmalem Gesicht, Hakennase, großem Mund und zerzaustem Haar. Und je länger er sie ansah, um so klarer traten ihre Züge und Formen heraus: Sie war nicht mehr staksig und mager, sondern groß und schlank, und ihr Gesicht war nicht schmal, sondern ein sanftes Oval mit schönen hohen Wangenknochen und leicht schräg geschnittenen Augen. Die Nase war nicht einfach nur gekrümmt, sondern proportioniert und kräftig, und sie fügte sich harmonisch in ihre Gesichtszüge, genau wie der Mund, der nicht breit, sondern ausdrucksvoll geformt war. Das Haar war nicht zerzaust, sondern es fiel ihr leicht gewellt auf die Schultern. Und sie war nicht bläßlich, sondern ihre Haut war sehr hell, mit einem feinen, dichten Schleier von Sommersprossen. Dieses Detail erinnerte ihn an seine Frau, und aus Scham wegen dieses seltsamen Gefühls, das ihn plötzlich wie eine starke Verwirrung, ja beinahe wie ein Begehren überkommen hatte, wendete er den Blick von ihr ab. »Wenn Ihr gestattet«, sagte er, »ich bin hier, um nach einer Person zu suchen.«

»Laßt mich raten, nach wem. Nach der Hebamme?«

»Woher wißt Ihr das?«

»Weil ich ebenfalls ihretwegen hier bin. Oder besser gesagt, um das Neugeborene zu sehen. Sie ist in der Baracke und kümmert sich um eine Wöchnerin.«

Der Kommissar nickte, wollte sagen: Ja, ich weiß, tat es aber nicht, sondern kehrte ihr, im Sand einsinkend, den Rücken zu.

»Ich kann keine Kinder bekommen, wißt Ihr«, sagte die Frau des Engländers, und der Kommissar dachte, daß ein derart tiefgreifendes Geständnis umgehend einer höflichen Erwiderung bedürfe.

»Das tut mir leid«, sagte er, drehte sich aber nicht ganz zu ihr um.

»Mir macht das nichts aus, es liegt nun einmal in meiner Natur. Habt Ihr Kinder, Herr Kommissar?«

»Nein, ich nicht.«

»Aber Ihr seid verheiratet, nicht wahr?«

»Ja, aber ... Kinder sind nicht gekommen. Noch nicht zumindest.«

»Liebt Ihr Eure Frau?«

Der Kommissar bemerkte erst in diesem Augenblick, daß ihre Stimme tiefer geworden war, daß sie den Satz auf merkwürdige Weise betonte, was auch von einem fremdsprachigen Akzent herrühren konnte. Er dachte: *Vielleicht ist sie Engländerin*, und zugleich: *Genau das ist es, weshalb sie so exzentrisch wirkt*, und: *Aha, deshalb wird er der Engländer genannt.*

»Aber gewiß doch«, antwortete er.

Mit den Gedanken war er ganz woanders und bekam die folgende Frage nicht mit. Aber da er: »Wie bitte?« sagte, fühlte er sich auch verpflichtet zu antworten. »Was mich am meisten bei meiner Frau beeindruckt hat, waren ihre Augen und eine Falte, die ihr beim Lächeln auf die Lippen tritt.« *Und die Sommersprossen auf den Knien*, dachte er, behielt es aber für sich. »Jetzt muß ich aber wirklich ...«

Die Hebamme kam soeben mit einem Lappen in den nassen Händen aus der Baracke und hielt auf der Türschwelle inne, als sie den Kommissar bemerkte, der sich umdrehte und sie ansah.

Mit einem Fußtritt schloß sie die Tür hinter sich. »Sucht Ihr mich?« fragte sie nervös.

»Ich suche Professor Valenza«, entgegnete der Kommissar. »Ist er dort bei Euch?«

»Nein, heute morgen habe ich ihn nicht gesehen. Wer hat Euch gesagt, daß ich hier bin?«

»Euer Neffe. Wieso, ist das etwa geheim? Es ist ja wohl kein Verbrechen, Kindern zu helfen, auf die Welt zu kommen.« Er wollte hinzufügen: Jedenfalls noch nicht, doch er hielt an sich. Das Ungewohnte seiner gedachten politischen Scharfzüngigkeit, der Sand in seinen Schuhen, vor allem aber die Gegenwart der Frau des Engländers – die aus dem Meer gestiegen sein mußte und sich ihm von hinten genähert hatte – lenkten ihn ab. Etwas Merkwürdiges lag in dem besorgten Gesichtsausdruck und in den hastigen Bewegungen der Geburtshelferin, doch er konnte nicht darüber nachdenken. Die Frau des Engländers roch nach Sonne, und der Wind trug ihren glühenden und sanften Geruch zu ihm herüber.

»Er wird noch in der Cayenne sein«, sagte die Hebamme. »Er wird etwas angestellt haben, und man hat ihm die Genehmigung für den Freigang entzogen.«

Er hörte, wie sie sich hinter ihm bewegte, hörte das Schaben des groben Stoffs ihrer Männerhosen. Der Wind trug ihren Geruch nach Sonne, vermischt mit dem des schweißfeuchten weißen Hemdes, jetzt stärker heran. Es war ein heißer, etwas salziger Schweiß, wie Wasser, das den Siedepunkt erreicht hat. Der Kommissar sah einen Reflex hinter dem Barackenfenster und glaubte für einen Augenblick, die Umrisse des Apothekers zu erkennen.

»Ich würde Euch ja eintreten lassen«, erklärte die Hebamme, »aber es war eine schwere Geburt, und ich habe Angst wegen einer möglichen Blutvergiftung.«

Erst dieser unruhige Blick, dann der Apotheker. Vielleicht war es dieses: Jedenfalls noch nicht, das ihn so in Bann geschlagen hatte, daß ihm der Gedanke durch den Kopf schoß, diese Baracke müsse etwas mit Politik zu tun haben. Und er sagte: »Wenn Ihr ihn seht, richtet ihm aus, daß ich nach ihm suche.« Er verneigte sich vor den beiden Frauen und ging, im Sand einsinkend, davon.

Er war beinahe am Ende des Strands angelangt, als der Wind ihm noch eine letzte Brise des Glutgeruchs der Frau des Engländers zutrug.

19

Außer der Cayenne gab es noch einen Ort, an dem er Nachforschungen über Valenza anstellen konnte: die Kirche. Valenza war zwar keineswegs religiös, ganz im Gegenteil, er war ein streng antiklerikaler Republikaner und ließ sich laut Verbrecherkartei als *rationalen Atheisten* bezeichnen. Doch Tags zuvor hatte er dem Kommissar vor der Apotheke gesagt, daß es keine schlechte Idee wäre, mal den Erzpriester zu hören. Möglicherweise war er allein, auf eigene Faust zu ihm gegangen.

Der Kommissar zog sich das Jackett wieder aus und hängte es sich über die Schulter. Er widerstand aber der Versuchung, auch die Schuhe auszuziehen, um den Sand loszuwerden, der ihm am Strand hineingerieselt war. So bog er in den Pfad ein, der bis zur Klippe hinaufführte.

Die kleine Kirche aus der Normannenzeit war aus grob behauenem Stein und glich mit ihrem quadratischen Grundriß einem Wehrturm. Sie erhob sich am Ende eines sehr steilen, holprigen Feldwegs voller Schlaglöcher und zersplitterter Steine, der obendrein von Brombeergestrüpp überwuchert war. Jeder, der es hier eilig hätte, würde keuchend und mit blutig zerkratzten Beinen oben ankommen. Es war der ideale Ort für eine Festung, weniger für eine Kirche.

Die schmalen Fenster ähnelten Schießscharten, und da die Kirche sehr niedrig war und auch das Dach tief hinunterreichte, waren auch sie nur auf halber Höhe. Aus dem Stein gehöhlt, befand sich unter einem der Fenster ein schachbrettartiges Feld mit fünf mal fünf Quadraten. In den obersten fünf Kästchen stand das Wort *sator*, in den untersten *rotas*. Wo immer man zu lesen begann, gab das Schachbrett diese beiden Worte zur Antwort. Unter einem anderen Fenster war eine schwarze Madonna aus dem Mauerwerk gehöhlt.

Vom Baustil her erinnerte nur die Kirchentür nicht an eine Festung. Es war ein flaches angeschlagenes Holzportal, zu dem eine einzige Stufe führte. Die Tür schien aus den Angeln gehoben worden zu sein und nun, nur leicht von den Pfosten gestützt, in einem unsicheren Gleichgewicht auf ihnen zu ruhen. Der Kommissar drückte sehr vorsichtig die Klinke herunter, denn er fürchtete, die Tür könnte ihn unter sich begraben. Er wollte eintreten, doch auf der Schwelle hielt er inne.

Die Kirche schien leer, wenn man von dem Schatten eines Kruzifixes absah, das sich am Ende des Raumes befinden mußte, dort, wohin kein Licht mehr fiel.

In Wirklichkeit erfüllte eine unendliche Welt feinster Spinnweben das Kirchenschiff, so dicht, daß sie jeden am Eintreten hinderten. Da es außer dem Fußboden und den Wänden nichts gab, woran die Gespinste Halt finden konnten, klammerten sie sich aneinander fest und schickten ihre Fäden, die wie ein Hauch waren, in alle erdenklichen Richtungen, bis unter die Decke und sogar bis zur Rückwand, zum Christuskreuz. Ein kläglicher Wind, der ebenfalls von der Steigung außer Atem zu sein schien, trug durch die Fensteröffnungen beständig Staub herein, ein weißliches Pulver aus Sand und Gips. Das Pulver hatte sich auf den Spinnweben niedergelassen, ohne sie zu zerreißen, und zeichnete die Schrägen, Vierecke und ineinander verschachtelten Rhomben so scharfkantig nach, daß sie wie Eiskristalle wirkten. Das gesamte Kirchenschiff schien wie eine Mumie eingesponnen von riesigen vereisten Spinnweben mit unendlich vielen Facetten. Durch den Luftzug aber, der durch die Tür und die Schießscharten eindrang, änderte sich dieses Bild im nächsten Augenblick: Die Spinnweben kamen in Bewegung, die Staubkristalle fingen an zu zittern, und die vereisten Weben wurden hin und her gezerrt, als hätte ein Wesen in der Tiefe begonnen, zu atmen, zu keuchen, ja, sich zu schütteln.

»Man sieht, daß Ihr noch nie hier oben wart.«

Instinktiv schloß der Kommissar das Portal, und nur mit Mühe konnte er seinen Schreck verbergen, als er plötzlich Martina neben dem Pfarrer entdeckte, und es wäre ihm peinlich gewesen, vor seiner Dienstmagd die Beherrschung zu verlieren.

»Stimmt«, sagte er, denn so war es auch. Die kirchlichen Feierlichkeiten, an denen er als Amtsperson teilnehmen mußte, fanden, mit Prozessionen verbunden, im Freien statt. Und seit seiner Ankunft auf der Insel war er weder zur Messe gegangen, noch hatte er dem Erzpriester einen Besuch abgestattet. Nicht einmal er war wirklich religiös. Sein Vater hatte ihn in diesen Dingen nicht unterwiesen.

»Wäre Eure Exzellenz ein Kirchgänger, wüßtet Ihr, daß der Pfarrer seine Andachten und Messen in der kleinen Kapelle im Dorf abhält.«

»Was hast du hier verloren? Warum bist du nicht zu Hause?«

Martina zog ihre knochigen Schultern hoch. »Die Frau des Federale ist bei der Signora von Euer Hochwohlgeboren zu Besuch, und die hat gemeint, sie brauche mich nicht mehr, ich solle eine Runde drehen. Manchmal komme ich eben hierher, um mir die schwarze Madonna anzusehen.« Martina stellte sich auf die Zehenspitzen, streckte den Arm aus und wollte das Basrelief berühren, doch ihre Finger reichten nicht hinauf. So wippte sie zurück und zuckte erneut mit den Achseln.

Dann setzte sie sich auf die Treppenstufe, stützte das Kinn auf die Knie und fuhr mit einem ihrer schmutzigen Finger durch den weißen Staub auf dem Stein. »Auch Ihr habt es so gemacht wie der gefangene Doktor«, sagte sie.

»Wer?« mußte der Kommissar zweimal fragen, denn Martinas Aufmerksamkeit galt schon mitten in ihrem eigenen Satz nur noch dem Gefühl des Staubs unter ihrer Fingerkuppe.

»Wer? Valenza? Dieser magere Typ mit dem steifen Hemdkragen, der keinen richtigen Knoten in seine Krawatte macht und immer lächelt?«

Martina nickte. Auf die Ellenbogen gestützt, bog sie den Rücken nach hinten und machte, mit den Knien wippend, die Beine breit. Ohne Hinterlist blickte sie den Kommissar an, doch der schlug die Augen nieder.

»Und wann hast du ihn gesehen? Wohin ist er gegangen?«

»Ich habe ihn gestern gesehen. Wohin er da ging, weiß ich nicht.«

Die letzten Worte kamen flüsternd, denn erneut lenkte sie irgend etwas ab. Der Kommissar gab es auf, ihr Fragen zu stellen. Was gestern war, interessierte ihn nicht. Er suchte jetzt nach Valenza, in diesem Augenblick.

»Exzellenz, wißt Ihr, daß es hier einen Wolf gibt? In den letzten zwei Jahren habe ich ihn viermal heulen hören.«

»Das war der Wind. Auf der Insel gibt es keine Wölfe.«

Ihm war etwas eingefallen. Während er sich überlegte, wo Valenza stecken könnte, hatte er sich an eine Kleinigkeit erinnert, die er jedoch nicht genau benennen konnte, ein Gedanke, so ungreifbar und lästig wie der Sand in seinen Schuhen.

»Exzellenz, wißt Ihr, daß dies dort eine magische Schrift ist? Und daß Ritter aus uralter Zeit diese Kirche erbaut haben ... Und wißt Ihr, wie die heißen?«

»Nein.«

Valenza hatte überhaupt nichts damit zu tun. Dahinter steckte etwas, was er gesehen, oder jemand, den er wiedererkannt hatte. Aber wer? Der Brigadiere? Zecchino ... Was hatte der Brigadiere über Zecchino gesagt?

»Exzellenz, Ihr wißt es, aber Ihr wollt es mir nicht sagen. Auch die Frau des Federale hat es mir nicht verraten wollen, als ich ihr hier mit dem Faschisten begegnet bin, dem, der jetzt tot ist.«

Die Frau des Engländers, die hatte etwas damit zu tun, die Frau des Engländers, die ... Der Kommissar hielt plötzlich inne. Der Gedanke an Zecchino, Valenza und die Frau des Engländers erstarrte unter den Spinnweben zu Eis. »Was hast du gesagt? Mit wem hast du die Frau des Federale gesehen?«

»Exzellenz, tut Ihr mir einen Gefallen?«

Martina hatte das Kinn gehoben und betrachtete die aus dem Stein gehauene Madonna.

Der Kommissar näherte sich seiner Dienstmagd, ungeachtet ihrer gespreizten Beine und ihrer entblößten Knie. »Martina, hör mir jetzt zu ...«

»Exzellenz, tut mir doch den Gefallen und laßt mich die Madonna berühren.«

»Martina, bitte!«

Martina schnellte in die Höhe, packte den Kommissar am Arm und zerrte ihn zur Mauer. Dann lehnte sie sich an ihn und stellte sich auf die Zehenspitzen. »Das war dieser Faschist, den sie in der Schlucht hier in der Nähe gefunden haben. Exzellenz, ich bitte Euch, hebt mich hoch.«

Er faßte sie um die Hüften und wollte sie hochheben, doch obgleich sie mager und leicht war, gelang es ihm nicht. Also umschlang er ihre Oberschenkel und stemmte sie hoch. Er sagte sich, daß er sie noch nie zuvor berührt hatte, vielleicht hatte er sie einmal am Arm angefaßt und durchgeschüttelt, wenn sie etwas Dummes angestellt hatte, aber richtig berührt hatte er sie noch nie. Er sagte sich, daß sie nichts weiter war als eine Dienstmagd von dreizehn Jahren, mager, schmuddelig und barfüßig, und das wiederholte er sich, während Martina ihren Arm ausstreckte, um ihre Finger über die Madonna gleiten zu lassen, *dreizehn Jahre alt, schmuddelig und verwildert,* und wiederholte es noch immer, als Martina sich streckte und ihr Schürzenkleid über den Po rutschte und sie mit ihren nackten Pobacken auf seinen Schultern saß.

»Aber ich habe sie nicht wirklich zusammen gesehen. Zuerst habe ich ihn gesehen, wie er hier in der Gegend umherstrich, und danach habe ich sie gesehen.«

»Wann war das?«

Martina hob wieder ihren Po vom Hemd des Kommissars, um sich zu strecken und mit der Handfläche das kleine schwarze Gesicht der Madonna zu berühren, das sie schließlich mit der ganzen Hand drückte und rüttelte, als wollte sie es abreißen. Dann ließ sie sich wieder auf die Schultern des Kommissars fallen, der fast das Gleichgewicht verlor.

»An dem Tag, an dem sie ihn tot aufgefunden haben, ganz früh am Morgen. Aber ich habe nicht mit ihm gesprochen.«

Sie klammerte sich im Nacken des Kommissars an seinem Hemdkragen fest, um sich noch einmal zu rekken, doch nur ein wenig, und dann ließ sie sich mit gestreckten Beinen an ihm hinabgleiten, um auf den Zehenspitzen wieder auf der Erde zu landen. Sie zog am Saum ihres Schürzenkleids und glättete es an den Hüften, bis es einigermaßen ordentlich aussah. »Ich wollte nicht mit ihm reden ... Ich bin froh, daß er tot ist.«

Der Kommissar strich sich mit der Hand über die Schulter, als wollte er Martinas Spuren, einen herben Geruch mit süßlicher Note, wegwischen. Drei Gedanken überschlugen sich in seinem Kopf: Am klarsten war der an die Frau des Federale, die mit Miranda zusammentraf. Der nächste war etwas dümmlich: Wenn jemand in diesem Augenblick sie beide gesehen hätte, wie sie ihre Kleider wieder in Ordnung brachten, was dann? Der dritte Gedanke war lästig und nach wie vor unklar. Nur um seine eigene Stimme zu hören, um mit einem beliebigen Wort seine Gedanken zu befreien und in eine vernünftige Ordnung zu bringen, sagte er schließlich: »Wieso, kanntest du ihn schon?«

»Ja«, antwortete Marina. »Ich habe ihn bei Euch zu Hause gesehen, im Hof. Als Euer Hochwohlgeboren einmal nicht da waren.«

20

Vielleicht war es reiner Zufall. Der Kommissar versuchte, an etwas anderes zu denken, um nicht die Faust zu ballen, bis die Knöchel weiß wurden. Doch alles führte auf Hana zurück, und in seinem Kopf hallten erneut die Worte, wenn auch ganz schwach, aus weiter Ferne: »Du kriegst von mir das Doppelte, wenn du die Frau von diesem Schergenaas flachlegst.« So beschäftigte er sich angestrengt mit dem Sand in seinen Schuhen und dem in seinen Gehirnwindungen. Der Brigadiere, Zecchino und die Frau des Engländers. Der Engländer ging jeden Tag ins Postamt, um ein Telegramm aufzugeben, und einmal war er zusammen mit einer schönen Frau hingegangen. Die Begegnung mit der Frau des Engländers hatte ihm auch diese Einzelheit wieder ins Gedächtnis gerufen.

Unterwegs zog er sich das Jackett über und ging eilig bis zum Molo Vecchio.

Der Molo Vecchio war eine Konstruktion, die der Federale vor knapp zwei Jahren zum feierlichen Angedenken eines Jahrestags, vielleicht des Geburtstags des Duce, hatte errichten lassen. Er war aus Metall, und auf der Spitze war ein Leuchtturm; die Bögen und Zuganker hatte ein Architekt entworfen, den man eigens zu diesem Zweck vom Festland gerufen hatte. Doch niemand hatte die Konstruktion je genutzt, denn sie war zu hoch und zu schmal. Vor allem zu hoch, denn bei Nebel verschwand sie zur Hälfte wie die Nadel einer Spritze in einem Wattebausch. So hatten die Fischer sie nach ein paar Tagen wieder verlassen und waren zu ihrer alten Hafenmole aus Holz und Stein zurückgekehrt, die sie jetzt die neue Mole nannten, während die neue und bereits vergessene Mole fortan die alte hieß: Molo Vecchio.

Das einzige, was auf dem Molo Vecchio noch funktionierte, war der Telegraph. Der Postbeamte hatte seine Amtsräume dorthin verlegen lassen, obgleich der Kapitän des Dampfboots dagegen gewesen war, denn mit der Schaluppe konnte er nicht an der Mole anlegen, um die Post auszuladen. Nebel hin oder her, für den Postbeamten war das der geeignetste Ort, um die Antenne seines Telegraphen aufzustellen. Er hatte den Scheinwerfer des Leuchtturms, der noch nie in Betrieb genommen worden war, entfernen und an dessen Stelle seine Übertragungsgeräte anbringen lassen. Die Postsäcke konnten bestens auf der neuen Mole ausgeladen und mit einer Schubkarre zur alten geschafft werden, wo sie dann im Nebel verschwanden und erst am folgenden Tag mit weiteren vierundzwanzig Stunden Verzögerung wieder auftauchten. Das galt nicht für die Zeitungen und die Post des Kommissars, die der Brigadiere persönlich abholte.

Der Kommissar bewegte sich vorsichtig, um nicht auf dem nassen Metall auszurutschen, und drang in den weißen, feuchten Nebel ein, der um diese Zeit undurchdringlich wie eine Wand schien. Für einige Schritte schien es, als ginge er durch das Nichts. Nur der glänzende Widerschein der Mole und das metallische Klacken seiner Absätze ließen ihn den Weg finden. Dann sah er den Schatten des bulligen kleinen Kegels oben auf dem Leuchtturm und hatte damit auch in der Waagerechten einen Anhaltspunkt, dem er folgen konnte.

Als er an die Tür klopfte, hatte der Leiter des Postamts ihn bereits kommen hören und war die wenigen Stufen von der Antenne nach unten gestiegen. »Der Brigadiere ist schon dagewesen«, sagte er. »Er hat Euch die Zeitungen bereits gegeben, eine habt Ihr sogar in der Tasche …«

»Ja, ja«, beschwichtigte der Kommissar. »Ich bin nicht deswegen hier.«

»Ach so«, murmelte der Postbeamte. Er trat beiseite, um den Kommissar vorbeizulassen, und schloß dann die Tür. Mit einer Kopfbewegung bedeutete er dem Kommissar, ihm zu folgen, und stieg die Treppen, die mit einer halben Drehung auf die Wand des Türmchens zuliefen, bis zu einem kleinen Raum im oberen Geschoß hinauf. Unterm Fenster stand ein Holztisch, und darauf waren ein Telegraph, ein wirres Fadenknäuel, ein Paar Kopfhörer und ein Notizbuch mit Bleistift. An der Wand lehnten ein Stuhl mit einer Decke und ein umgekippter Kasten, auf den sich der Kommissar hockte und überlegte, wo der Mann wohl schlafe. Das große Rundzimmer im unteren Stockwerk war so gut wie leer, und hier oben stand auch nicht viel. Einen Augenblick lang stellte er ihn sich vor, wie er, mager und lang und mit dünnem Sumpfvogelhals, das schüttere Haar mitten auf dem Kopf wie bei einem Reiher, unbeweglich auf dem Stuhl saß. Dann dachte er, daß der Beamte vielleicht irgendwo eine Unterkunft hatte und diesen Ort wenigstens zum Essen und Schlafen verließ.

»Ich gehe nie weg von hier«, erklärte der Postmeister. »Die Telegramme könnten jederzeit eintreffen, und auf meinen Schultern lastet eine ganz nette Verantwortung. Ihr wißt ja, ich stelle die einzige Verbindung der Insel mit dem Rest der Welt dar. »

»Ich verstehe«, sagte der Kommissar, »und kommen viele Telegramme an?«

»So gut wie keine. Aber es könnten ja welche kommen.«

»Meins ist angekommen.«

»Ja.« Der Beamte streckte die Hand aus und tippte mit den Fingern auf sein Notizbuch. Es war ein kleines Heft mit aufgerauhtem schwarzem Umschlag, das von einem roten Gummiband zusammengehalten wurde. »Hier drin notiere ich sämtliche Telegramme, die in diesem Postamt ankommen oder von hier abgehen.«

»Mich interessieren hauptsächlich die, die abgeschickt werden«, sagte der Kommissar, und der Postbeamte reagierte befremdlich. Während er den Kommissar zuvor mit weitaufgerissenen Augen angestarrt und ruckartige Bewegungen wie ein Vogel gemacht hatte, veränderte sich sein Ausdruck jetzt. Aus seiner starren Haltung heraus beugte er sich vor, als wäre er mit einemmal zu lang für den Stuhl und das Zimmer geworden. Sein alarmierter Gesichtsausdruck und der durchdringende Blick wichen einer trägen, beinahe müden Miene. Das Seufzen in seiner Stimme verriet dem Kommissar, daß dies Erleichterung bei ihm bedeutete und daß seine eingesunkene, etwas plumpe Körperhaltung für ihn die normale war.

»Ich melde dem Brigadiere alle verdächtigen Telegramme. So wie das des Apothekers vor drei Wochen. *Hier herrscht starker Wind, der alles wegbläst. Stop. So hoffe ich auch bei euch*. Da das Telegramm an einen Freund in Rom gerichtet war, hätte es auch auf Seine Exzellenz den Duce bezogen sein können.«

»Nein, ich meine nicht diese …«

»Welche dann? Ihr wißt selbst, daß es keinem Verbannten gestattet ist, Telegramme zu verschicken, und alle anderen …«

»Ich meinte die des Engländers.«

»Ach, die«, der Beamte tippte sich an die Stirn. »Stellt Euch vor, der kommt so oft, daß es für mich schon Routine geworden ist. An den habe ich gar nicht mehr gedacht.«

»An wen schickt er sie?«

»Zu einer postlagernden Adresse auf dem Festland. Ein Nummernpostfach … Was ist los?«

Der Kommissar hatte die Stirn in Falten gelegt und sich auf dem Kasten in Richtung Wendeltreppe gebeugt. »Ist außer Euch noch jemand hier?« fragte er. »Ich höre Klänge.«

»Diese Art Flötentöne? Das ist der Schirokko.« Der Postbeamte lächelte, hob den Finger und bewegte ihn wie den Taktstock eines Dirigenten: »Das kommt von der Mole. Der Wind pfeift durch die Stahlträger, und wenn er stark genug ist, spielt er alle Instrumente, nicht nur die Flöte. Der *maestrale* beispielsweise verfängt sich in den Hohlräumen der Metallpfeiler und kommt mit dem Ton der Tuba wieder heraus. Der *libeccio* läßt die Metallblättchen, die den Molo Vecchio bedecken, so heftig vibrieren, daß sie wie Geigen tönen. Der *grecale* bläst durch das Bogengerüst, bricht sich in vielen unterschiedlichen, ganz hellen Pfeiftönen und klingt wie dieses Instrument, wie heißt es noch … Ach ja, die Oboe. Der *tramontana* hingegen ist wie eine Harfe, doch weiß ich nicht, wo genau er sich verfängt. Vielleicht an den Zugankern der Übertragungsantenne. Ich höre ihn nämlich viel weiter weg.«

Der Postmeister stand auf und beugte sich über den

Tisch, näherte das Gesicht dem Fenster. Hinter dem weißen Nebelvorhang, der die Fenster verhüllte, war nichts zu erkennen. »Ich gehe nie weg von hier und rede auch mit niemandem«, sagte er, »mit Ausnahme derer, die aus Amtsgründen herkommen wie Ihr. Ich lebe wie in einem Schwebezustand in diesem Vakuumkegel. Es ist paradox: Wir sind hier vom Meer umschlossen, doch kein Wind erreicht mich. Der Leuchtturm wurde windsicher abgedichtet. Wegen der Karbidflamme des Scheinwerfers, glaube ich. Alle Leute auf der Insel sind ununterbrochen dem Wind ausgesetzt, ich aber bin der einzige, der ihn nicht auf der Haut spürt. Ich höre den Wind nur, genau wie ich es mit dem Rest der Welt mache ...« Er berührte den Telegraphen und schlug dann mit der Fingerspitze auf sein Ohrläppchen: »*tititi, tatata* ... mit den Ohren. Wißt Ihr, was ich manchmal mache? Haltet mich nicht für verrückt, aber wißt Ihr, was ich tue?«

Der Kommissar schüttelte den Kopf, und der Postbeamte lachte. Er richtete sich auf, zog eine Augenbraue hoch, auf seinen Lippen spielte ein schwaches Lächeln. »Ich steige manchmal in die Kuppel des Leuchtturms hinauf, stelle mich ans große Fenster vor den Nebel, mitten in diese unsichtbare Windsymphonie, und bilde mir ein, sie zu dirigieren ...« Dabei hob er die Arme und streckte sie mit geschlossenen Augen zur Decke wie ein Dirigent. Schlagartig ließ er sie wieder sinken.

»Aber Ihr habt etwas gefragt, und ich halte Euch nur auf. Was wolltet Ihr wissen?«

»Die Telegramme des Engländers. Was schreibt er?«

Der Postbeamte zuckte die Achseln: »Einen einzigen Satz. Immer denselben: *Kehr zurück*.«

21

Als der Kommissar den Leuchtturm verlassen hatte, hielt er nach ein paar Schritten inne, denn er hörte ein Atemgeräusch. Das war nicht der Wind. Vor ihm auf der Mole im Nebel, durch den man kaum weiter als bis zu den Schuhspitzen sah, da war jemand.

Der Kommissar gab keinen Laut von sich, hielt die Luft an und wartete voller Spannung: Auch wenn er nichts hörte, spürte er, daß sich dieser Jemand vor ihm näherte. Tatsächlich schälte sich ein undurchdringlicher weißer Schatten heraus, der schwach den fernen Nebelhintergrund unterbrach; dann war ein Umriß zu erkennen, weniger blaß und dicht, und schließlich kristallisierte sich aus einer durchlässigeren Dunstschicht eine Gestalt heraus. Als sie in voller Größe zu erkennen war, stieß sie beinahe gegen den Kommissar.

»Habe ich Euch Angst eingejagt?« fragte die Frau des Engländers.

»Nein«, erwiderte der Kommissar. »Ich habe mich nur gefragt, wer da ist. Das ist ein seltsamer Zufall, Euch innerhalb so kurzer Zeit gleich zweimal zu begegnen ... Und dann auf dieser Hafenmole!«

»Das ist kein Zufall«, entgegnete sie. »Ich bin Euch gefolgt.«

»Ach ja, und warum?«

Die Frau des Engländers blieb ihm die Antwort schuldig. Sie machte einen Schritt zur Seite, wich zurück und verschwand im Nebel. Der Kommissar streckte seinen Arm ins Leere aus und rechnete jeden Augenblick mit einem dumpfen Aufschlag im Wasser. Doch nichts. Kaum hatte auch er einen Schritt zur Seite gemacht, sah er sie mit dem Rücken an einem Pfeiler neben der Mole lehnen.

»Jetzt habe ich Euch aber Angst gemacht«, sagte sie und lächelte.

Der Kommissar ging zu ihr, denn etwas in ihrem Gesicht hatte seine Neugier geweckt. Mit ungelenken Bewegungen kam er viel näher, als es die Anstandsregeln zuließen, und als er das merkte, war es bereits zu spät, um sich zurückzuziehen.

Was hat dieses Lächeln zu bedeuten, dachte er, und sein Gesicht war ganz nah an ihrem, *was bedeutet nur dieses Lächeln*.

Die Frau des Engländers richtete sich am Pfeiler auf, lächelte noch immer, und da sah er in ihrem Mundwinkel die feine Falte, eine einzige war es nur. Ein grüner Schein blitzte kurz und intensiv in ihren Augen auf und zog seinen Blick an.

»Ich habe noch gar nicht die Farbe Eurer Augen bemerkt«, murmelte er.

Wieder lächelte sie, und grün blitzte es unter ihren Lidern, und in ihrem Mundwinkel zeigte sich die dünne Falte. Sie rückte leicht vom Pfeiler ab und näherte ihr Gesicht dem seinen. Er konnte nicht anders und schlang die Arme um sie, klammerte sich an ihrem weißen Hemd fest, zog sie zu sich und preßte sie gegen seinen Leib.

Unter seinen Fingern, auf der Haut ihres Gesichts, auf seiner Brust, auch durch die Weste und das Hemd hindurch, auf seinem Bein bis unter den Hosenstoff, auf seinen Hüften, gegen die sie ihre Schenkel preßte, auf seinen Pobacken, auf die sie ihre nackten Füße gesetzt hatte, um ihn noch fester an sich zu drücken, und auf seinem Rücken, auf dem sie ihre Arme kreuzte, auf seiner Stirn, auf seinen Lippen, überall spürte der Kommissar, daß sie glühte, als hätte sie hohes Fieber. Das Verlangen nach noch heißerem Glühen überkam ihn, danach, ihr das Männerhemd und die Männerhose vom Leib zu reißen, bis ihre nackte Haut so glühend würde, daß er sich an ihr verbrannte. Er riß ihr die Knöpfe vom Hemd, sie hob die Arme, damit er es über ihren Kopf ziehen konnte, und dann saugte sie sich an seinen Lippen fest, packte ihn an den Haaren und drückte ihn im Nacken, um seinen Mund gegen den ihren zu pressen; und mit raschen Handgriffen machte sie sich die Hosen auf und ließ sie auf die Beine hinabgleiten.

Dem Kommissar stockte der Atem, als sie den Gürtel seiner Hose lockerte. Ihn schauderte, als ihre Fingerspitzen seine Haut unterm Hemd kratzten, sich bis zum Rand seiner Unterhosen vortasteten und sie mit einem entschlossenen Ruck herunterzogen. Er zuckte zusammen, und für einen Augenblick spürte er die nasse Kälte des Nebels und erinnerte sich, daß er im Freien auf der Mole vor dem Postamt stand. Für eine Sekunde dachte er daran, daß er verheiratet und Kommissar war und daß der Postmeister dort oben auf dem Leuchtturm sein mußte, mit erhobenen Armen die Winde dirigierte und sie sehen konnte. Noch einen winzigen Moment, und er nahm auf der Mole ein schwaches Pfeifen wie einen mißtönenden Geigenakkord wahr. Dann legte die Frau des Engländers die Arme fest um seinen Hals, hob die Beine und schlang sie um seine Mitte. Sie preßte ihr Becken so heftig an seinen Unterleib, daß es ihm weh tat.

Als er mit den Stoßbewegungen nach oben begann, warf sie den Kopf zurück, schloß die Augen und vergrub ihre schneeweißen Zähne in die Unterlippe. Der Wind wirbelte ihr Haar über den nackten Schultern auf, und der Kommissar legte seine Lippen auf ihre glühende Haut, ließ sie den Hals hinauf bis zum Kinn gleiten. Da bog sie den Kopf vor, als gälte ihre gesamte Aufmerksamkeit dieser einzigartigen, heftigen Empfindung. Mit gekrümmtem Oberkörper begann sie sich zu bewegen, preßte die Fersen unter seine Pobacken, um seine Bewegungen eng umschlungen zu lenken und sich zugleich von ihnen leiten zu lassen.

Der Wind war stärker geworden, und aus einem schwachen Geigenakkord war eine immer voller klingende, immer lauter tönende Harfenfuge geworden. Die Frau des Engländers stieß sich mit dem Ellenbogen vom Pfeiler ab, und ganz eng an ihn gedrückt, um ihn ja nicht aus sich herauszulassen, zwang sie ihn, mit ihr in die Knie zu sinken.

Der Kommissar ging, von ihr geführt, auf der Mole in Hockstellung, hob die Augen und sah durch ein kurz aufgerissenes Loch im Nebel tatsächlich den Postbeamten in der Kuppel des Leuchtturms, wie er jene Phantasiesymphonie, die aus dem Nichts kam, dirigierte. Dann schloß sich das Loch wieder, zu den Harfen kamen die Tuben und andere Blechblasinstrumente. Erneut bewegte sie sich und drückte sich so heftig an ihn, daß der Kommissar sich in dieser Fieberhitze, die ihn überflutete, zu verlieren glaubte. Er nahm die Mole nicht mehr wahr, spürte nicht mehr die feuchte Luft auf der Haut, fühlte überhaupt nichts mehr außer dem Feuer, in dem sie sich immer wilder, immer inniger bewegten. Er und sie. Eingehüllt in den weißen Nebel, der schnell um sie kreiste, schwebten sie inmitten eines Crescendo von

Harfen, Trompeten und Trommeln, das alles überdeckte, wie im leeren Raum.

Das Ende kam ganz unvermittelt. Bei ihm war es ein Aufzucken und heiseres Röcheln, starr und zitternd, sie keuchte zuckend und in sich gekrümmt, hielt ihn ganz fest, damit er noch nicht aus ihr herausglitte. Als der Kommissar sich dann von ihr löste, lag sein Kopf zwischen ihren Armen, seine Wange lehnte an ihrer Schulter, und ihr Mund war so nah an seinen Augen, daß er die Augen zusammenkniff, um sie scharf zu sehen. Die Lippen waren hauchfein gefältelt und zu einem leichten Lächeln geöffnet, und dort, wo die Zähne fester zugebissen hatten, waren dunkle Abdrücke zurückgeblieben. Sie hatte die Augen geschlossen, wiegte langsam den Kopf und stöhnte leise, beinahe im Rhythmus des Windes, der wieder als feiner Geigenakkord erklang. Der Kommissar hatte ihr eigentlich über eine Wange streicheln und die roten, vom Schweiß verklebten Haare aus der Stirn schieben wollen, doch sie glitt auf die Seite, hob die Beine und preßte die Knie gegen ihre Brust. Da wollte der Kommissar ihre nackten Knie küssen. Doch als er den Kopf neigte, sah er die Sommersprossen auf ihrer Haut, und diese helle Wolke aus unzähligen Punkten erinnerte ihn schlagartig und so mächtig an Hana, daß er aufsprang.

Feuchter Nebel bedeckte seine nackte Haut, und er fühlte sich klebrig und beschmutzt. Rasch kleidete er sich an, den Wind in den Ohren, der in diesem Augenblick kein Instrument mehr spielte, sondern nur ein kalter und leerer Pfeifton war.

22

Sie ging ganz schnell auf Zehenspitzen, als wäre sie ans Barfußlaufen gewöhnt. Den ganzen Weg von der Hafenmole bis nach Hause berührte sie mit den Fersen und den Fußsohlen kaum den Boden und hinterließ seltsame, abgehackte Spuren, an denen das Halbrad der gespreizten Zehen zu erkennen war, den Pfotenabdrücken einer Katze, eines Hundes, eines Wolfs ähnlich. Sie flog über das stoppelige Gras des Pfads, als ginge sie noch immer über den weichen Sand des Strandes.

Alles, was die Frau des Engländers tat, tat sie so, als wäre es das erste Mal: Mit überschäumendem Enthusiasmus ging sie an die Dinge heran, sie war neugierig und zitterte leicht vor Erregung, als hätte sie gerade eine einzigartige, ungeahnte Entdeckung gemacht. Was ihr unter der Haut brannte und die grünen Blitze in ihren Augen aufleuchten ließ, das waren Verlangen und Fieber, doch das kam erst danach und hielt nur kurze Zeit an. Zuerst gab es bei ihr ein heiteres, kindliches Zucken, rasch wie ein maliziöser Blick. »Eben«, hatte ihr Cousin damals gesagt, kurz bevor man sie in ihrem Geheimzimmer im Gästehaus entdeckte, »so bist du, ein Windstoß, der in ein fremdes Haus eindringt und zwischen den Papieren stöbert«, und seine Finger waren von den weißen Vorhängen auf ihre nackte Haut gerutscht.

In welchem Alter sie an jenem Tag war, hatte sie vergessen, hatte es aus dem Gedächtnis gelöscht wie die Tennispartien hinter der Landvilla ihres Onkels und ihrer Tante, den Spurt zum Gästehaus, wenn der Onkel auf der Hälfte des Sets eingeschlafen war, das zerbrochene Fensterglas beim erstenmal, das danach immer offenstand, denn sie hatten ja keinen Schlüssel, die raschelnden weißen Vorhänge, das Bettuch über dem Sofa, die Finger auf ihrer Haut ... Damit alles wieder rein und unbefleckt wie zuvor wäre, ließ die Tante die Wände des Gästehauses weißeln. Der österreichische Arzt, zu dem sie Jahre später gebracht wurde, erklärte, ihr Trauma rühre genau von dem Bild her, das sie, bevor sie ins Auto stieg, um abzureisen, durch das noch immer offenstehende Fenster erhaschen konnte: die Anstreicher, die über die alte Wandfarbe pinselten und alles auslöschten, alles mit dicker weißer Farbe bedeckten.

Als die Frau des Engländers nach London zurückkehrte, war sie in ihrer Seele und in ihren Sinnen, wenn auch nicht mehr am Leib, noch immer Jungfrau. Ahnungslos war sie, wie sich beispielsweise der metallische »Stoß« anfühlt, den ein Silberlöffel der Zunge verpaßt und der sich fortpflanzt, sobald man die Zunge eines anderen berührt. Wie Curry dem Hühnerfleisch einen süßen, aber doch hervorstechenden Geschmack verleiht, der gleich darauf scharf wird, wie sich das gleiche Phänomen zeigt, wenn man Kölnischwasser, mit Hautschweiß vermischt, einatmet; wie es auf der Schaukel ist, wenn der Wind von unten kommt und das blitzartige Kältegefühl einem den Magen zusammenpreßt und den Atem abwürgt; und wie genau das geschieht, wenn man sich an jemanden anlehnt und etwas, ein Knie oder ein Handrücken, genau an der Stelle zu spüren ist.

Das war der Grund, weshalb der Sohn des Bankiers, der junge Archäologe, der Kolonialbeamte sie nur das eine Mal und sonst nie mehr gewollt hatten; in ihren Augen sei eine so seltsame Jungfräulichkeit, eine bloße Vortäuschung oder eine unpassende Naivität gewesen, die weder zu einer Ehefrau noch zu einer Geliebten gepaßt hätten. Und nach jedem aufgelösten Verlöbnis wurden Empfindungen und Erinnerungen mit einer neuen Farbschicht überpinselt.

Wie alt sie war, als sie zu essen aufhörte und sich sogar in Lebensgefahr brachte, das wußte sie nicht mehr. Jedenfalls war es zu der Zeit, als ein anderer Onkel, der Medizin in Eton unterrichtete, sie endlich nach Wien zu jenem Arzt bringen konnte. Während sie auf seine merkwürdigen Fragen antwortete, blickte er sie an, strich sich über den weißen Kinnbart, und jedesmal, wenn sie vor Verlegenheit errötete, hob er den Kopf, so daß das Licht, das durch das Studiofenster fiel, die Gläser seiner Brille beschlagen ließ.

Dort, während sie darauf wartete, vom Doktor empfangen zu werden, lernte sie den Engländer kennen. Er war nach Wien gekommen, nur um sie zu sehen, nachdem der Kolonialbeamte, der denselben Zirkel wie er besuchte, ihm von ihr und ihrem kuriosen Wesen erzählt hatte.

Der Engländer redete und redete mit seiner tiefen, freundlichen Stimme, die manchmal am Ende eines Wortes oder eines Satzes lauter wurde, als blitzte darin der Funke eines ironischen Lächelns auf, wie es den Italienern eigen ist. Seine Stimme hypnotisierte sie, aber nicht wie die des Doktors: Der Engländer versetzte sie mit seinem Reden nicht in einen wohligen Dämmerzustand, von dem sie beim Erwachen nichts mehr wußte, sondern in einen Zustand subtilster Erregung, der sie wie bei einem leichten Fieber betäubte. Wenn er ihr von der Villa in Sizilien, von Schwester Virakam und von

Schwester Cypris, von der Gräfin, von Loveday und von Frau Ninette erzählte, war seine Stimme ein intensives Rascheln, das sie im Ohr kitzelte, und sie bekam Gänsehaut. Die Stimme war ein Windstoß, der in ein fremdes Haus eindringt und zwischen den Papieren stöbert. Der Engländer rührte sie nicht an, bis sie die Villa erreicht hatten, und auch dort unten war nicht er der erste, der sie besaß, sondern der Meister auf dem sechseckigen Altar in weißer Tunika, scharlachroter Kutte und der Tiara.

An all das dachte die Frau des Engländers, als sie ins Haus trat, die Hand auf den Steg der Männerhosen gepreßt und ein maliziöses Lächeln auf den langgezogenen Lippen. Die Augen des Engländers funkelten. Er klatschte in die Hände und rief: »Aha!« Und lächelnd fügte er leise hinzu: »Gut gemacht!«

Wären der Engländer und seine Gattin in diesem Moment weniger erregt gewesen, hätten sie vielleicht das Flüstern draußen vor dem Wohnzimmerfenster wahrgenommen; es war ein kreisrundes und intensives Flüstern, das einen am Ende schwindeln ließ, wenn man ihm gedankenverloren lauschte. Aber das Fenster war geschlossen, und Mazzarino war sich im übrigen sicher, genügend weit entfernt zu stehen, damit die Stimme seines Gesprächspartners im Haus nicht gehört werden konnte.

Mit ernster Miene lauschte er und nickte aufmerksam. Das einzige, was ihn ablenkte, war die Spitze seines Dienststiefels, mit der er den Umriß des Schattens vor sich nachzog, der dem Flügel einer großen Fledermaus ähnelte, und am Ende nickte er noch einmal mit einem raschen Zucken des bulligen Halses. »Jetzt weiß ich genug«, sagte er. »Danke.«

Kräftig stampfend, marschierte er davon. Er hatte

eine Idee, die ihm das Herz anschwellen ließ und in seinem Kopf brannte, und diese Empfindung war beinahe so stark wie die vor zwei Jahren in der Cayenne, als er zum erstenmal das Meer gesehen hatte.

23

Als der Manipelanführer Mazzarino, auf der Insel angekommen, zum allerersten Male das Meer sah, konnte er vor Erregung kaum atmen. Noch nie war er dem Meer so nahe gewesen. Weder als Junge, als er auf dem Berg lebte, noch als Soldat, als er im Gefechtsgraben kämpfte, und auch nicht, als er aufrecht auf dem Pritschenwagen der I8BL stehend über die staubigen Provinzstraßen raste, war er jemals bis zum Strand gekommen. Es war Nacht, als er an Bord des Schiffs gegangen war, das ihn auf die Insel bringen sollte, und als er dem Obersten, der ihn in der Cayenne befehligte, aus voller Kehle »seinen Gehorsam« geschworen hatte. Es war noch immer Nacht, als die *Littorio*, die alte Schaluppe, die ihm die Faschistische Partei überlassen hatte, an der Mole anlegte. Von dem vielen Wasser hatte er nur den dunklen Widerschein beim Ablegen und bei der Ankunft gesehen. Während der Fahrt hatte er sich unter Deck in seiner Kabine eingeschlossen, damit seine Männer nicht mitbekamen, daß er seekrank war.

Erst am nächsten Morgen, als er auf dem Festungswall die Morgenröte erwartete, um die Fahne zu hissen, erst dann, als er reglos mitten unter seinen Schwarzhemden auf die Standarte und die italienische Flagge starrte, die noch um den Mast gewickelt war, wurde ihm bewußt, daß er genau neben dieser unermeßlichen Wasserfläche stand, die an Größe alle seine Vorstellungen übertraf. Es war nicht die lächerliche Schlammpfütze auf seinem Berg, sondern etwas Unendliches, das unter der Sonne rot wie frisches Blut glänzte und funkelte und sich über den Horizont hinaus erstreckte, seinen Blick bis zum Augenwinkel und weiter füllte.

Nur kurze Zeit später jedoch hatte er eine noch heftigere Erregung verspürt. Sie war stärker als der Stolz, allein an der Spitze seines Manipels, seiner Männer zu stehen, auch wenn der Zenturio gelacht hatte, als er die Namen derer vorlas, die er unter seinen Befehl in der Cayenne gestellt hatte; gewaltiger als das Machtgefühl, als er auf dem Festungsplatz die Reihe der Verbannten abschritt, die vor Angst wie gelähmt waren, und jeden einzelnen ganz aus der Nähe musterte, so als wolle er sie mit seinem Riechkolben, ähnlich dem eines Wildschweins, beschnuppern; intensiver noch als seine Bestürzung, als er das Telegramm erhalten hatte.

Seine Erregung war so stark, daß er zu Stein erstarrte – nein, er geriet nicht in Wallung oder kochte innerlich –, er wurde eins mit dem Stein, auf den er seine Hände stützte, mit diesem Stein, der von einem großartigen Genie zugeschnitten und behauen worden war. Seine Hände lagen auf einer Brüstung aus schwarzem Felsgestein wie das, aus dem die Cayenne gebaut war; sie war in die glatte Wand eines Bergsplitters geschlagen und wie ein Schützengraben tief in den Fels eingelassen und überdeckt. Steil darunter lag der Friedhof. Mazzarino war über eine Holzleiter hinaufgeklettert, die wohl so alt war wie die Toten in den Gräbern. Was ihn heraufgelockt hatte, war die Darstellung eines makabren Tanzes längs der Brüstung im Stil von Höhlenzeichnungen: Da tanzten nackte rote Männer unter einem weißen Skelett mit Sichel auf dem schwarzen Gestein. Er wollte den Kopf über die Brüstung beugen, um sie aus der Nähe zu betrachten, doch kaum hatte er den Felsen berührt, ging das schmiedeeiserne Tor des Friedhofs auf, und die Prozession hielt Einzug.

Eigentlich hätte auch er dort unten, zusammen mit den Würdenträgern der Insel, im Gedenkzug für einen heiligen Märtyrer hinter dem Priester und den Meßdienern gehen sollen. Zuerst der Parteisekretär, dann dieser Schlappschwanz von Untersekretär, danach der Kommissar und schließlich er an der Spitze seiner Schwarzhemden in enger Marschaufstellung. An seiner Seite wäre Miranda mit der Standarte gewesen. Dahinter der Doktor, die Frauen, die Fischer und die Schäfer der Insel. Noch wäre Zeit gewesen, hinunterzusteigen und seinen Platz einzunehmen, doch als die Leute eintraten und den weißen Pfad einschlugen, der sich zwischen den Gräbern hindurchschlängelte, erstarrte er wie zu Stein.

Auf der Insel lebten nicht viele Menschen, aber der Friedhof war wirklich klein, und die schweigende Prozession durchquerte ihn wie ein wasserreicher Fluß … Ein Flußbett aus Lebenden, eingeschlossen zwischen zwei Gestaden aus Toten. Festlich gekleidete Männer und Frauen gingen gesenkten Hauptes mit unregelmäßigen kurzen Schritten zwischen den Grabsteinen entlang. Das Bewußtsein, sich an einem solchen Ort zu befinden, verlangsamte ihre Bewegungen, und zugleich verspürten sie das Verlangen, bald wieder weg zu sein. Es war wie ein Tanz. Und dort auf der Brüstung stand er, Mazzarino, und umklammerte den Felsen genau neben der Figur des Todes, als wäre er sein Schattenwurf, als müsse er tatsächlich nur einen Arm heben und mit dem Finger deutend entscheiden, wer sterben mußte und wer nicht, wer im schweigend dahinströmenden

Fluß blieb und wer aufs Gestade zwischen die Gräber stieg.

Die Prozession hatte bereits das ganze Friedhofsrund abgeschritten und verschwand durch das Gittertor, als würde eine Schleuse sie schlucken, da wurde Mazzarino durch ein Rascheln wie von einem schnellen schwarzen Flügelschlag hinter seinem Rücken abgelenkt. Doch er drehte sich nicht einmal um.

Vor Erregung noch immer gelähmt, senkte er den Blick auf den Friedhof, und genau da kam ihm eine Idee, wie das Problem mit dem Telegramm zu lösen wäre.

Vierter Tag

24

Ein Geräusch weckte ihn. Mit geschlossenen Augen, noch im Halbschlaf, stellte der Kommissar sich vor, daß Tauben, ganz viele Tauben im Schlafzimmer wären: Dick aufgeplustert hockten sie auf den Möbeln, auf dem Kopfende des Betts, auf dem Nachtschränkchen, auf dem Handwaschbecken und steckten das Köpfchen unters Gefieder. Die Flügel hielten sie still, aber mit den Krallen tappten sie wieder und wieder auf das Holz und das Porzellan, und dieses leichte und doch frenetische Klicken war das Geräusch, das ihn weckte.

Der Kommissar schlug die Augen auf und sah, daß nicht Tauben im Zimmer waren, sondern es war seine Frau. Noch schlaftrunken unter halbgeschlossenen Lidern erschien sie ihm undeutlich als dunkle Figur vor dem Schrank, dann erkannte er im Halbschatten Hana im Nachthemd. Sie bewegte sich rasch und fast lautlos, raschelte nur leicht mit den Stoffen, kratzte in den Schubladen, schlug mit den Fingerspitzen auf die Möbel und ließ sie auf einen kleinen Tisch gleiten.

»Was gibt es?« fragte der Kommissar. »Was machst du da?«

»Ich packe den Koffer«, flüsterte Hana, als wollte sie vermeiden, ihn zu wecken.

»Den Koffer?«

»Ja. Für die Reise.« Nun hantierte sie nicht mehr auf

dem kleinen Tisch herum, sondern machte eine schnelle Drehung zu ihm. »Warum? Willst du etwa nicht mehr abreisen?«

Er konnte ihr Gesicht nicht erkennen. Seine Augen hatten sich zwar an den Halbschatten gewöhnt, aber Hana war noch immer ein Schatten in der Dunkelheit ohne klare Umrisse. Er stützte sich auf einen Ellenbogen, aber auch so konnte er sie nicht deutlich sehen. Mit einer Hand tastete er auf dem Nachttisch nach den Streichhölzern, und als er sie gefunden hatte, entzündete er die Öllampe und regulierte am Rädchen die Flamme. »Aber sicher doch«, sagte er, »natürlich will ich abreisen. Alle wollen von dieser Insel weg. Doch bis dahin ist noch etwas Zeit ... Ich muß den Versetzungsbescheid aus Rom abwarten.«

Im Schein der Flamme hatte Hana einen abwesenden Gesichtsausdruck. Sie blickte zur Seite, als beobachte sie etwas, die Lippen nach vorn geschoben, im Mundwinkel die dünne Falte, die man nicht sah und die dennoch dasein mußte. Plötzlich nickte sie und ließ das Korsett, das sie in der Hand hielt, in den offenen Koffer fallen.

»Ich mache das Frühstück«, verkündete sie. »Wir müssen etwas essen. Wir müssen uns für die Reise stärken.«

Sie verließ das Zimmer so, wie sie war, im Nachthemd. Der Kommissar seufzte und warf Leintuch und Decke beiseite. Er stieg aus dem Bett und kleidete sich eilig an. Als er statt des Nachtgewands, das noch wohlige Bettwärme enthielt, die kühle Unterwäsche auf der Haut spürte, fröstelte ihn. Ohne Socken schlüpfte er in die Schuhe, rieb die Hände an den Manschetten und warf einen Blick auf seine Armbanduhr, die er auf den Nachttisch gelegt hatte: Es war doch nicht so früh, wie er geglaubt hatte. Er nahm Hanas Morgenrock, suchte auf ihrer Bettseite nach ihren Pantoffeln und ging in die Küche.

Hana war dabei, eine Scheibe Brot mit Butter zu schmieren. Auf die dicke Schicht Butter strich sie Marmelade und legte die Scheibe dann auf einen Teller. Sie leckte sich die Finger ab und nahm eine zweite Scheibe. Der Kommissar legte ihr den Morgenrock über die Schultern und steckte ihr die Füße in die Pantoffeln. Als er aufstand, hatte Hana die zweite Brotscheibe mit Marmelade bestrichen, so konnte er sie in die Ärmel des Morgenrocks schlüpfen lassen und zog ihr gleich den Stoff über den Ellenbogen, damit ihre klebrigen Finger keine Spuren hinterließen. Als er ihr den letzten Knopf unterm Hals zugemacht hatte, schien Hana wieder klar im Kopf zu sein und eilte zum Herd, um nach der Kaffeemaschine zu sehen.

Der Kommissar setzte sich an den Küchentisch. Hanas Fußgelenke waren eiskalt gewesen, er spürte ihre Kälte noch deutlich an den Fingerspitzen. Im Gegenzug dachte er an die glühende Haut der Frau des Engländers und schüttelte den Kopf, um den Gedanken zu verscheuchen. Er nahm eine von Butter und Marmelade schwere Scheibe Brot und biß hinein, obwohl er morgens gewöhnlich nichts hinunterbrachte. Die Süße der Kirschen und der salzige Geschmack der Butter verklebten ihm den Mund, während er sich auf die Tatsache zu konzentrieren versuchte, daß Hana heute vielleicht zum erstenmal in all der Zeit ihr Zimmer verlassen hatte. Das Pfeifen der neapolitanischen Kaffeemaschine und der bittere Geruch des Kaffees weckten in ihm ein so heftiges, ja betäubendes Verlangen, daß ihm die Kiefergelenke unter den Ohren weh taten.

»Wir werden ein großes Haus haben, wenn wir dort sind«, sagte Hana, als sie ihm Kaffee einschenkte; er wollte etwas entgegnen, doch sie redete einfach weiter, machte ihm klar, daß dies gar keine Frage sei. »Mit einer Terrasse. Eine Terrasse ist wichtig … Sie liegt zur Straße hin, und so kann man sehen, wer vorübergeht.«

»Ich weiß nicht einmal, wohin sie mich versetzen werden. Nach Rom, nach Bologna … nach Trient. Es kann auch ein kleinerer Ort sein.«

Hana nickte noch immer, als würde sie einer ganz anderen Rede folgen. Sie nahm eine Scheibe Brot, biß kräftig ab, und ihre Zähne hinterließen Abdrücke in der von Marmelade rotgefärbten Butter.

»Es kann auch ein Grenzort mit einer Handvoll Häuser an einer Durchgangsstraße sein«, gab der Kommissar vorsichtig zu bedenken, während er in seinen Kaffee blies. Mit halbgeschlossenen Lidern lächelte Hana, als sei das eine witzige Bemerkung gewesen. Sie hatte ihr Brot aufgegessen und leckte sich die Lippen, holte mit der Zungenspitze die Krümel aus den Mundwinkeln.

»Oder vielleicht ist es in Übersee, in einer Kolonie …«

Hana nahm ihre Tasse, öffnete die Lippen ein wenig und trank einen Schluck. Dann blickte sie den Kommissar über den Porzellanrand an. Wenn sie das tat, war sie für ihn immer schon wunderschön gewesen. Einfach wunderschön.

»Das ist gleich«, sagte sie, die Tasse vom Mund wegführend. »Wo auch immer, Hauptsache weg von hier.«

Sie nahm einen weiteren Schluck und blickte ihn noch immer an. Schön war sie, wunderschön.

»Weg von hier«, sagte sie wieder. »Denn hier wohnt der Teufel.«

Dem Kommissar blieb keine Zeit mehr für eine Erwiderung, denn Martina faßte ihn mit ihren schmutzigen

Fingern am Arm, und er schrak zusammen. Er hatte sie nicht kommen hören, und auch nicht das Geräusch des Türriegels, was bedeutete, daß er beim Heimkommen am Abend zuvor die Haustür nicht abgeschlossen hatte. Ihm fiel wieder ein, wie er ins Schlafzimmer geeilt war, um sich zu waschen, damit Hana nicht am Geruch erraten konnte, was geschehen war, und wie er sich von ihr ferngehalten hatte, bis sie endlich eingeschlafen war. Der Gedanke an Hana und Miranda hatte ihn in keiner Weise mehr beunruhigt, ja, er hatte sich verflüchtigt wie das Gespenst eines absurden Verdachts und konnte allenfalls als dumme und schäbige Rechtfertigung für seinen Ehebruch dienen. Wieder würgte ihn das Schuldgefühl. Mit einem Zug leerte er den kalt gewordenen Kaffee, während Hana sagte: »Sobald du hier fertig bist, hilfst du mir beim Kofferpacken«, und Martina erwiderte: »Sobald ich fertig bin, Signora.«

Er versuchte, jeden Gedanken zu verscheuchen, während er Martina zusah, die sich behend im Zimmer zu schaffen machte, die Tassen abtrug, die Brotkrümel vom Tisch wischte, sie in der hohlen Hand einsammelte und in den erkalteten Kamin warf. Er beobachtete sie, wie sie, ob seiner Anwesenheit eher verärgert als verwirrt, mit dem Besen in der Hand in seiner Nähe hantierte; und er sah, wie sie Holz holte und Feuer machte. Noch immer ohne zu denken, beinahe hypnotisiert von den Gesten, die ihm eigentlich gleichgültig waren, sah er, wie sie einen Federfächer ergriff, auf einen Holzstapel kletterte und sich zur Erhöhung des Kamins hinbeugte, um das Feuer anzufachen. Die Zehen um das Holz geklammert, hielt sie sich mit gebeugtem Oberkörper auf dem Holzstapel in Balance, mit der einen Hand stützte sie sich an den Kaminsteinen ab, die andere streckte sie vor. Da sah er, wie das Schürzenkleid an ihren Beinen hinaufrutschte, die Schenkel sehen ließ und dann die Rundung ihrer Pobacken mit der nackten dunklen Haut. Er sprang auf, dachte: *Was für ein Ungeheuer bin ich doch!* und flüchtete aus der Küche.

25

Es war die schwärzeste Finsternis, die er jemals gesehen hatte. Die blindeste. Es war eine ganz dichte, in sich geschlossene und vollkommene Dunkelheit. Auch wenn man mit den Lidern blinzelte, die Augen zusammenkniff und starr geradeaus blickte, war kein Licht, nicht einmal der blasseste Schimmer zu erkennen, auch nicht die Umrisse der Dinge, die sich gewöhnlich nach einer Weile in der Dunkelheit wie Reliefschatten abzeichnen. Die Dunkelheit war gleichmäßig, ohne Nuancierungen, zähflüssig und kompakt wie ein Pechbad. So total, einhüllend und unendlich war sie, daß selbst die Geräusche, die Klänge, das Summen verschwunden waren, als hätte die schwarze Stille sie verschlungen. Es war die vollkommenste Finsternis, die Valenza je gesehen hatte, und dieser Gedanke kam ihm irreal und noch absurder vor, denn die Dunkelheit ist ja nicht zu sehen.

Er wußte genau, wo er sich befand. Er war in der *Hölle*. Das hatte er begriffen, sobald sie vor ihm das Eisentor geöffnet hatten und er die Zellen mit glänzendschwarzen Graffiti bedeckt gesehen hatte. Die Wände waren aus Lava und verblaßten nicht, wenn Namen, Daten, Flüche hineingeritzt wurden. Wer, wie Friedrich, in dieser Zelle gewesen war, hatte ihre fahlen, unverputzten Wände, die Decke, den Fußboden so beschrieben und sie mit dem Namen genannt, den der erste

Häftling, der hier gelandet war, ihr gegeben haben mußte. *Die Hölle*.

Kaum war die Tür hinter ihm zugesperrt worden, war mit einem Schlag das Licht ausgegangen, und die Dunkelheit hatte ihn erfaßt, zusammengepreßt, und ein derart heftiges Gefühl von Verlorensein hatte von ihm Besitz ergriffen, daß er glaubte, über dem Boden zu schweben. Er hatte auch die Arme ausgebreitet, atemlos, hatte mit brennenden Augen die Leere abgetastet, als wäre dieses pechschwarze Dunkel ihm bereits in Hals und Nase eingedrungen und hätte ihm die Ohren verkleistert. Als er dann auf die Knie zu Boden gefallen war, hatte der Aufprall auf den Stein ihm einen Schlag versetzt. Schon kurz darauf, kaum hatte er sich an die Kälte des Lavasteins gewöhnt, die zur Kälte der Luft und auch zu der seiner Knie geworden war, hatte er sich mit den Händen berühren müssen, um die Gewißheit zu haben, noch zu existieren.

Dann war er in dem licht- und zeitlosen Schweigen eingeschlafen, war in einen so tiefen Schlaf gefallen, daß er nicht einmal gemerkt hatte, wie jemand die Zelle betreten hatte, um ihm Essen zu bringen. Er hatte es erst am Geruch der Suppe gemerkt, der zuvor nicht da war, und als er mit den Fingern ziellos über den Boden tastend hineingelangt hatte, gab es keine Zweifel mehr.

Er spürte die Suppe auf der Zunge, das Metall der Schüssel zwischen den Lippen, den harten Fußboden unterm Hintern, die knotige Wandoberfläche im Rükken und im Nacken, wenn er den Kopf nach hinten bog. Mehr wußte er nicht über die Zelle. Er hatte die Hände nicht weiter als bis zur Suppenschale ausgestreckt und auch die Wände nicht erforscht. Zusammengerollt wie ein Fötus kauerte er auf einer Stelle.

Valenza hatte Angst.

Aber nicht vor der Dunkelheit, vor den Fischen hatte er Angst.

Obwohl Valenza Professor der Naturwissenschaften war und beinahe jede bekannte Spezies von Lebewesen, einschließlich des Menschen, besser gesagt, hauptsächlich des Menschen, berührt und seziert hatte, fürchtete er sich vor Fischen.

Nicht vor allen. Die winzigen Fische, die wie Silberpfeile im Meer in der Nähe des Ufers dahinflitzten und alle zusammen zur Seite wichen, wenn er den Finger in den Schwarm steckte, die machten ihm keine angst. Auch vor den Goldfischen, die er als Kind auf dem San-Gennaro-Festmarkt gewonnen hatte, fürchtete er sich nicht. Er ängstigte sich nicht, wenn er sie im vollen Goldfischglas beobachtete und ihre Münder und Augen von der Krümmung des Glases vergrößert waren; auch als sie blau verfärbt, mit dem Bauch nach oben im Wasser trieben, weil er vergessen hatte, sie zu füttern, machte ihm ihr Anblick nichts aus. Die Schollen, die Seebarsche, die Sardinen und die Flundern, die er fast jeden Freitag für seine Mutter – solange er noch nicht an der Universität immatrikuliert war – frühmorgens auf dem Fischmarkt begutachten, berühren, riechen und sie in nassem, blutbeschmutztem Papier, im Todeskampf zuckend, aus den von Schuppen silbrigen Händen der Fischer entgegennehmen mußte ... Nicht einmal die hatten ihm Angst eingejagt.

Die Kraken mit ihren flüssigen Augen und den Saugmündern, die unter den mit Saugnäpfen besetzten Fangarmen versteckt waren, die bereiteten ihm Angst und Schrecken. Und auch die Schalentiere, die Langusten, die großen Meereskrebse, die sich mit offenen Scheren und spinnendünnen Beinen auf dem Eis krümmten und gefährlich mit ihren Antennen durch die Luft fuhren.

Vor allem aber die Monsterfische aus der Tiefsee versetzten ihn in Panik, diese Albino-Mißgeburten mit den entsetzlichen Mäulern, den phosphoreszierenden Augen, die an der Spitze der Antenne aufgehängt waren, und den kurzen, kräftigen Flossen. Er hatte vor Entsetzen aufgeschrien, als er zum erstenmal ihre Abbildungen in einem Tieratlas gesehen hatte, von Kartographen gezeichnet, nachdem sie diese Tiere ungewollt bei ihren Forschungsgängen durch die Meerestiefen gefangen hatten oder sie einfach auf der Grundlage von Daten der Tiefseeforschung rekonstruiert hatten. Allein schon der Gedanke, daß es irgendwo in den schwärzesten Tiefen der Meeresabgründe diese Monsterwesen gab, ließ ihn mit einer beliebigen Ausrede eiligst das Wasser verlassen, selbst wenn er nur wenige Meter vom Ufer entfernt badete.

Er hatte nach einer Erklärung für seine panische Angst gesucht und eine symbolische gefunden. Er hatte sich überlegt, daß er, ein Mann der Wissenschaft und der Ratio, in diesen absurden Alpträumen, die wie von der blindesten Höllennacht ausgekotzt zu sein schienen, die Ungeheuer des Schlafs der Vernunft sah: die Dämonen des Urunterbewußtseins, die ungebändigten Kräfte des Chaos, bösartige Geschwülste mit unvorhersehbarer Entwicklung, die in der Lage sind, dem Verstand die Herrschaft der Logik zu versagen.

So galt es, die Gesetze zu ergründen, nach denen jene Füßchen und Kiemen entstanden sind, anstatt den Atlas zuzuklappen: die Leuchttätigkeit des Phosphors beobachten; einen *Mictophiden* von einem *Ceratoiden* unterscheiden; es schaffen, ohne Angst einen Rundmaulfisch und eine Meeresviper anzustarren, anstatt stocksteif zu werden, die Augen zu schließen und den Kopf abzuwenden.

Als er mit anderen politischen Aktivisten in Briefverkehr getreten war, hatte er sich einen kodierten Namen zulegen müssen, um nicht den Spionen der Polizei, die mit den Faschisten sympathisierte, in die Falle zu gehen. Als er den Anführern der Schlägertrupps Namen der Tiefseeungeheuer verpaßte, die er im Atlas ausgesucht hatte – die Abbildungen verdeckte er jedoch mit einem Blatt Papier –, war das vielleicht der erste Schritt, um diese Angst zu überwinden. Mussolini mit seiner klandestinen Sprache eines Verschwörers war demnach ein *Sternoptychide*, ein Beilfisch.

Doch hier in der Zelle, tief in der Finsternis wie in der blindesten Höllennacht, hatte die Angst ihn wieder eingeholt. Inmitten dieser Schwärze hatte er den Fehler begangen zu überlegen, daß so die Ozeantiefen beschaffen sein mußten. Vor Entsetzen wurde er ganz steif, erstarrte wie zu Eis und streckte seine Hand nicht mehr aus in der absurden Panikangst, urplötzlich das Maul, die Augen, die Flossen eines jener Ungeheuerfische unter den Fingern zu spüren.

Ganz klar, hatte er in nüchternem und klarem Erkennen zu sich gesagt. *Ganz klar. Ich werde langsam verrückt.*

Er hatte sich auf dem Fußboden zusammengekauert, sich wieder wie ein Fötus gekrümmt und den Jackenkragen über die Ohren gezogen.

Nicht wegen der Kälte, sondern um sich vor dem Angriff der Fische zu schützen.

26

Ganz plötzlich wurde es dunkel, als wäre der Abend angebrochen. Das Sonnengelb der Luft verlor sich. Alle Reflexe und Lichtsplitter, die auf den Oberflächen glänzten, alles Funkeln der lebendigen Körper erlosch mit einem Schlag. Der Himmel, das Meer und die Luft färbten sich grau, ein einheitliches Grau, beinahe ins Schwarz übergehend. Bald hoben sich die Grautöne voneinander ab: das hellere, glattere Quecksilbergrau der Luft, das schwerere, kompakte Bleigrau des Meeres, das elektrisierende, spannungsgeladene Stahlgrau mit Braunschleier des Himmels.

Ein Gewitter zieht auf, dachte der Kommissar und erhob sich, um das Fenster seines Büros aufzumachen, im Irrglauben, daß durch die aufgerissenen Scheiben mehr Licht hereinkäme. Einen Augenblick zuvor hatte er, genau wie am Morgen des Vortags, mit den Fingerspitzen auf die zusammengerollte Zeitung geklopft und an Valenza gedacht, der sich noch immer nicht blicken ließ.

Er steckte den Kopf aus dem Fenster und sah in den anschwellenden Himmel hinauf, der zu explodieren drohte. Auch der Wind war unvermittelt verschwunden, so als hätte jemand Luft geholt und bereitete sich nun an irgendeinem Ort darauf vor, aus Leibeskräften zu pusten. Er hielt einen Arm, mit der Handfläche nach oben, zum Fenster hinaus, doch da war nichts zu spüren. Kein Regen. Alles war unbeweglich, geschwollen und angespannt. Kaum hatte er sich an den Schreibtisch gesetzt, fuhr ein Windstoß ins Büro und wirbelte seine Unterlagen auf; das jedoch kam ihm nicht wie das mächtige Pusten aus geröteten Wangen vor, mit dem er gerechnet hatte, sondern eher wie ein versehentlich entwischter unterdrückter Furz. Er brachte fiebrige Luft mit, die baldigen Regen versprach, den metallischen Geruch nach Staub und seltsamerweise einen Hut, der hart gegen die Kante des Schreibtisches schlug und auf der Krempe kreisend wie ein Rad zu Boden fiel.

»Das ist meiner«, sagte der Federale. »Verzeiht.«

Das Amtszimmer des Kommissars lag im Erdgeschoß zur Straße hin. Der Federale hatte unter dem Fenster haltgemacht, und die dunkle Holzeinfassung umrahmte ihn wie ein Brustbild. Er war schwarz gekleidet, trug einen kurzen Mantel, der glatt über seine Schulterrundung fiel, und ein weißes Hemd mit steifem Kragen, das von der Krawatte zusammengezogen und von den dunklen Rockaufschlägen modelliert wurde. Er hielt den Regenschirm geöffnet in der Hand, obwohl es nicht regnete.

»Ich habe ihn einfach so, ganz automatisch aufgespannt, als das Wetter umgeschlagen ist«, erklärte er auf den fragenden Blick des Kommissars hin. »Gebt Ihr mir bitte meinen Hut zurück?«

Der Kommissar beugte sich vom Stuhl hinunter und nahm den Hut des Federale, stand auf und führte auf dem Weg zum Fenster zwei Finger zur Nase, denn ein scharfer, durchdringender Geruch hatte sich bemerkbar gemacht.

»Petroleum Thomas«, seufzte der Federale. *»Ein äußerst wirksames Mittel gegen Haarausfall, Postversand, 11 Lire Vorauszahlung*. Meine Frau ist überzeugt, daß es hilft. Ich finde es eklig, aber was soll's.« Er seufzte noch einmal und nahm den Hut, den der Kommissar ihm reichte, dann schloß er den Regenschirm und ließ die Arme an den Seiten baumeln. Ein Windstoß fuhr ihm unter die Kleider, und einen Augenblick lang sah es so aus, als schwanke der Federale mit dem Hut auf dem Kopf, den Regenschirm auf die Füße gerichtet, frei in der Mitte eines Gemäldes. »Ich würde alles für meine Frau tun«, sagte er. »Ihr nicht? Ich denke doch, Ihr auch.«

»Ja«, sagte der Kommissar.

»Es ist unglaublich, wie die Frauen, die wir lieben, unser Verhalten beeinflussen. Ihr liebt doch Eure Frau, nehme ich an.«

Der Kommissar nickte. Er hätte gern mit kräftiger Stimme bejaht, aber der Federale ließ ihm keine Zeit. Offensichtlich hatte er Lust zu reden, so machte der Kommissar einen Schritt, um sich bequem ans Fensterbrett zu lehnen. Dieser Blickwinkel umfaßte auch den Brunnen am Rand des kleinen Platzes im Rücken des Federale. Es war ein Brunnen mit breitem Becken voller Wasser, in dem sich das runde Zifferblatt der Kirchturmuhr außerhalb des Blickfelds spiegelte. Aufgrund der Strahlenbrechung schien es das Spiegelbild einer riesigen Taschenuhr, die sich am Rand einer Fluchtlinie, gezeichnet von den großen Fußbodenquadern der Piazza, verflüssigen wollte.

»Der Gedanke, sie verlieren zu können, ist für mich unerträglich. Wie es auch bei Euch der Fall ist, nehme ich an. Von Zeit zu Zeit droht sie, die Koffer zu packen und aufs Festland zurückzukehren. Ich glaube dann jedesmal, ich muß verrückt werden. Doch nie macht sie es wahr. Das hier ist eine Insel, von der man nicht so leicht wegkommt. Meine Frau haßt sie.«

»Alle hassen sie«, sagte der Kommissar. »Ihr nicht?«

Der Federale zuckte die Schultern. Er machte eine Bewegung, und das Bild veränderte sich. Ein Stückchen Meer im Ausschnitt zwischen zwei Häusern fügte sich noch ein, ein bleifarbenes Meer mit schwach gekräuselten Schaumlocken. Über dem Meer stand ruhig und unbeweglich eine Möwe, die den Wind bezwingen wollte. Sie flog senkrecht zum Wasser, zeigte den Rücken und die ausgebreiteten Flügel. Auf der rechten Seite des Fensterbilds war auch der Laden eines Altwarenhändlers zu sehen. Er hatte eine Schaufensterpuppe mit ovalem Kopf, eine stark angeschlagene Baßgeige und eine Reihe leerer Flaschen mit langem, etwas schiefem Hals vor die Tür gestellt.

»Wohin man mich auch schickt, ich stehe überall meinen Mann«, verkündete der Federale. »Ich bin hier geboren, und außerdem bin ich sehr genügsam ... Ich begnüge mich mit meiner Frau.« Er berührte mit den Handballen die Lippen und lächelte verschämt. »O Gott, wenn die mich hören könnte ... Ich behaupte ja nicht, daß meine Frau wenig wert ist, um Himmels willen nein. Obwohl ich weiß, daß sie in Taranto nicht Lehrerin war, aber was soll's. Glaubt Ihr, daß die Ehefrauen der Parteifunktionäre alle Unschuldsengel sind? Wie bereits der Duce gesagt hat, was wir vor der faschistischen Revolution waren, zählt nicht!« Der Federale biß die Unterkiefer zusammen, doch da er ein fliehendes Kinn hatte, zeigte sich anstelle des Kiefers nur eine Falte in der Haut, die vor lauter Anstrengung ganz blaß geworden war.

»Verjährte Hörner«, murmelte er. »Doch seit sie meine Frau ist, kann ich für sie die Hand ins Feuer legen. Wie Ihr für die Eure natürlich ...«

»Gewiß«, entfuhr es dem Kommissar. Die Unterredung störte ihn zunehmend. Er verstand nicht, wieso der Federale ihm diese Dinge im schleppenden Tonfall von Anspielungen sagte. Das Wetter machte ihn nervös, dieser Wind und dieser Regen, die so unschlüssig waren. Unerträglich war ihm auch die Erinnerung an die Stimme Zecchinos vor zwei Nächten, als der die Worte wiederholte: »Du kriegst von mir das Doppelte, wenn du die Frau von diesem Schergenaas flachlegst.«

Er griff nach den Fensterflügeln, um dem Federale zu verstehen zu geben, daß ihre Unterhaltung beendet war, doch der rührte sich nicht.

»Ihr könnt Euch ja so glücklich preisen, daß Ihr gehen dürft. Früher oder später tue ich das auch ... Ich warte nur darauf, daß sich die richtigen Leute in Rom in Bewegung setzen. In der Zwischenzeit bleibe ich hier und halte das Banner der erneuerten Ehre Italiens in die Höhe. Wann reist Ihr ab?«

»Sobald wie möglich. Die Amtsgeschäfte ...«

»An Eurer Stelle würde ich das Amt vergessen und nur die Abreise im Kopf haben. An das Telegramm würde ich denken. Ihr seid ein pflichtbewußter Beamter, der stets alles so tut, wie es sein muß. Doch es gibt Situationen, da macht einer schneller Karriere, wenn er die Dinge nur zur Hälfte erledigt. Ist Euch das noch nie passiert?«

»Noch nie.«

»Es gibt immer ein erstes Mal. Das ist ein wenig so, wie dem Teufel die eigene Seele zu verkaufen. In den heutigen Zeiten tun das viele. Ich mache es jeden Tag. Seid doch nicht der vollkommene Beamte, Exzellenz, die könnten ja ansonsten denken, daß Ihr nicht zu ersetzen seid, und dann lassen sie Euch noch ein ganzes Weilchen hier. Ich glaube nicht, daß Frau Hana das ertragen könnte.«

Da fuhr der Kopf des Federale herum, denn der Wind hatte ihm klar und deutlich die Stimme seiner Frau zugetragen: »Also, was machst du, kommst du jetzt, oder kommst du nicht?«

Ohne ein Grußwort schloß der Kommissar ihm das Fenster vor der Nase. Die Steinquader der Piazza, der Brunnen, die fließende Uhr, die Möwe und das Meer, die Flasche, die Schaufensterpuppe verschwanden hinter dem Federale. Durchs geschlossene Fenster sah er mit seinem schwarzen, vom Wind leicht aufgeplusterten Anzug, mit dem Hut auf dem Kopf und dem Schirm bei Fuß, eingerahmt von den hölzernen Fensterpfosten, so aus, als hinge er in der Luft wie mitten auf einem Gemälde.

27

Bevor sie die Frau des Federale wurde, hieß sie Wanda und war Reihentänzerin in einer drittklassigen Tanzrevue. Ihre früheren Namen waren Melissa, Gigí, Manola und Keope; sie war die faszinierende Zigeunerin, die verworfene Französin, die feurige Spanierin, die exotische Odaliske, die den Bauchtanz und noch anderes vorführte. Wer sie ursprünglich gewesen war, daran erinnerte sie sich selbst kaum noch.

Bevor der Federale ein solcher wurde, war er Angestellter in einer Firma, die Weinhandel mit den Kolonien trieb. Er hatte einen Cousin, der die Großen Weinkantinen von Florenz leitete, *Eigenproduktion, Lagerung, Spezialitäten: Exportweine für die Kolonien und Überseeländer, Korrespondenz zu richten an die Adresse in Carmignano bei Florenz/Italien.* Genau das war die Aufgabe des zukünftigen Federale, in Carmignano die Korrespondenz des Cousins zu erledigen. Nach Übersee war er noch nie gefahren. Massaua, Mogadischu, Homs, Tripolis und Bengasi waren für ihn einfach nur die Sitze von Firmen, auf die Rechnungen und Zahlungsquittungen auszustellen waren. Nicht einmal den Wunsch, dorthin zu fahren, hatte er je verspürt; wenn er in dem Heft »Geschichten für zwei Lire«, das er jede Woche kaufte und schnell las, auf eine Erzählung stieß, die in einem Kolonialland spielte, übersprang er sie. Carmignano war seine Welt, und die genügte ihm.

Der Frau des Federale, die zu dem Zeitpunkt bereits Wanda hieß, doch weiterhin den Bauchtanz vorführte, da sie es nicht geschafft hatte, die Nummer zu wechseln, war sogar Florenz zu klein. Jeden Abend kam der Revuedirektor in die Garderobe, wo sich die Mädchen auszogen. Zwischen seinen Wurstfingern hielt er ein Bündel Zettel mit den Adressen einiger Zuschauer und den Namen der Tänzerinnen, die jeweils gefragt waren. Sie erwischte meist die seltsamsten Typen, solche, für die sie sich nicht einmal umzuziehen brauchte: Die Kerle wollten sie so, wie sie gerade war – faszinierende Zigeunerin, verworfene Französin, feurige Spanierin, exotische Odaliske. Ihr war das keineswegs unrecht, denn an ausgefallenen Sachen hatte sie ihren Spaß. Da gab es einen jüngeren Studenten, der immer rauchte und bereits vom Nikotin gelbe Finger hatte. Er hatte sie jeden Abend verlangt. Er war nicht einmal übel, vielleicht war er etwas zu blaß und zu mager, aber schön war er mit seinen blauen Augen und dem etwas diabolischen Gesichtsausdruck, den Haaren, die ihm immer wieder in die Stirn fielen. Und außerdem war er reich, zumindest wohlhabend, denn er hatte nichts dazu gesagt, als der Direktor der Tanztruppe den Preis für die Begegnungen und das Zimmer in der von ihm empfohlenen Absteige erhöhte. Beim erstenmal hatte er nichts gemacht, nur von ihr verlangt, daß sie, als Odaliske gekleidet, mitten im Zimmer stehe, während er um sie herumschlich, mit den Händen und den Lippen ihre Haut streifte, mit dem Gesicht immer näher kam, als wollte er sie beschnuppern. Wie sie da mitten im Zimmer stand, hatte er sich auf den Boden zwischen ihre gespreizten Beine gelegt und sie lange von unten angeschaut. An den Abenden danach hatte er begonnen, sie zu berühren und zu küssen und von ihr verlangt, daß sie ihn berührte, küßte, fest umarmte, biß und an sich preßte. Sie sollte ihn an der Haartolle packen, ihn schütteln und zu sich zerren; jedesmal, wenn er sich ihrem Mund näherte, um sie zu küssen, sollte sie seine Lippen mit einem festen Biß umschließen; mit der flachen Hand sollte sie auf sein nacktes Hinterteil klatschen und ihn mit den Fingernägeln kratzen. Und weiter sollte sie mit ihrem ganzen Gewicht auf seiner Brust knien, bis ihm die Luft fast ausging, und dann nach vorn rutschen, sich auf sein Gesicht setzen und die Schenkel schließen. Ihr mißfiel das nicht, es belustigte sie. Von den Männern, die es auf normale Weise wollten, sie unten und er oben, gab es ohnehin genug. Und dann tauchte dieser Weinhändler auf.

An dem Abend, da der Federale seine zukünftige Gattin kennenlernte, war er noch nicht Federale, sollte es aber bald werden, wenn auch kein richtiger. Eigentlich hatte er gar nicht zur Tanzrevue gehen wollen, auch am Abendessen und am anschließenden Bordellbesuch wollte er nicht teilnehmen. Er wäre gern zu Hause geblieben, um »Geschichten für zwei Lire« zu lesen und dann einfach ins Bett zu gehen. Doch das war nicht möglich, denn sein Cousin, der Direktor der Weinkantine, brach am nächsten Tag zum Marsch auf Rom auf, und das mußte gefeiert werden. Ihm aber gefielen die Faschisten nicht. Er war zwar in der Partei eingeschrieben, hatte das Parteiabzeichen genommen und gehörte sogar in die Ränge eines Schlägertrupps, aber nur weil sein Cousin die Faschistische Partei finanziell unterstützte und ihm die Mitgliedschaft praktisch als Gegenleistung aufgezwungen hatte. Jede Beteiligung, die nicht rein nominell war, hatte er verweigert. Die Faschisten gefielen ihm nicht. Sie machten ihm angst. Das hatte er auch an jenem Morgen zu seinem Cousin gesagt, als sie hinterm Fenstervorhang im Büro versteckt auf die Straße vor der Kantine schauten. Wegen des Streiks war es zu Handgreiflichkeiten gekommen, und zwei Faschisten hielten einen Mann auf der Erde an den Beinen fest und schlugen mit Stöcken auf ihn ein, während ein anderer ihn mit Tritten auf den Kopf traktierte. »Halt's Maul, Schwachkopf«, hatte der Cousin gezischt. »Willst du etwa Streik? Willst du, daß wir schließen? Willst du auf der Straße landen? Wenn es dich stört, schau doch einfach weg!« So hatte er sich auf die andere Seite gedreht und war am Abend mit seinem Cousin, dem adligen Besitzer der Weinkantine, einem ehemaligen Kapitän, Träger der goldenen Verdienstmedaille, und den zwei Typen vom Schlägertrupp ins Restaurant gegangen. Dort hatte er sich anhören müssen, wie sie einmal einen von den Schwarzhemden gefunden hatten, dem die Bauern von der Liga mit der Hippe den Kopf abgeschlagen und den Bauch aufgeschlitzt hatten; als Vergeltungsschlag, *Madonna bona*, hatten sie das ganze Dorf in Brand gesteckt, und die Carabinieri hatten einfach nichts gesehen. Als der ehemalige Kapitän dann anfing mit: »Was wollen wir im Bordell anstellen?« und: »Man braucht nur mit dem Oberkomiker zu reden«, und: »Auf, auf, ich weiß schon, wie wir's anstellen«, hatte er bereits so viel getrunken, daß er mit von der Partie war und mit den anderen *Eia, eia, alalà!* brüllte. Er bekam die Odaliske, ausgerechnet er, dem die Kolonien … Also so etwas, doch die anderen bedrängten ihn so sehr, daß er sich nicht mehr aus der Affäre ziehen konnte. Die Odaliske, wer hätte das gedacht, hieß Wanda.

Die Frau des Federale, die das noch nicht war, doch just in jener Nacht beschlossen hatte, es zu werden, nannte sich erst seit zwei Tagen Wanda. Diesen Namen hatte der Student ihr gegeben. Er hatte ihr auch ein Paar wadenhohe Stiefel und eine Pferdepeitsche geschenkt und sich dann von Wanda, die auf seinem Rücken stand und das Gleichgewicht auf den hohen Stiefelabsätzen hielt, fest auf den Hintern schlagen lassen. Zu allem Unglück hatten sich die roten Wundstriemen quer durch seine Haut entzündet, und am Morgen hatte er einen Arzt rufen müssen. Am Abend danach hatte Wanda ihn in dem Zimmerchen des Stundenhotels getroffen. Angekleidet stand er gegen den Stuhlrücken gelehnt da, denn er konnte sich ja nicht setzen, und erzählte ihr, daß sein Vater alles herausgekriegt habe, daß er nun in ein Universitätskonvikt müsse, das unter der Aufsicht eines Ordensbruders steht, er sie nie vergessen werde, nein, wirklich nie, aber daß leider Schluß sei. Und hier, bitte schön, eine Art Abfindung. Da hatte sie den Kopf verloren. Ja, denn mit dem Studenten ging sie gern, er gefiel ihr, vor allem aber hatte sie sich eingebildet, ihn heiraten zu können. Er selbst hatte es in den leidenschaftlichsten Augenblicken zu ihr gesagt. Sie hatten an einen passablen Namen und an eine passable Vergangenheit gedacht, beispielsweise an eine als Grundschullehrerin in Taranto, die aus familiären Gründen hatte wegziehen müssen und gezwungen war, sich eine Anstellung zu suchen. Sie hatte daran geglaubt und sich schon im Geiste gesehen, wie sie im Schlafzimmer eines richtigen Wohnhauses und nicht in dem eines Stundenhotels auf seinem Rücken stand. Und als sie ihn achselzuckend dastehen und zwischen den nikotingelben Fingern einen Zug aus der Zigarette nehmen sah, hob sie die Peitsche, die sie in der Hand hatte, und schlug zu. Immer weiter schlug sie auf ihn ein, nahm den Peitschengriff, um ihn noch heftiger zu treffen, und raste weiter, selbst als er schon auf dem Boden lag und mit den Händen sein blutendes Gesicht bedeckte. Bis schließlich jemand vom Hotel kam und sie wegzog, sonst hätte sie ihn umgebracht. Am nächsten Abend war sie die letzte Tänzerin in der Reihe. An das, was passiert war, ihren bestialischen Gewaltausbruch erinnerte sie sich fast nicht mehr, spürte nur noch die Wut und einen bitteren Nachgeschmack wie nach einem schlechten Traum. Doch der Direktor mit dem Ausweisungsbescheid von der Quästur in der Hand war kein Traum, sondern ganz real. Keiner würde sie anzeigen, das war nicht angebracht, doch im Morgengrauen sollte sie ihre Koffer packen und gehen. Als Abfindung gab es noch einen letzten Zettel. *Exotische Odaliske* für einen Weinhändler.

In der letzten Nacht als Weinhändler war der Federale zu betrunken, um in normaler Position, sie unten, er oben, Liebe zu machen. Als sie das Zimmer betrat, fiel er auf die Knie, umklammerte ihre fleischigen Beine, preßte das Gesicht gegen die Schleier der Odaliske und sagte, den Kopf schüttelnd: »Ich schaffe es nicht.« Ihr war das nicht unrecht, denn nach der Nachricht von dem Ausweisungsbefehl war sie nicht in Stimmung; so hielt sie ihn in den Armen und ließ ihn seinen Rausch ausschlafen. Dort, in voller Bekleidung, auf dem unberührten Bett, betäubt vom süßlichen Geruch des Körperpuders auf ihrer Haut, seine Wangen an ihrem nach Milch duftenden Busen, verliebte er sich in sie, und sie spürte das. Sie erzählte ihm die Geschichte – die sie sich für den Vater des Studenten zurechtgelegt hatte – von der Grundschullehrerin in Taranto, die aus familiären Gründen ihre Heimat verlassen mußte, und er glaubte ihr, oder er tat zumindest so. Am nächsten Abend ging der Federale zu seinem Cousin, der gerade triumphierend von seinem Marsch auf Rom zurück war, und teilte ihm mit, daß er das Angebot annehme, sich aktiv in der Partei zu engagieren. Es gab da dieses Amt als stellvertretender Parteisekretär auf der Insel, auf der er geboren war. Das war nicht viel, doch es garantierte ihm einen Titel, der ausreichte, um Wandas Ausweisungsbefehl von der Quästur zu blockieren und sie für eine anständige Verlobungszeit an seiner Seite zu halten.

Vier Wochen später heirateten die Grundschullehrerin aus Taranto und der Untersekretär und ehemalige Weinhändler unter den gekreuzten Dolchen eines Spaliers faschistischer Schläger in Uniform. Am selben Tag noch nahmen sie das Dampfboot Richtung Insel, und in der Nacht liebten sie sich zum erstenmal, in normaler Stellung: er oben und sie unten.

28

Es gibt gewisse Winde, die *Sanften* genannt, denn sie sind leicht und vor allem warm. Sie nähern sich mit einem lauen, leisen Hauchen, wie der Atem eines schüchternen Liebhabers, der etwas säuselt, bevor er die Lippen auf die Haut der Frau legt. Das sind die Meeres- und Bergbrisen, das ist der Westwind, wenn die Luft mild ist, und der Ostwind. Wenn er Regen mit sich bringt, ist er wie ein zweiter Kuß, noch inniger und von Speichel feucht.

Auf dem Molo Vecchio bliesen die sanften Winde lieblich, strichen zwischen Metallbögen und Deckblättchen hindurch und verbreiteten ein zartes, zurückhaltendes Murmeln wie Hintergrundklänge von Harfen, aus denen hin und wieder ein lebhafterer Geigenton oder der hellere Klang eines Triangel ertönte.

Langsam, aber regelmäßig wie das Pendel eines Metronoms, bewegte sich der Postmeister hin und her und bildete dabei einen spitzen Winkel.

Es gibt gewisse Winde, die *Frechen* genannt. Urplötzlich und unverschämt sind sie einfach da, schieben und drängen sich knallhart vor, als wäre ihr Blasen in Wirklichkeit nicht nur Luft in Bewegung, sondern feste Materie, die sofort nach ihrem Raum verlangt. Es sind rauhe Winde, die es sehr eilig haben. Geschwollen und schwer sind sie, wie Hände, die auf dem Brustkorb aufliegen und zudrücken, weit wegschieben, um sich Platz zu verschaffen. Diese Winde heißen *maestro* oder Mistral, Bora und Nordwind. Der böseste von ihnen ist der *libeccio* oder Südwestwind, der seine Ankunft mit einer Salve schwarzer Windstöße ankündigt, die wie abfälliges Gelächter klingen.

Der Postmeister erkannte die Winde mehr an ihrem Ton als an ihrer Farbe oder ihren Auswirkungen auf das Meer. Auf der Haut hatte er sie nur die wenigen Male gespürt, da er den Leuchtturm verlassen hatte, niemals aber in der letzten Zeit. Sie zu sehen, wie sie die Wellen zerzausten, war ihm beinahe unmöglich, war er doch von dem weißlichen Nebel eingehüllt, der sich beinahe täglich an seinen Fensterscheiben festsetzte, als wäre es Mattglas. Wenn er sie wiedererkannte, wenn es ihm gelang, ihre Zusammensetzung zu erraten oder sich an ihre Eigenheiten zu erinnern, dann durch ihre Klangart. Die frechen Winde spielten Blas- und Schlaginstrumente. Kräftig bliesen sie in einem Crescendo aus Trompeten, Tuben und Posaunen und schlugen mit geschlossenen Fäusten auf Becken und Trommeln, hämmerten unablässig gegen die Glocken. Von jenseits des wattierten Vorhangs vor den Fensterscheiben des Leuchtturms, der so weiß und so leer war, daß er wie ein Scheinwerfer wirkte, kam ein Crescendo aus Donnerstößen, die gewaltsam den Haken der Pfeiler entrissen wurden, aus grollendem Getöse, das gegen die gespannten Metallstrukturen auf der Mole gequetscht wurde, aus Schreien, die schrill und schnell wie Blitze aus den Beschlägen der Zuganker hervorschnalzten. Es war eine Symphonie, die an Lautstärke zunahm und in dem blendenden Nichts rasch anschwoll: Trompetenstöße, die einander wie Mäuse jagten, einer nach dem anderen, immer höher kletterten, das tiefe Brummen der Tuben und der Baßtrompeten, das sich heftig wie ein Knallen ausbreitete, grelle Glockensalven und die explodierenden Trommeln, die immer gedrängter, immer lauter, immer schneller kamen, bis der Südwestwind eine Welle emporhob und an der Mole zerschellen ließ, metallisch und schaumig wie ein Beckenschlag.

Es gibt gewisse Winde, die man *diabolisch* nennen kann. Sie kommen aus Afrika und könnten auch *verführerisch* und *hartnäckig* heißen, aber diabolisch ist passender. Es sind Winde, die zum Wahnsinn treiben. Heftig blasend, kreisen sie um einen Menschen herum, doch anstatt ihn wegzudrängen, schließen sie ihn ein. Es sind heiße Winde, so trocken, daß sie einem die Kehle ausdörren; oder sie sind so feucht, daß die Kleider am Leib festkleben. Es sind Winde, die sich anlehnen, die auf Hals und Schultern lasten, und unterdessen blasen sie und blasen und blasen unbeirrbar, auch wenn es nicht so scheint. Denn es sind Winde, die etwas vortäuschen, die die Sonne mit Staub und Sand bedecken, als wäre es Nacht, die den Winterschnee zum Tauen bringen, als wäre es Sommer, die Augen und Ohren anfüllen, ins Innere dringen und Herz und Hirn leeren, wegkratzen, eine nutzlos gewordene Hülle zurücklassen, in der Staub und Fliegen schwirren.

Einige dieser Winde kannte der Postmeister persönlich, wie etwa den Schirokko, von den anderen hatte er durch die Heimkehrer aus Tripolitania gehört und nannte sie *simun*, *harmattan* und *ghibli*. Auch ein Nordwind war dabei, der Föhn, den einer, der im Krieg auf dem Karst gewesen ist, mitgebracht hatte.

Nur einer der afrikanischen Winde gelangte manchmal bis zur Insel, wenn die Meeresströmungen ihn durch einen schmalen und langen Durchlaß zwischen den Luftmassen herleitete. Das war der *khamsin*, der schwarze, glühende Wind, der zu Moses Zeiten die Finsternis nach Ägypten gebracht hatte.

Der *khamsin* blies Flöte. Es war eine Flöte mit zwei Röhren, die eine klang tiefer und die andere höher, aber stets einschmeichelnd und sanft. Die Töne flüsterten rund und leicht, flogen umher, kreisten ganz schnell, doch hin und wieder kam auch ein unharmonischer Mißton heraus, der wie ein Staubkorn in der Luft hängenblieb.

Die anderen diabolischen Winde klangen wie Geigen. Aber nicht leise, im Hintergrund, nein, sie spielten laute Soli, kräftig und aufdringlich wie ein Platzregen, vibrierend wie Flammen, immer intensiver, immer strenger, immer lauter. Unter ihnen gab es ebenfalls einen, der sich in die Höhe schwang und dann ausbrach, schräg und zur falschen Seite hin geneigt, stechend wie eine irgendwo vergessene Anstecknadel.

Auch jetzt näherten sich die Winde aus dem Nichts, unsichtbar im leuchtenden Nebel schlugen sie gegen die matte Fensterwand des Leuchtturms und stoben weg wie weiße Spritzer, während der Postmeister sich langsam hin und her bewegte. Hin und her, ganz langsam schwankte er wie ein Metronom, während die Winde immer erregter und schneller spielten. Wie ein umgekipptes Metronom sah er aus, denn es war nicht der Kopf in der Höhe, der nach rechts und links schwenkte, während der restliche Leib unbeweglich wie am Drehzapfen blieb. Sondern es waren die Füße, die einen Winkel mit einer kurzen und leicht gekrümmten Linie zeichneten.

In der Turmspitze des Leuchtturms mit den hermetisch gegen jeden Luftzug isolierten Glaswänden gab es eigentlich keinen Grund, weshalb der Postmeister, der mit einem Strick um den Hals an einem Deckenbalken aufgehängt war, nicht unbeweglich wie die Schnur eines Senkbleis unter einem Vakuumkegel bleiben sollte. Dennoch pendelte er.

29

»Zum zweitenmal treffe ich Euch neben einem Ermordeten an.«

»Zum zweitenmal ist mir so etwas passiert … Es wird eine Fügung des Schicksals sein.«

Die Leiche des Postmeisters schaukelte nicht mehr. Der Brigadiere hatte sie an den Beinen gepackt und hielt sie ganz fest; er stand auf dem Tisch und wartete, daß sie auf ihn fiele; ein Schwarzhemd war auf den Balken geklettert, um mit einem Messer den Strick zu durchschneiden.

Kaum hatte Mazzarino vom Tod des Postbeamten erfahren, war er zusammen mit zwei Milizen zum Leuchtturm geeilt und hatte den Kommissar gedrängt, ihn einzulassen, damit er ihm zur Hand gehen könne. Jetzt strich er durch den Raum und schnüffelte, rasend wie ein Wildschwein auf einem Kartoffelacker, in allen Ecken herum.

Der Engländer warf ihm einen gleichgültigen Blick zu, bevor er wieder zur Leiche des Postmeisters sah, die, vom Balken losgeschnitten, mit einem dumpfen Aufprall wie ein Sack auf die Schultern des Brigadiere gefallen war und ihn zum Schwanken brachte.

»Ihr werdet ja wohl nicht glauben, daß ich es war, der ihn dort oben aufgeknüpft hat«, sagte der Engländer. »Wie hätte ich das tun können? Ich bin nur halb so groß wie dieser Mann da ... Vielleicht glaubt Ihr aber, ich hätte einen Komplizen. Martina oder meine Frau, denn außer Euch sind das die einzigen Personen, die ich auf dieser Insel kenne. Lassen wir Martina, die zu schwach dazu wäre, aus dem Spiel, bleibt nur noch meine Frau übrig. Sie wäre tatsächlich groß und stark genug, um mir zu helfen, denkt Ihr nicht?«

»Hört auf damit. Ich denke gar nichts«, wehrte der Kommissar ab. Der warme und geschmeidige Leib der Frau des Engländers war mit einer solchen Wucht in seine Erinnerung eingedrungen, daß sich sein Magen schmerzhaft zusammenzog.

Der Brigadiere hatte den Toten auf den Boden gelegt; er war in die Knie gegangen, um die Leiche zunächst aufzusetzen, und hatte sie am Strick gehalten, damit sie nicht auf den Rücken fiel. Als der Nacken des Leichnams die Bohlen des Fußbodens berührte, drehte sich der Kopf in Richtung des Kommissars, der den Blick abwandte und Mazzarino anstarrte. Er schien in dem Zimmer keine andere Wahl zu haben, entweder mußte er den toten Beamten oder Mazzarino ansehen.

»Sucht Ihr etwas Bestimmtes, Manipelanführer?« fragte der Kommissar. »Alles, was Ihr findet, untersteht der Zuständigkeit der Quästur, vergeßt das nicht.«

»Ich suche gar nichts«, knurrte Mazzarino. »Ich sehe nur nach, ob er einen Abschiedsbrief oder etwas Ähnliches hinterlassen hat.« Er legte das schwarze Telegrammverzeichnis wieder auf den Tisch zurück, verschränkte die Arme über der Brust und meinte mit vorgestrecktem Kinn: »Fragen wir doch lieber diesen netten Typen da, was er hier verloren hat.«

»Ich bin hier, um ein Telegramm aufzugeben«, erwiderte der Engländer. Er schob eine Hand in seine Jackentasche und zog ein gefaltetes Stück Papier heraus.

Mazzarino machte einen Schritt nach vorn und streckte die Hand aus. Doch der Engländer reichte das Papier dem Kommissar, der es mit zwei Fingern ergriff.

»Eines Eurer üblichen Telegramme«, sagte er. »Darf ich wissen, an wen Ihr die schickt?«

»*Darf ich?*« äffte ihn Mazzarino nach. »Was soll diese Zuvorkommenheit, Exzellenz.«

»Die schicke ich postlagernd aufs Festland.«

Der Kommissar nickte. Erneut fiel sein Blick auf die Leiche, und wieder sah er weg. Das eine Auge des Postmeisters stand offen, das andere war halb geschlossen. Am Mundwinkel war ein großer violettschwarzer Bluterguß – er mußte sich auf die Zunge gebissen haben.

»Strapaziert bitte nicht meine Geduld«, sagte er mit Blick auf Mazzarino, doch es war klar, daß er den Engländer meinte. »Der Manipelanführer hat recht. *Darf ich* ist eine reine Höflichkeitsfloskel. In Wirklichkeit *muß ich* wissen, an wen Ihr die Telegramme schickt.«

»An einen Freund. An einen Bürger mit englischer Staatsangehörigkeit ... ja, wirklich englisch. Ich kenne seine jetzige Anschrift nicht, doch ich weiß, daß er regelmäßig in der Stadt vorbeikommt, in der das Postfach ist, und so schicke ich ihm jeden Tag eine Nachricht in der Hoffnung, daß er sie liest.«

»Wie heißt dieser Ausländer?« fragte der Kommissar.

»Crowley. Aleister Crowley. Aber ich nenne ihn den Meister.«

»Meister wovon? Tanzmeister?« fragte Mazzarino.

Der Engländer seufzte. »Er beschäftigt sich mit Philosophie«, sagte er, immer noch zum Kommissar gewandt. »Mit philosophischen Untersuchungen. Es handelt sich um sehr alte Texte. Er ist kein Spion, wenn Ihr das denkt.«

»Ich denke gar nichts, das habe ich bereits gesagt.«

Der Brigadiere näherte sich dem Kommissar und reichte ihm ein kleines schwarzes Heft. Es war identisch mit dem auf dem Tisch vor dem Telegraphen, er hatte es wohl in der Weste des Postmeisters gefunden; als er zuletzt zum Leichnam hingesehen hatte, war der Brigadiere über den Toten gebeugt und kramte in dessen Taschen.

»Was ist das?« fragte Mazzarino neugierig. »Was ist das?«

Der Kommissar nahm das andere Heft vom Tisch vor dem Telegraphen. Es war der gleiche grobkörnige schwarze Einband, und ein identisches rotes Gummiband hielt die Seiten zusammen. Und darin war diese schräg verlaufende Handschrift, und dieselben Worte waren mit einem Bleistift mit harter Mine auf die karierten Blätter gekratzt.

»Zuständigkeit der Quästur«, beschied der Kommissar und schob beide Hefte in die Westentasche. »Wieso kommt der Arzt nicht?«

»Er meinte, das sei nicht nötig«, sagte der Brigadiere, »man würde ja von selbst begreifen, daß es sich um Selbstmord handelt, und deshalb seid auch Ihr befugt, das Ableben zu bestätigen. Er wird wegen eines Falls akuter Blinddarmreizung im Ort aufgehalten.«

Valenza, dachte der Kommissar laut, der Name war ihm einfach so herausgerutscht.

»Valenza. Wo ist Valenza?«

Mazzarino schlug die Zähne aufeinander, senkte das Kinn auf die Brust und sah aus wie ein Wildschwein kurz vor dem Angriff. »Zuständigkeit der Milizverwaltung. Er sitzt wegen Disziplinlosigkeit in der Zelle, und die Angelegenheit geht Euch nichts an, Exzellenz.« Er hob einen Finger und ließ ihn, dem Umriß der Dachkuppel folgend, kreisen. »Zuständigkeit der Quästur«, sagte er. Dann senkte er den Finger und deutete auf das weiße Nichts draußen vor der Glaswand, hinter der irgendwo die Cayenne lag: »Zuständigkeit der Milizverwaltung.«

Der Kommissar nickte noch einmal und vermied auch jetzt, die Leiche anzusehen. Er machte dem Brigadiere ein Zeichen wegen des Toten. »Auch den legen wir in die Kühltruhe«, sagte er. »Laß dir von jemandem dabei helfen. Wenn die Miliz so große Lust hat, Hilfestellung zu leisten ...«

»Die Miliz hat Besseres zu tun«, schnitt Mazzarino ihm barsch das Wort ab. Er griff nach dem Arm des Kommissars und quetschte ihn mit seinen dunklen Wurstfingern. Der Kommissar erstarrte, sein Rückgrat krümmte sich in einem richtiggehenden Angstschauer, als Mazzarinos Gesicht sich dem seinen näherte. Doch am Ton seiner Stimme, an den Nasenflügeln, die sich verengten und nicht blähten, an den hinterlistig zusammengekniffenen Augen merkte er, daß eine vertrauliche Mitteilung und kein tätlicher Angriff bevorstand.

»Kommt mit mir nach draußen, ich habe Euch etwas zu sagen, Exzellenz. Etwas Wichtiges.«

Für eine Erwiderung blieb ihm keine Zeit. Mazzarino schob den Engländer grob zur Seite und verließ den Leuchtturm. Der Kommissar hätte sich auch weigern können, ihm zu folgen. Doch da Mazzarino ihn weiterhin fest gepackt hielt, hätte er die Füße gegen den Boden stemmen und den Arm abwinkeln müssen. Er verzichtete darauf und ging mit ihm hinaus.

Auf dem Molo Vecchio hatte sich der Wind noch immer nicht gelegt. Der Südwestwind hämmerte dumpf gegen die Stahlstrukturen, der Wirbel brach sich hin und wieder in einem metallischen Schlag, der den Nebel mit Klangspritzern anfüllte. Mazzarino lächelte, und dieses Lächeln machte dem Kommissar Angst. Für einen Augenblick stellte er sich vor, daß der Manipelanführer ihn ganz einfach hochheben, an den Beinen pakken und ins Meer werfen könnte. Es war ein abwegiger Gedanke, denn schließlich gab es keinen Grund dafür. Jedenfalls stand er ganz allein da vor Mazzarino, der bestialisch grinste und ihm eine Riesenangst einjagte. Der weiße Nebel, der sie wie festes Eiweiß einschloß, ließ den Umriß des gedrungenen Körpers des Manipelanführers hervortreten, anstatt ihn zu verhüllen.

»Solange der Duce dem König Respekt entgegenbringt«, verkündete Mazzarino, »werde ich seinem Kommissar Respekt entgegenbringen. Aus diesem Grund werde ich dich in Kürze wieder mit Exzellenz anreden, wie es der Duce will. Doch jetzt sage ich dir, du widerliches Aas von einem Schergen: Du bist gerade dabei, die *Figur* des Oberarschs zu machen.«

Er hatte Schnur, die Schnur des Oberarschs verstanden, und erneut fuhr ihm die Angst eisig über den Rükken. Das stumm in seinem Gedächtnis kreisende Echo ließ ihn schließlich doch das richtige Wort, *Figur*, finden, und neugierig geworden, kräuselte er die Stirn. »Was meint Ihr ...«, hob er an, doch Mazzarino schnitt ihm im Näherkommen das Wort ab. Da der Kommissar kein Geländer im Rücken hatte, konnte er nicht nach hinten entweichen.

Mazzarino streifte mit der Nase beinahe seine Stirn. »Die Miliz hat die Ermittlungen angestellt. Unfehlbarer faschistischer Eifer, Sbirre ... Das hatte ich dir ja gesagt. Ich kenne diese Insel besser als du und habe auch jemanden, der mich auf dem laufenden hält. Mir fehlt nur eine Notiz, eine einzige«, er stellte sich auf die Zehenspitzen, um seine Stirn mit der des Kommissars auf eine Höhe zu bringen, »... um die Lösung der ganzen Angelegenheit in Händen zu haben. Und weißt du, was ich dann tun werde, Sbirre? Ich knall sie dir in die Fresse!« Und mit diesen Worten verpaßte er ihm einen harten Kopfstoß gegen die Stirn, der im Schädelinnern des Kommissars widerhallte. Dann ließ sich Mazzarino wieder auf die Fußballen hinunter und wurde vom Nebel verschluckt.

»Sieh dich vor, Sbirre! Du bist dabei, die Figur des Oberarschs zu machen!«

30

Dort in Sizilien war es manchmal sehr heiß. Schwester Cypris und die Frau des Engländers verließen dann die Villa, um Obst einzukaufen. Wenn sie den Dorfplatz überquerten, hefteten sich die Augen sämtlicher schnauzbärtiger, dunkel gekleideter Männer vor dem Café auf ihre nackten Beine, und in ihren Blicken standen brennendes Verlangen und zugleich auch leichter Tadel. Die zwei da sind nicht wie anständige Frauen angezogen, behaupteten die finsteren Männer. Auch die Dorffrauen in Schwarz sagten das und schlugen die Fensterläden zu, wenn die beiden mit Körben voller Zitronen und Orangen vorübergingen, die unter der Mittagssonne in so lebhaften Farben strahlten, daß es beim Hinschauen in den Augen schmerzte. Die Frau des Engländers trug ihre kurzen Militärhosen, die runtergerollten Kniestrümpfe, Sandalen und ein in der Taille geknotetes Männerhemd, auch wenn sie in die Landvilla von Onkel und Tante zum Blumenpflücken ging. Aber dort in Cefalú, an der Nordküste Siziliens, war diese Aufmachung ein Skandal. Vielleicht aus diesem Grund, um ein wenig anstößig zu wirken, nahm Schwester Cypris, wenn sie am Kirchplatz vorbeikam, eine Orange aus dem Korb und bat den ersten braungekleideten Mann auf ihrem Weg, die Frucht für sie mit seinem Messer zu teilen. Ein Bein auf die Treppenstufen gestellt, saugte sie dann das Fruchtfleisch aus, das sie mit den Zähnen von der Schale löste, während der glänzende, klebrige Fruchtsaft über ihren Oberschenkel lief. Wenn der Mann dann vor Begierde keuchte und sie mit verzerrtem Mund fragend anlächelte, hörte sie umgehend auf, schlang ihren Arm um die Hüfte der Frau des Engländers, und gemeinsam setzten sie ihren Weg fort.

Loveday gefielen gewisse Dinge nicht. Er sagte, vielleicht sollten sie besser nicht so sehr auffallen, denn schließlich lebten sie in einem fremden Land, und ein Skandal wäre für alle von Nachteil. Doch der Meister entgegnete, daß sie genau aus diesem Grund dort seien, denn das Gesetz laute: *Tu, was dir gefällt*, und Aufsehen zu erregen sei das mindeste, was eine Gruppe exzentrischer Engländer, die in einer Abtei lebten, tun könnten. Loveday, sagte der Meister, sei noch viel zu konventionell, viel zu wenig erleuchtet. Außerdem sei er dort in Thelema ein blutiger Anfänger.

Einmal hörte die Frau des Engländers, wie er mit ihrem Ehemann redete. Sie saßen auf der Steintreppe unter dem sechseckigen Altar und hatten sie nicht bemerkt, da sie sich barfuß auf den Zehenspitzen genähert hatte. Das hatte sie nicht getan, um nicht gehört zu werden, sondern aus einem anderen Grund: Kurz zuvor war sie zusammen mit Schwester Cypris über den Strand gerannt, und jetzt hatte sie einfach ihr Vergnügen zu sehen, daß ihre feuchten, sandigen Fußabdrücke auf dem Boden denen einer Katze, eines Hundes oder eines Wolfs glichen.

Loveday sagte zum Engländer, daß er mit ihr gewisse Dinge nicht tun könne, denn sie erinnere ihn an seine Frau. Nicht mit ihr. Nicht mit *einer anderen*. Der Engländer hatte geantwortet, daß sie nicht *eine andere* sei.

»Loveday, guter Freund«, hatte er zu ihm gesagt, »sie ist keine Frau, keine leibhaftige Frau. Sie ist ein *Sukkubus*, ein Dämon, der weibliche Gestalt angenommen hat, um sich sexuell mit den Männern zu vereinigen. Loveday, guter Freund«, hatte er gesagt, »ich selbst habe sie während einer schwarzen Messe vor einem Jahr heraufbeschworen.«

Und Loveday hatte gesagt: »Santana, ich bitte dich.«

Schließlich hatte auch Loveday es geschafft. Eng umschlungen, die offenen Beine um das Becken des anderen gewunden, saßen sie auf dem sechseckigen Altar und drückten sich mit den Fersen immer tiefer ineinander hinein. Ihre Bewegungen waren wie das Züngeln der Kerzenflammen, die sich auf ihrer schweißglänzenden Haut spiegelten, und die erregten Blicke des Meisters, des Engländers und der anderen folgten ihnen. Am Ende schien auch Loveday, genau wie der Meister, wie alle anderen zuvor in London – der Bankier, der Archäologe, der Kolonialbeamte und selbst der Engländer –, sie zu vergessen. Als bliebe nach dem ersten Moment des Begehrens, der Verwirrung und der Leidenschaft nichts weiter als Gleichgültigkeit. Als würde sie, die Frau, sich in Luft auflösen wie ein nächtlicher Traum im morgendlichen Erwachen.

Vielleicht bin ich wirklich ein Sukkubus, hatte sie gedacht, als sie auf dem mit rotem Brokat bezogenen Sofa in ihrem Schlafzimmer in Thelema dasaß, die Beine untergeschlagen, den Kopf zur Schulter geneigt; eine Strähne ihres glatten schulterlangen Haars war ihr übers Gesicht gefallen, verdeckte ihre Augen. *Vielleicht habe ich wirklich noch nie existiert.*

Daran dachte die Frau des Engländers, als sie sich vom Korbsofa ihres Schlafzimmers auf der Insel erhob. Tieftraurig, wie sie seit Zeiten nicht mehr gewesen war, tauchte sie die Finger ins Wasser einer Waschschüssel, um sich die Hände zu waschen; sie wartete auf die Rückkehr des Engländers, der die Geige zur Reparatur ins Dorf gebracht hatte. Einen Augenblick, nur einen kurzen Augenblick streifte sie die Erinnerung an den Kommissar, an sein Verlangen und seine Verwirrung. Doch das dauerte nur einen Moment, der lau und schnell war wie die Tropfen, die an ihren Fingern entlangliefen. Sie war sicher, daß auch er sie bereits vergessen hatte.

31

»Was geht hier vor sich?«

Mitten in seinem Wohnzimmer war einer der Schwarzhemden in die Hocke gegangen und ließ eine Hand über Martinas nacktes Bein gleiten. Der Mann hatte sich nicht einmal umgedreht, als der Kommissar in der Tür erschienen war. Martina aber hob die Augen und lächelte, denn die rauhe Hand des Milizen kitzelte sie.

»Was geht hier vor sich?« fragte der Kommissar erneut.

Das Schwarzhemd erhob sich, während seine Hand weiterhin über das Bein des jungen Mädchens strich. Das Schürzenkleid war verrutscht und bedeckte kaum Martinas Schenkel, und für einen Augenblick waren die dunklen Linien der Gesäßbacken und ein hellerer, strohgelber Fleck am Ende der zusammengepreßten Beine zu sehen.

»Der Manipelanführer Mazzarino hat mich geschickt«, sagte das Schwarzhemd.

»Er schickt dich, um die Beine meiner Dienstmagd zu begrapschen?«

Der Milizsoldat grinste. Sein Unterkiefer war schief, so, wie er aussah, konnte es sich auch um eine Gesichtslähmung handeln. Der lächelnde Mund mit gebleckten Zähnen bildete ein Rechteck.

»Nein, Exzellenz«, sagte er. »Hier ist ein Telegramm für Euch.«

»Ist es der Manipelanführer, der mir dieses Telegramm schickt?«

Der Milizsoldat lächelte noch immer. Er hatte eine Art Zyste unterm Jochbein, die sein Gesicht entstellte. Auch seine Augen schienen beim Lächeln eine rechteckige Form anzunehmen. »Nein, Exzellenz. Im Manipel haben wir einen Kameraden, der während des Kriegs Funker war. Jetzt wird der Telegraph von der Milizverwaltung betrieben.«

Na, das ist ja der Gipfel, dachte der Kommissar.

»Der Chef fragt vielmehr«, der Milizsoldat runzelte die Stirn, als koste es ihn Mühe, sich zu erinnern, »ob Ihr ihm diese Notizbücher der Telegramme wieder zurückgebt, jetzt, da der Telegraph uns gehört, werden wir sie in Zukunft eintragen.«

»Dafür ist die Quästur zuständig«, entgegnete der Kommissar. Er streckte die Hand aus, und als er sah, daß der Soldat ihn überrascht ansah, fauchte er: »Wo ist dieses Telegramm? Läßt euer Manipelanführer sie euch jetzt auswendig lernen?«

»Oh«, meinte das Schwarzhemd. Eilig kramte er in der Hosentasche herum, zog ein zusammengeknülltes Blatt Papier heraus und reichte es dem Kommissar.

Es war wieder ein Telegramm vom Innenministerium.

Personalabteilung. Es besagte: *Neuer Bestimmungsort festgesetzt. Umzug innerhalb von max. drei Tagen vornehmen.*

Der erste Gedanke des Kommissars galt nicht seiner Frau, sondern den drei Leichen in der Fischkühltruhe. Nicht Hanas Bild hatte er vor Augen, wie sie sich auf dem Deck des Dampfschiffs an der Reling festhält und sich lächelnd zu ihm dreht, weil der salzige Wind sie zwingt, sich den Hut auf den Kopf zu pressen. Nein, im ersten Augenblick kamen ihm Zecchino, der Postmeister und Miranda in den Sinn, wie sie nackt und blau angelaufen auf den Eisblöcken lagen, und dann auch sein Vater, der schwarz gekleidet auf dem roten Brokat des Totenbettes ruhte.

Der Staatssinn.

Was verlangte dieser Staatssinn von ihm? Dem Telegramm des Ministeriums Folge zu leisten und innerhalb von drei Tagen zum neuen Bestimmungsort aufzubrechen? Oder die Ermittlungen zu Ende zu führen? Die Wahrheit herauszufinden? Die Fahndung nach dem Täter aufzunehmen? Drei Leichen in einer Kühltruhe. Erst dann dachte der Kommissar an Hana und ihren vom Wind geknickten Hut.

»Der Manipelanführer beglückwünscht Euch, Exzellenz«, sagte das Schwarzhemd. »Er sagt, wenn Ihr abreist, wird er Euch persönlich mit dem Milizboot zum Militärdampfschiff geleiten. Euch und die Signora. Und mit dem größten Vergnügen.«

»Daran zweifle ich nicht«, sagte der Kommissar.

Der Milizsoldat drehte sich zu Martina, die ihnen schon nach den ersten Worten nicht mehr zugehört hatte und nur darauf wartete, daß der Kommissar sie nach Hause schickte. Reglos und gleichgültig sah sie auf den prall gespannten Hosensteg der Kniebundhosen des Milizsoldaten, der schief und nervös lächelte, als er ihren Blick bemerkte.

»Raus hier«, sagte der Kommissar. »Bestell dem Manipelanführer meinen Dank und sag ihm, ich werde sein Angebot bestimmt annehmen, aber jetzt raus.« Er bewegte die Hand und fuchtelte mit den Fingern in der Luft, und besonders schnell, als das Schwarzhemd an der Tür innehielt und brüllte: *»Saluto al Duce.«* Doch als Martina sich rührte, hielt seine Hand inne. »Nein, du nicht. Du wartest noch einen Augenblick.«

Wieso sollte Martina noch bleiben? Das fragte er sich, als er ins Schlafzimmer ging und schnell das Telegramm mit spitzen Fingern in die hinterste Ecke der Westentasche schob. Dann merkte er, daß Hana ihn beobachtete, und schämte sich wegen seines Tuns.

»Es war ein Milizsoldat«, sagte er knapp. Hana aber blieb reglos auf der Bettkante sitzen, die eine Hand fest auf die andere gepreßt, und starrte ihn an. Sie konnte nichts gesehen haben, konnte nicht wissen, was er in der Tasche versteckt hatte, dennoch blinzelte sie im Halbschatten und sagte: »Du willst nicht abreisen.«

»Ich?« wehrte der Kommissar ab. »Das stimmt nicht. Wieso sagst du das?« Instinktiv führte er eine Hand zur Westentasche und schob einen Finger hinein.

»Du willst nicht abreisen. Du willst nicht weg von hier. Wenn du es wolltest, hättest du längst deine Sachen zusammengepackt, so wie ich. Wenn du es wirklich wolltest, würdest du in einem fort von der Reise sprechen, so wie ich es tue, und über das neue Haus und den neuen Wohnort ...«

Sie sprach lauter. Ihre Worte klangen immer schriller und härter. Bis sie anfing zu schreien, wie sie es seit langem nicht mehr getan hatte, so wie früher, wenn sie sich in einen Vorwand verrannte, sich daran festklammerte, mit geballten Fäusten insistierte wie ein Kind. Und dann schrie sie so laut, daß man sie fest in den Arm nehmen und ihren offenen Mund gegen die Brust pressen mußte, damit sie aufhörte.

Der Kommissar trat rasch zu ihr, ließ sich auf die Knie und zog das Telegramm aus der Tasche. »Nein, nein, warte nur«, sagte er und schob es ihr zwischen die

Hände. »Sieh nur, was angekommen ist … Ich wollte es dir später sagen, ich wollte dich überraschen, schau hier …«

Er hockte sich auf die Fersen und sah ihr zu, wie sie das Telegramm öffnete. Er sah sie lächeln, noch bevor sie die Lider zusammenkniff, um im Halbschatten lesen zu können. Schwer atmend nahm er den Hausschuh vom Fußboden auf und streifte ihn über ihren eisigen Fuß, der vom Bettrand baumelte. Er spürte, wie sie die Zehen nach oben bog, damit der Schuh nicht runterrutschte.

»Wir reisen sofort ab«, sagte sie, »jetzt.«

»Warte einen Augenblick …«

»Warum?«

»Da sind ein paar Dinge, die noch nicht erledigt sind. Es gibt da etwas, was ich noch machen … zu Ende bringen muß.«

»Warum?«

Wieder wurde ihre Stimme lauter. Er streckte die Hand aus, um ihre Hände zu berühren, aber sie mißverstand seine Geste. Sie knüllte das Telegramm zwischen den Fingern zusammen und drückte es gegen den Bauch. Der Hausschuh rutschte ihr vom Fuß.

»Nur eine Sache, Hana, eine einzige. Ich brauche nur einen einzigen Tag, dann reisen wir ab. Morgen … nein, übermorgen, innerhalb der Zeitspanne, wie sie im Telegramm steht.«

Ein Lichtstrahl drang durch die Holzlamellen der geschlossenen Läden eines der Fenster. Es war ein weißes Licht voller Staubwirbel, zu dieser Stunde wohl ein Mondstrahl. Er zerteilte den Halbschatten, ging quer durch die nackte Fußspitze Hanas, und zwar genau durch den Nagel des großen Zehs, der aus Eis zu sein schien, so durchsichtig war er. Der Kommissar streckte die Hand aus und schützte die Zehen vor diesem kalten Licht. Er hob ihren Fuß an und drückte ihn gegen seine Brust. »Du wirst sehen, Hana, du wirst sehen«, beschwichtigte er sie leise. Doch sie ließ ihn nicht weiterreden. Sie stieß ihn so heftig mit dem Fuß zurück, daß er nach hinten fiel und auf den Fußboden plumpste; darauf zog sie blitzschnell die Beine hinauf, rutschte über die Decke und glitt auf der anderen Seite aus dem Bett.

Dort stand, in die Wandecke gedrängt, das Grammophon. Noch bevor sich der Kommissar vom Boden erheben konnte, hörte er die Handkurbel, die metallisch im Gehäuse quietschte, und den Plattenteller, der sich knarrend zu drehen begann. Er hörte, wie der Schellack unter dem Tonkopf rauschte.

Unter den vielen Freunden habe ich einen,
ich sag's euch, wen,
Ludovico ist es …

Ohne Hana anzusehen, stand er auf, kehrte ihr den Rücken zu und legte eine Hand auf die Türklinke. Er wußte, daß sie sich nicht auf den Stuhl gesetzt hatte, um den Staub anzustarren. Er spürte ihre Blicke bedrohlich wie eine Warnung auf seinen Schultern.

»Übermorgen, Hana«, sagte er laut, um *Ludovico* zu übertönen. »Ich schwöre es dir, übermorgen sind wir auf der Brücke des Dampfschiffs.«

Sie rührte sich nicht. Mit dem laufenden Grammophon hätte er sie auch nicht hören können, aber er wußte, daß sie noch dort war und ihn drohend ansah. So machte er die Tür auf und verließ den Raum.

Im Wohnzimmer stand Martina genauso wie zuvor und schien auf ihn zu warten; ihr Schürzenkleid war noch immer verrutscht, und der Kommissar vermied es, sie anzusehen.

»Du kannst jetzt nach Hause«, sagte er zu ihr. »Doch geh vorher bitte beim Brigadiere vorbei. Sag ihm, er soll schnellstens herkommen. Und er soll auch eine Trillerpfeife mitbringen.«

32

In Wirklichkeit stammte die Idee, wie man konkret das Problem des Telegramms lösen könnte, von Miranda. Er war es gewesen, der achselzuckend den Grashalm ausgespuckt und gesagt hatte: »Der Telegraph.«

Es war Nacht. Er und Mazzarino waren auf die Klippen gestiegen, um auf die Möwen im Flug zu schießen. Von Natur aus fliegen die Möwen nicht bei Dunkelheit, aber dort war es anders. Das Wasser in der Bucht, die wie ein Fjord in Form einer Zange in die Inselflanke gehauen war, strahlte, auch lange nachdem die Sonne untergegangen war, noch in ihrem Licht. Es war nicht das gelbe Licht des Tages, sondern das rötliche der Dämmerung, dennoch war es gleißend, da es von den Quallen, die zu Tausenden unter der Wasseroberfläche dahintrieben, absorbiert und durch die in die Felsen eingelassenen Salzkristalle ins Gigantische vergrößert zurückgestrahlt wurde. Es war, als würde die untergehende Sonne im Augenblick, da sie im Meer versinkt, vom Felsen gepackt und fast bis zur Morgendämmerung gefangengehalten.

»Es heißt, daß man nicht auf Möwen schießen soll, denn es sind die Seelen der toten Matrosen«, hatte Miranda gesagt, als sie zum erstenmal mit den Musketen in der Hand bis dorthin gestiegen waren.

»Genau das ist ja das Schöne daran«, hatte Mazzarino erwidert. »So sterben sie zweimal.«

Sie schossen nicht auf alle Möwen. In stillschweigendem Einvernehmen hatten sie es sich zur Gewohnheit gemacht, nur auf die Vögel zu zielen, die im Flug über den erleuchteten Klippen in ein Halbrund aus windzernagtem Gestein gerieten. Dieser Bogen, der hoch oben über dem Felsabgrund stand, mußte der letzte Rest eines Gebäudes sein, vielleicht eines Wohnhauses, eines Tempels oder einer Lagerhalle, das vor langer Zeit gebaut worden war und zusammen mit einem Teil des Bodens ins Meer abgerutscht war. Die Ruine ragte einsam am Ende eines Grabens und am Rande eines Lochs in die Höhe und hatte weder Gras noch Felsen im Rücken, die man durch sie hindurch hätte erkennen können. Nur Himmel und Meer waren zu sehen, die bei Tag und bei Nacht ineinander übergingen. Diese Ruine schuf ein seltsames Vexierspiel. Es schien, als existiere überhaupt nichts innerhalb dieses Ausschnitts, kein Meer, kein Horizont, kein fernes Land und kein Festland, sondern nur ein unendliches Bleigrau. Schaffte man es, sich am Stein festhaltend, um den Bogen herum und sah von der anderen Seite hindurch, hatte man genau den umgekehrten Effekt: Jetzt verschwand nicht die Welt, sondern die Insel. So als hätte sie nie existiert.

»Der Telegraph ist die einzige Verbindung der Insel zum Rest der Welt«, hatte Miranda gesagt. »Man muß den Leiter des Postamts überzeugen.«

Und Mazzarino hatte mit langgezogenen Lippen gezischt: »Der wird überzeugt, keine Sorge.«

Wenn die Möwen mit weit ausgebreiteten Flügeln gegen den Wind von den Klippen zu dem Ausschnitt des Unendlichen inmitten des Bogens aufstiegen und ihre Schnäbel den Wind durchbohrten, schienen sie wie Zielfiguren bei Schießübungen zu verharren. In diesem Augenblick schossen die Männer, und die getroffenen

Möwen klappten die Flügel zusammen und stürzten ohne einen Laut in die Tiefe. Sie verschwanden vom Himmel, als hätten sie nie existiert.

»Der Sekretär wurde nach Rom zurückgerufen«, hatte Miranda gesagt, »und der Kommissar wird pensioniert.«

»Auch die werden wir überzeugen.«

»Tja«, hatte Miranda lächelnd gesagt. »Mit der *Littorio*.«

Mazzarino hatte zugesehen, wie Miranda sich im Gras niederlegte, die Hände hinterm Nacken verschränkte und einen Grashalm zwischen die Zähne nahm. Miranda war nicht dumm. Im Gegensatz zu den Idioten in seinem Manipel, die in totaler Abhängigkeit von ihm dachten, handelten und fühlten, als wären sie eine organische Fortsetzung seines Leibes, war Miranda nicht blöd. Mazzarino hatte gesehen, wie er seufzte, wie sich seine glatte bleiche Brust unter dem Schwarzhemd, das bis zum flachen Bauch aufgeknöpft war, hob und senkte. Miranda war ein gutaussehender Typ, der den Frauen ohne Ausnahme gefiel, und er war nicht doof. Aber er war völlig frei von Gefühlen und Leidenschaften und besaß nicht den geringsten Ehrgeiz. Auf jedem beliebigen Posten, auf den man ihn setzte, würde er für immer ein einfaches Schwarzhemd bleiben und ohne Eile eine Sekunde um die nächste leben. Er würde dem Augenblick folgen, aber bequem auf dem Rücken liegend, mit einem Grashalm im Mund.

»Der Untersekretär ist kein Problem«, hatte Mazzarino gesagt, »der ist ein Waschlappen und läßt sich auch ohne die *Littorio* überzeugen. Wie läuft's mit seiner Frau, diesem Flittchen?«

Miranda hatte den Grashalm mit der Zunge in einen Mundwinkel geschoben und gegrinst: »Sehr gut. Der habe ich erzählt, daß meine Versetzung in Aussicht stünde und daß ich sie von hier wegbringen würde. Doch das war gar nicht nötig. Wie du schon gesagt hast, ist sie ein Flittchen. Ich hab ihr das nur erzählt, damit die Geschichte ein bißchen mehr Pepp kriegt.«

»Der Kommissar sagt, daß der, der an seiner Stelle kommen wird, ein kleines Aas sei, aber noch ziemlich jung. Er soll ein hübsches Eheweib haben.«

Miranda hatte wieder gegrinst, und der Grashalm war ihm von den Lippen gerutscht. »Auch die werden wir uns vorknöpfen«, hatte er versichert, und Mazzarino hatte genickt und mit einem Grunzen gemeint:

»Du kriegst von mir das Doppelte, wenn du die Frau von diesem Schergenaas flachlegst.«

33

Wenn es der Mond gewesen war, der den Halbschatten im Zimmer des Kommissars aufgehellt hatte, mußte er von etwas verschluckt worden sein, denn jetzt war er verschwunden. Vielleicht war das Etwas eine Wolke, die dunkel und dicht wie eine Lackschicht war, oder die Dunstbank, solide wie eine Platte aus Rauchglas. Oder der Wind, der in diesem Augenblick gegen den Himmel gerichtet schien. Wahrscheinlich war es der schwarze starke Wind gewesen, der den Mond immer weiter in die Ferne gedrückt hatte, bis er schließlich im All verschwunden war.

In der Nähe der Häuser fiel ein matter Schein aus den halbgeschlossenen Fenstern auf den Pfad; doch kaum hatten sie das Dorf hinter sich gelassen, hatte der Brigadiere eine Laterne angezündet und nach unten gehalten, um ihren Weg zu beleuchten. Er ging, als verlangsamte er mit Absicht seinen Schritt; der Kommissar hatte ihn bereits zweimal überholt, und beim drittenmal war er vor ihm geblieben und konnte die Löcher und Buckel auf dem Weg im Flackern der roten Schatten der Laterne nur erahnen. Der Brigadiere ging langsam, weil er Angst hatte.

Sie waren auf dem Weg zur Cayenne.

Auf dem freien Land war es stockfinster. Der Kommissar tappte blind voran und ließ die Schuhsohlen über das Gras und den staubigen Kies schleifen. Der Brigadiere folgte ihm und legte nach und nach etwas Tempo zu; er hatte auch die Klappe der Laterne geöffnet, doch das Licht war dennoch schwach. Mit einem Schlag tauchte das Portal der Cayenne wie aus dem Nichts vor ihnen auf. Es war so schwarz wie die Finsternis ringsum, und so hoch, daß es einem den Atem verschlug. Der Kommissar hielt inne. Er spürte die Hand des Brigadiere auf seinem Rücken und auch die Laternenflamme, die ihm wie ein Züngeln über den Jackenstoff glitt.

»Exzellenz mögen mich entschuldigen.« Er wartete ab, bis die roten Schatten des Lichts nicht mehr auf dem Portal tanzten, sondern lang und spitz, wie auf das schwarze Holz gemalt, stillstanden. Dann ballte er die Faust, hob den Arm, als hielte er einen Hammer in der Hand, und rammte mit aller Kraft, die er in den Schultern hatte, gegen das Tor, wieder und wieder.

Der Milizsoldat mit dem schiefen Gesicht kam, um aufzumachen, und glotzte ihn aus großen Augen an.

»Ich suche den Manipelanführer Mazzarino. Ist er da?«

Der Soldat nickte, und der Kommissar drängte ihn beiseite, noch bevor der überhaupt den Mund aufmachen konnte.

»Bring mich zu ihm«, befahl er und ging entschlossenen Schritts zum Hof der Cayenne. Im Gänsemarsch folgten ihm der Brigadiere, der ihm den Weg erleuchtete, und der Milizsoldat, der ihn eigentlich führen sollte. Der Kommissar schritt voran, und die eine Faust fuhr auf Beinhöhe auf und ab, die andere behielt er in der Jackentasche. Instinktiv steuerte er auf ein schwarzes mehrstöckiges Haus zu, das in der Dunkelheit, zwischen den Mauern eingeklemmt, nur schwach zu erkennen war. Vielleicht zog es ihn an, weil es schwärzer war als die anderen, oder vielleicht wegen des Hundegebells, das er im Näherkommen gehört hatte. Wenige Meter vor dem Eingang überholte ihn der Milizsoldat hastig, betrat das Gebäude und ließ die Eingangstür offen. Er verschwand in einem blinden Korridor, von dem beidseitig eine ganze Reihe kleiner, wie Höhleneingänge abgerundeter Türen abging. Vom Ende ertönte die Stimme des Soldaten: »Manipelanführer! Manipelanführer!« Plötzlich war wildes Hundegekläff zu hören, und der Brigadiere und der Kommissar blieben auf der Schwelle des Ganges stehen.

Der dunkle Korridor war nur schwach vom Strahl aus der Laterne des Brigadiere erleuchtet. Der Kommissar konnte kaum die Gestalt des Manipelanführers Mazzarino ausmachen, der aus einer Tür aufgetaucht war und sich ihnen jetzt vorgebeugt näherte; er hielt die Arme breit über den Hüften angewinkelt und stampfte auf, als marschierte er. Jedesmal, wenn er auf der Höhe eines Türpaars war, breitete er die Arme aus und donnerte die eine Faust rechts und die andere links gegen das Türholz. Jedesmal erschienen zwei Schwarzhemden aus den Höhlen und hängten sich an ihn. Und jedesmal schienen die Hunde noch rauher, noch wütender zu bellen. Schritt um Schritt näherte sich der Manipelanführer, und bei jedem Schlag, der wie eine Explosion durch den Gang hallte, kamen neue Köpfe hinzu. Als er dann Nase an Nase vor ihm stand, kam es dem Kommissar so vor, als habe er einen riesigen Leib, der im Schein der Laterne, der alle Schwarzhemden zu einer Masse verschmelzen ließ, noch enormer wirkte. Es war ein Körper mit vielen Köpfen, und der Widerschein verzerrte ihre Gesichtszüge; mit aufgerissenen Mündern bewegten sich die Köpfe wütend auf Mazzarinos Schultern und starrten den Kommissar aus rotunterlaufenen Augen an. Hinter dem vielköpfigen Ungeheuer ertönte dieses grauenhafte, wahnsinnige Hundegekläff, als käme es direkt aus dem Monsterleib.

»Du heilige Jungfrau«, stammelte der Brigadiere. Der Kommissar schluckte und ballte die Hand in der Tasche noch fester.

»Was suchst du hier, Sbirre?« brüllte Mazzarino, und sein Atem schlug ihm ins Gesicht. Die Köpfe auf seinen Schultern wurden noch unruhiger und wiederholten seine Worte: »Sbirre, Sbirre«, die sich in einem scharfen Echo vervielfachten.

»Professor Valenza. Ich bin gekommen, um ihn abzuholen.«

»Wieso Valenza?«

»... Valenza. Wieso, wieso ...«

»Weil ich ihn brauche.«

»Du brauchst ihn, Sbirre? Aber warum denn?«

»... Warum denn, Sbirre, warum ...«

»Das ist Zuständigkeit der Quästur. Manipelanführer, hier drinnen habt Ihr das Sagen, aber was kriminelle Angelegenheiten betrifft, bin ich der höchste Vertreter des Staates auf der Insel. Seine Exzellenz der Duce untersteht der Krone, und wenn Ihr im Namen von Mussolini sprecht, dann spreche ich im Namen des Königs. Ich brauche Valenza. Gebt ihn mir, und ich gehe wieder.«

Er hatte immer lauter reden müssen, weil das Hundegebell inzwischen ohrenbetäubend war. Trotzdem hatte er einen beherrschten und sicheren Tonfall beibehalten. Mazzarino aber hatte die Nasenflügel gebläht, und die Köpfe gerieten in Aufruhr, sahen einander fassungslos an, glotzten gefährlich knurrend auf den Kommissar.

»Und wenn nicht, was machst du dann?«

»… Was machst du, machst du …«

»Wenn nicht, was machst du, Sbirre?«

»… Sbirre, Sbirre …«

»Verhaftet ihr uns dann alle, du und dein Brigadiere ganz allein? Daß ich nicht lache!«

»… Lache! Lache! …«

Und er lachte mit allen seinen Köpfen, aus all den aufgerissenen, heulenden Mündern, aus all den Gurgeln, die sich verkrampften, wie wahnsinnig anschwollen, spuckten und husteten. Es war ein bestialisches Gelächter, das Zähne entblößte, die bereit waren zuzubeißen, das den dunklen, engen Gang wie eine Höhle erfüllte und so laut widerhallte, daß es sogar das Hundegekläff übertönte.

Die Hand des Kommissars fuhr blitzschnell in seine Hosentasche.

Einer der Köpfe Mazzarinos senkte den Blick und flüsterte mit zusammengekniffenen Augen: »Er hat eine Pistole!«

Es war aber keine Pistole, sondern eine metallene Trillerpfeife. Der Kommissar steckte sie in den Mund, blähte die Wangen und blies mit aller Kraft seiner Lungen hinein. Der Pfiff war so schrill und langgezogen, daß er sich, massiv wie eine Silberkappe, an der Decke und längs der Wände der Höhle niederließ. Und er war so schnell, daß sein Ton erst mit zeitlicher Verschiebung zu hören war. Die Köpfe Mazzarinos hörten schlagartig auf zu grinsen und zogen sich auf die Schultern zurück. Der Brigadiere machte einen Satz nach hinten und hätte um ein Haar die Laterne fallen lassen. Mazzarino war wie gelähmt. Er hatte die Nasenflügel geweitet, die Zähne zusammengebissen und sah aus wie die Bronzemaske eines Dämons mit dem Rüssel eines Wildschweins und blutunterlaufenen Augen.

Der Pfiff hinterließ beim Kommissar ein kaltes, metallenes Gefühl im Gaumen, das ihn in der Kehle kratzte, und er konnte nicht gleich sprechen.

Der Manipelanführer hatte sich als erster wieder gefangen: »Bist du übergeschnappt, Sbirre?«

»Nein. Ich bin verantwortlich für die öffentliche Sicherheit auf der Insel, und in dieser Funktion habe ich das Recht, alle bewaffneten Kräfte, die zugegen sind, zu mobilisieren. Jetzt sind wir nur zu zweit, ich und der Brigadiere, aber morgen abend, wenn der Militärdampfer eintrifft, werden alle bewaffneten Matrosen der Besatzung mit uns sein. Ich lasse die Festung umstellen und komme wieder, um Valenza abzuholen, und wenn Ihr ihn mir nicht gebt, werde ich pfeifen und die Cayenne besetzen. Dann werde ich ihn mir selbst holen.«

Er hob die Pfeife und hielt sie in einiger Entfernung vor den Mund. Seine Ohren brannten noch immer, und er hätte es nicht fertiggebracht, noch einmal zu pfeifen, auch wenn er zu gern erlebt hätte, wie Mazzarino und seine Schwarzhemden sich durch den bedrohlichen Ton gedemütigt fühlten.

Das war nicht mehr nötig. Mazzarino drängte die Milizsoldaten zurück, scheuchte sie mit einem derben Hieb aus seinem Rücken und näherte sich dem Gesicht des Kommissars, wieder Nase gegen Nase. »Hol ihn dir«, zischte er zwischen den Zähnen. »Mach, was du willst mit ihm, Sbirre, ich schenk ihn dir.«

Er drehte sich um und zwang mit ausgebreiteten Armen und offenen Händen die Schwarzhemden zurückzuweichen, sich gegen die Wände zu quetschen. Er machte nur einige Schritte in den Korridor, dann blickte er sich noch einmal zum Kommissar um. Er lächelte. Der Brigadiere hielt die Laterne in die Höhe, und der

Kommissar konnte das grausame und zufriedene Lächeln deutlich sehen.

»Es ist für heute nacht, Sbirre«, bellte er. »Die Miliz freut sich, Eurer Exzellenz bekanntgeben zu dürfen, daß die Ermittlungen glücklich abgeschlossen sind.« Er lächelte noch immer, streckte einen Finger zum Kommissar aus. »Ich hole dich um vier Uhr ab und bring dich an einen Ort, wo du die Lösung des ganzen Geheimnisses sehen wirst, Sbirre. Du bist dabei, die Figur des Oberarschs zu machen.«

34

Seine Haut war dermaßen dünn und durchsichtig geworden, daß er beim Öffnen der Zellentür spürte, wie das Licht durch ihn hindurchging und bis in seine Eingeweide brannte. Seine Augen waren mit einer phosphoreszierenden Membran bedeckt, durch die er nichts mehr sehen konnte, und wenn er den Mund öffnete, kam nur ein feuchtes und salziges Gurgeln wie Meerwasser über die geschwollenen Lippen. Um ihn auf die Beine zu stellen, mußten sie ihn hochheben und festhalten, denn er besaß keinerlei Gleichgewichtssinn und nicht die geringste Kraft mehr – es gab einfach nichts, was ihn noch dazu bringen könnte, sich in aufrechter Haltung auf dem Boden fortzubewegen. Dann hatte er in einer unbeschreiblich schnellen Evolution, die Millionen Jahre genetischer Mutationen in wenigen Minuten durchlief, begonnen, die Schatten zu unterscheiden, die Konsistenz der Luft auf seiner Haut zu spüren, eine Form aus ihr zu gewinnen, die ihn auf dem Erdboden hielt, den er deutlich unter seinen Füßen spürte. Kurz bevor Valenza das Haus des Kommissars erreichte, war er schon wieder in der Lage, alleine zu gehen und sich zu räuspern, um die verklebte Kehle von dem vielen nassen Salz zu befreien. Als er sagte: »Gott im Himmel sei gedankt, ich glaubte schon, daß Ihr gar nicht mehr kommen würdet!«, war er wieder Mensch geworden.

In der Küche sang er *Ludovico, süß wie eine Feige bist du* vor sich hin, ohne sich den Tempi der Musik von jenseits der Wand anzupassen. Er ging um eine Tischecke herum, auf und ab, und hielt den Teller mit dem Kichererbseneintopf so nahe am Kinn, daß beinahe das ganze Gesicht darin versank. Er hatte dem Kommissar nicht einmal Zeit gelassen, den Eintopf aufzuwärmen. Valenza verschlang ihn einfach so, zerteilte die von der Kälte hart gewordenen Brocken mit dem Löffel.

»Noch nie in meinem Leben habe ich einen solchen Hunger gehabt«, erklärte er und kratzte den Teller leer. »Ich glaube, das ist eine nervöse Reaktion. Habt Ihr sonst noch etwas im Haus?«

»Ich seh gleich nach. Warum setzt Ihr Euch nicht?«

»Weil es den Verbannten nicht gestattet ist, sich in der Öffentlichkeit hinzusetzen, nicht einmal beim Essen. Ich esse immer in der Trattoria und habe mich daran gewöhnt, im Stehen zu essen. Gibt es noch etwas?«

Der Kommissar öffnete den Vorratsschrank und zog einen Weidenkorb mit Brot hervor. Er wollte ihn gerade wieder schließen, als er eine Tomate und einen Knoblauchzopf entdeckte.

»Ist das Käse dort oben? Danke … Gestattet Ihr? Und von dem Wein da … Darf ich?«

Valenza schenkte sich aus der Strohflasche, die auf dem Tisch stand, ein Glas Rotwein ein. *Ludovico* trällernd, nahm er eine Scheibe Brot aus dem Korb, schälte eine Knoblauchzehe, zerdrückte sie mit den Fingern und rieb damit das Brot ein. Darüber zerquetschte er eine halbe Tomate, die er dem Kommissar unter der Messerschneide wegstibitzt hatte. Er schloß die Augen und biß, beinahe als empfände er Schmerz dabei, fest in das Brot hinein.

»Es wäre besser gewesen, es vorher zu rösten«, sagte

er mit vollem Mund. »Trotzdem habt Ihr Eure Sache gut gemacht.«

»Es nicht zu rösten?«

»Nein. Die Leichen in die Kühltruhe zu legen. Ich kann's kaum erwarten, einen Blick auf sie zu werfen. Habt Ihr bitte noch etwas zu essen?«

Es war noch ein hartgekochtes Ei da, das Valenza pellte, indem er es an einer Stelle gegen die Tischkante quetschte und mit dem Daumen rasch die Stücke der Schale abschlug. Das Dotter war nicht ganz fest und tropfte zäh über seine Finger. Valenza leckte es eilig auf. Mit der Zunge löste er auch die Eiweißteile, die noch an den Schalenstückchen hafteten, dann wischte er sich mit dem Handrücken den Mund ab.

»Tiefgefrorene Leichen können einiges aussagen: die Stunde des Todes, die Ursachen, die Mitursachen, die körperlichen und moralischen Eigenschaften des oder der Mörder, die Körperstellung bei der Durchführung der Tat. Ob es ein vorsätzliches Verbrechen war oder nicht. Wirklich, ich kann's kaum erwarten, sie zu öffnen.«

»Sie zu öffnen?« fragte der Kommissar und machte eine halbe Drehung. Er hatte die Hände auf den Türflügeln des Vorratsschranks und wollte sie gerade verschließen. Valenza kam näher, warf einen kurzen Blick hinein und schüttelte enttäuscht den Kopf.

»Wir müssen eine Autopsie durchführen. Vielmehr drei. Hmmm, sieh einer an, was haben wir denn da ... Ihr gestattet doch?«

Auf der Feuerstelle des Kamins stand die Kaffeemaschine. Valenza leerte sein Weinglas bis auf den letzten Tropfen und goß das kalte schwarze Kaffeerinnsal ein. Er hielt einen Augenblick das Glas genau über dem dunklen Flüssigkeitsring fest mit den Händen umschlossen, um es anzuwärmen. Dann zuckte er die Achseln und trank es mit einem Zug leer. »Jetzt fühle ich mich besser«, sagte er. »Gehen wir.«

Die Nacht

35

Als Valenza ins Gefrierhaus trat, klatschte er in die Hände und rieb sie sich lange. Nicht wegen der Kälte tat er das, sondern vor Aufregung. Er stöhnte leicht, und ein ersticktes »Oh!« strömte mit einer Dampffahne in die eisige Luft. Er lächelte. Dann setzte er sich rasch in Bewegung und knöpfte die Jacke auf.

Die drei Leichen waren in der Mitte des Raums auf drei Eisblöcke gebettet worden wie auf Katafalke im Schiff einer Kathedrale. An den Wänden ringsum standen abgewetzte feuchte Fischtheken aus Holz; sie waren in konzentrischen Kreisen auf Steinstufen angeordnet, aufsteigend wie die Sitze eines Amphitheaters, immer weiter hinauf bis zu den großen Fenstern knapp unter den Dachbalken. Auf den Theken lagen Eissplitter, Eisstücke, Staub von zermahlenem Eis und Fische, Fische aller Art, die sich in jenen Tagen der erzwungenen Inaktivität der Kühltruhe angehäuft hatten und jetzt aus weißen, blinden Augen die Mitte des Amphitheaters anzustarren schienen. Valenza zögerte nur einen einzigen Moment, als er all die starren Fischaugen auf sich gerichtet spürte.

Gleich darauf klatschte er noch einmal in die Hände, rieb sich die Handflächen und lächelte wieder. »Mit wem fangen wir an?«

Der Kommissar war neben der Tür stehengeblieben.

Er war von der Kälte ganz gefühllos, der penetrante Fischgeruch erstickte ihn beinahe, und das grelle Licht blendete ihn. Auch wenn es draußen Nacht war, strahlten die vom Reif beschlagenen großen Fenster schneeweiß, als hätten sie das Tageslicht im Raum gespeichert. Die Fischschuppen, die das Eis, das Holz der Theken, den Fußboden und die Wände bedeckten, funkelten wie Silber. Die drei Leichen leuchteten in ihrer azurblauen Nacktheit, als würde ein starkes bläuliches Licht unter ihrer Haut erstrahlen.

»Vielleicht könnten wir als erstes nachsehen, ob sich der Leiter des Postamts ohne fremde Hilfe aufgeknüpft hat«, sagte der Kommissar. »Wenn er Selbstmord begangen hat, könnten wir ihn auslassen ...«

»Nein. Sogar von hier aus ist zu erkennen, daß ihm die Abschürfung, die der Strick an seinem Hals hinterlassen hat, zugefügt wurde, als er bereits tot war. Wir werden noch auf ihn zurückkommen. Doch jetzt, würde ich sagen, beginnen wir bei Miranda.«

Valenza ging zur Mitte des Amphitheaters und blickte um sich. »Es ist ein Glück, daß all dieser Fisch da ist«, sagte er, »ich meine, ein Glück für Euch. So wird der Leichengeruch überdeckt, bei dem Nichteingeweihte gewöhnlich ohnmächtig werden. Was den Rest angeht, müßt Ihr Euch zusammenreißen, Exzellenz, denn ich bin auf Eure Hilfe angewiesen.«

Der Kommissar seufzte. Er schlug den Jackenkragen hoch, drückte ihn fest um den Hals und kam näher, auch wenn er es noch immer vermied, die Leichen anzusehen.

»Ich benötige ein paar Dinge«, sagte Valenza. »Ich brauche sämtliche Messer, die Ihr auftreiben könnt, einen Kratzer für die Schuppen, Nägel für die Netze, und zwar die größten, die da sind. Und Angelhaken.«

Er sah, daß der Kommissar ihn ungläubig anstarrte. »Wären wir in einem Krankenhaus oder im Institut für Pathophysiologie, hätte ich sämtliche Instrumente, die ich brauche. Hier müssen wir uns mit dem behelfen, was ihnen ähnlich ist, Exzellenz.«

Als der Kommissar die Dinge gefunden hatte, die er suchte, und sie in einen Lappen gewickelt hatte, um sie Valenza zu bringen, war er gezwungen, sich zu nähern und zu sehen, wohin er seinen Fuß setzte.

Miranda, Zecchino und der Postmeister.

Das erste, was er sah, waren die Genitalien der Leichen. Sein Blick verharrte einige Sekunden auf den Hoden, die wegen der Kälte und der Leichenstarre ganz schrumpelig waren. Verlegen starrte er auf die laschen, gekrümmten Penisse, die in ihren Hautsäcken wie alte Salsicce-Würste aussahen. Er hob die Augen und begegnete den leblos aufgerissenen von Zecchino. Die Totenstarre hatte ihn in dieser Position ereilt: Der Kopf war angehoben, der Hals nach vorn gebogen, als wollte er sehen, was mit ihm geschehen solle, und es war an dem mit Blut verkrusteten Lächeln nicht zu erkennen, ob es etwas war, was er guthieß oder nicht. Der Kommissar drehte den Kopf nach links, und sein Blick traf auf Mirandas Gesicht, das noch immer mit Algen bedeckt war und dessen Wange eingedrückt und von der Berührung mit dem Eisblock deformiert war.

»Exzellenz, bitte ... helft Ihr mir nun, ihn umzuwenden?«

Abgesehen von den Verwundungen hätte der Milizsoldat auch eine Marmorstatue sein können: Sein weißer Körper war glatt und muskulös, und die breiten Schultern, die schmalen Hüften und der runde Popo hatten vollkommene Proportionen.

»Was den Verwesungsstand angeht, sind schwache

Hypostasen zu erkennen, die bei tiefreichender und fortdauernder Fingermassage fest bleiben, die Körpertemperatur ist der Außentemperatur angepaßt, außerdem ist ein grüner Verwesungsfleck im Bereich des rechten Hüftbeins festzustellen.«

Valenza blickte zum Kommissar auf und lächelte: »Mein Gott, Exzellenz«, sagte er, »es sind jetzt beinahe drei Jahre, daß ich meinen Beruf nicht mehr ausübe.« Der Kommissar fragte sich, ob das eine Bitte um Verzeihung für eine mögliche Lücke in seinem Erfahrungsschatz oder vielmehr für seine offensichtliche Aufregung sein sollte. »Reicht Ihr mir die Nadel, bitte? Die dicke da ... Wir tun jetzt so, als sei sie eine Sonde.«

Der Kommissar biß die Zähne zusammen, während Valenza mit dem Nadelöhr die Wunden des Soldaten auf den Gesäßbacken und am Ende des Rückgrats berührte. Er folgte, die Krusten abkratzend, der kurvigen Schnittlinie und drückte auf die Blutergüsse. Plötzlich rutschte das Metall unter die Haut, drang inmitten einer halbmondförmigen Abschürfung ins Fleisch und brachte winzige Erdfragmente ans Licht.

»Das ist seltsam«, murmelte Valenza. Er beugte sich über den Leichnam und ergriff dessen Hand, um ihm, so weit es ging, den Arm nach hinten zu biegen. Von ganz nah beäugte er die Finger des Milizsoldaten und stocherte mit der Nadelspitze auch unter den Fingernägeln herum.

»Was bedeutet das?« fragte der Kommissar, seine Stimme klang belegt.

»Ich weiß es nicht. Einige der Kratzer, die sich der gute Miranda auf dem Hintern zugezogen hat, scheinen von einem heftigen Scheuern auf der Erde zu stammen. Es gibt winzige Graspartikel in den Wundkrusten. Aber ich habe auch andere, tiefer liegende und von Erde verschmutzte Wundmale entdeckt … Jetzt drehen wir ihn wieder um.«

Valenza stieß eisige Atemfahnen aus, während er Mirandas Leichnam mit Hilfe des Kommissars auf den Rücken drehte. Kopfschüttelnd nahm er erneut die Nadel zur Hand und begann, sie in einige Verletzungen auf dem flachen Bauch des Soldaten hineinzubohren.

»Kleine Blutergüsse mit einer Abschürfung in der Mitte, einige wurden ihm zugefügt, als er noch lebte, die anderen, als er schon tot war. Seht Ihr den unterm Brustbein? Der ist viel ausgedehnter und tiefer als die anderen.«

»Ja«, sagte der Kommissar.

»Und seht Ihr dieses Mal auf dem Hals, unterhalb des Kinns? Exzellenz, Ihr könnt Euch ruhig auf meine Worte verlassen, doch es wäre mir lieber, wenn Ihr hinschaut …«

»Ja«, meinte der Kommissar und richtete den Blick auf Miranda.

»Gut. Die Druckspur des Knotens, die Stelle, an der die Seilenden sich überkreuzen. Und der andere, größere Bluterguß könnte, nehmen wir einmal an, ein Knieabdruck sein. Ein Knie, das auf den nackten Brustkorb gesetzt wurde, während der Mörder ihn mit einer Kordel erwürgte.«

»Richtig«, sagte der Kommissar.

»Aber so verhält es sich nicht«, entgegnete Valenza. »Auch das spitzeste Knie ist nicht imstande, ein Loch wie dieses ins Fleisch zu bohren.« Er stach mit der Nadel in die Hautabschürfung in Form eines Halbmonds, und dem Kommissar entfuhr ein Stöhnen, das er durch einen Hustenanfall kaschierte.

»Mir kommt da gerade eine Idee.«

»Und welche?«

»Einen Augenblick … Wir müssen mehr darüber in

Erfahrung bringen. Nach Abschluß der Oberflächenuntersuchung – was mehr oder weniger das hier ist – beginnt die im Innern. Zeigt Ihr mir, Exzellenz, was Ihr auftreiben konntet?«

Er kramte in dem Bündel herum, spitzte die Lippen, was ihm einen konzentrierten Gesichtsausdruck verlieh, und nickte kurz.

Dann nahm er den Kommissar an den Handgelenken und ließ ihn mit hohlen Handflächen unter Mirandas Nacken greifen, um ihn anzuheben. Er führte diese Gesten so aus, als seien auch die Hände des Kommissars nichts weiter als seelenlose chirurgische Instrumente. Er wählte ein schmales, scharfes Messer und machte knapp unterm Haaransatz einen Schnitt in die Stirn des Milizsoldaten.

Der Kommissar räusperte sich, schluckte und sah weg. Doch wohin er auch blickte, überall begegnete er Augen, die ihn anstarrten, Hunderte und Aberhunderte weißer, tiefgefrorener Augen mit unbeweglichen Pupillen, groß wie Stecknadelköpfe. Ihm schien, als gäbe es nur sie, die aus dem undeutlichen Glanz der Schuppen auftauchten, sich vervielfältigten und einander überlagerten, die Wände des Eishauses ringsum bedeckten; sie waren von einer kompakten Wand aus kalten, runden, blinden Augen eingekreist. Er senkte den Blick und konnte gerade noch sehen, wie Valenza die Schneide des Fischschabers in den Schnitt auf Mirandas Stirn einführte und mit einem Ruck einen Teil der Kopfhaut losriß.

»Kippt mir jetzt bitte nicht um, Exzellenz. Seht zur Wand, atmet tief durch, aber werdet jetzt nicht ohnmächtig.«

Der scharfe Fischgeruch stieg ihm zu Kopf. Die Kälte des Gefrierhauses drang ihm in die Nase, brannte zwischen den Augen und weiter hinauf bis ins Gehirn, und er hatte gerade noch so viel Kraft, sich auf den Beinen halten zu können. Er spürte, wie etwas Zähflüssiges auf seine Hände tropfte, mit denen er den schweren Nacken des Milizsoldaten in die Höhe hielt. Er biß die Zähne zusammen, zwang sich, Valenza zuzuhören, einfach um sich auf etwas zu konzentrieren.

»Die Weichgewebe des Kopfhelms sind eingeschnitten und abgelöst, in beiden Bereichen der Schläfen und des Scheitelbeins sind ausgedehnte Flächen mit Blutergußbildung festzustellen. Ganz klar, bei dem Schlag, den er abgekriegt hat. Doch es sind auch Spuren anderer Schläge vorhanden. Laßt ruhig los, Exzellenz. Reicht Ihr mir jetzt die Angelhaken?«

Der Kommissar suchte in dem Stoffbündel herum, das sie auf dem Eisblock niedergelegt hatten, nahm zwei Haken heraus und reichte sie Valenza.

»Jetzt bitte ich Euch, Exzellenz, reißt Euch ein wenig zusammen. Ihr müßt hinschauen, sonst seid Ihr mir keine Hilfe.«

Er sah, wie die Messerspitze in Mirandas Kehle drang, die Haut und das Fleisch durchschnitt, wie Valenza dann die zwei Haken nahm und sie auf den Seiten des Schnitts ins Fleisch stieß.

»Preßt hier, Exzellenz, und zieht fest. Ich schwöre Euch, hätten wir einen Wundhaken, würde ich Euch so etwas nicht zumuten.«

Der Kommissar unterdrückte einen Brechreiz. Die Haken glitten ihm aus den Fingern, obwohl das Fleisch weich war und es keine Anstrengung bedeutete, die Wunde aufzuhalten. Doch als Valenza den Zeigefinger hineinbohrte, um mit der Fingerspitze ringsum alles abzutasten, schloß er die Augen und begann zu schwanken.

»Ich bestätige«, hörte er Valenza sagen. »In den Fällen von Erwürgen bricht das Zungenbein, und das hier ist tatsächlich gebrochen. Sein Mörder hat wie eine Furie, mit wahnsinniger Gewalt zugedrückt. Ihr könnt die Augen wieder aufmachen, Exzellenz. Ich bin soweit.«

»Sind wir jetzt fertig?« fragte der Kommissar. Sein Blick war noch getrübt von der Anstrengung, die Lider zusammenzupressen, doch es war ihm, als mache Valenza ein merkwürdiges Gesicht. Als sei er besorgt, ja beinahe erschrocken.

»Ihr ja, für jetzt. Ich noch nicht. Doch wenn Ihr wollt, könnt Ihr mir den Rücken zukehren. Es genügt, wenn Ihr mir das Messer dort reicht, danke.«

Der Kommissar nahm das schwere Sägemesser an der Spitze der Schneide und gab es, da er sich bereits umgedreht hatte, ohne hinzusehen an Valenza weiter; dann packte er sich selbst an den Armen und drückte sie fest. Außer den Fischen war auch noch Zecchino da, der ihn mit seinem unbeweglichen Grinsen anstarrte. Er hatte nur ganz kurz in die Augen des Toten geblickt, aber er hatte die Gewißheit, daß in diesem grausamen und starren Blick Mißbilligung lag. Für alles. So senkte er den Kopf und zwickte sich noch einmal fest in den Arm.

In seinem Rücken war ein schwaches Geräusch zu hören. Etwas, was rasch und glatt und ohne Hindernisse dahinrutschte. Dann ein deutlicheres Geräusch, ein Schneiden, ein weicherer Ton, etwas, was tiefere, feuchtere und dann härtere Schnitte ausführte, und etwas, was schabte. Er hörte Valenza, der mit einem langgezogenen Seufzer Atem holte und murmelte: »Jetzt geht's los.«

Dann hörte er ein Sägen.

Instinktiv hob er die Augen und begegnete denen von Zecchino, die weiterhin unbeweglich und grausam blickten. Hinter seinem Rücken begannen die Zähne der Säge zu knarren, zu schneiden und zu kratzen. Das Quietschen dabei war konstant und dumpf, wurde einmal zu einem scharfen Zischen wie ein Pfeifen, dann wieder war es ein taubes und durchgängiges Vibrieren, das nur hin und wieder durch Valenzas Keuchen verlangsamt wurde. Er spürte, wie das Geräusch in sein Inneres drang, dieses harte Summen, das kein Ende mehr nehmen wollte, und bei jedem kurzen Aufknallen, bei jedem kratzenden Aufschlagen der Metallzähne schien es, als blickten Zecchinos Augen noch grausamer und mißbilligender.

Er begann zu reden, einfach um etwas zu tun, irgend etwas. »Was denkt Ihr, Valenza? Wer ist es gewesen?«

»Ich bin kein Hellseher, Exzellenz. Ich kann Euch nur sagen, daß der, der unseren schönen Milizsoldaten da umgebracht hat, es in einer wahnsinnigen Raserei getan hat. Er hat ihn geschlagen und wie ein Verrückter gewürgt.«

»Der Apotheker.«

Das Geräusch setzte aus, und einige Sekunden lang war nur ein Tasten und ein glibbriges Quetschen zu hören. »Das ist möglich«, sagte Valenza. »Unter der Voraussetzung, daß er Pfennigabsätze trug. Die mit Erde gefüllten Löcher inmitten der Blutergüsse … Mirandas Mörder hat mit hohen Absätzen auf ihn eingetreten und gestampft.«

Der Kommissar drehte sich um, und im selben Moment zog Valenza, dessen Finger in einer Öffnung im Brustbein steckten, mit Gewalt in seine Richtung und hob mit einem Ruck und einem feuchten Klatschen von Fleisch und Knochen die linke Seite des Brustkorbs des Milizsoldaten in die Höhe, und Mirandas Kopf fiel in dieser abrupten Bewegung nach vorn.

In diesem Augenblick ging der Kommissar in die Knie und übergab sich.

36

Sie saß auf dem feuchten Holzbalken, der quer über das Zubringerboot verlief, und blickte um sich, ohne etwas zu erkennen. Trotzdem sah sie sich weiterhin um, hielt das Telegramm fest an die Brust gepreßt. Ihr Mann hatte es ihr bei seiner Rückkehr unter die noch verschlafenen Augen gehalten, und zudem blendete sie das Licht, das er ohne Vorankündigung eingeschaltet hatte.

»Zieh dich an, beeil dich. Das Dampfboot wartet auf uns.«

Und sie hatte sich beeilt. Sehr sogar. Sie nahm den Unterrock, die Strümpfe, den Rock, das Spitzenleibchen und die Halbstiefel mit dem hohen Absatz. Einen Schal und den Hut mit der Straußenfeder. In die Reisetasche stopfte sie eine Garnitur Unterwäsche und ein Paar Schuhe zum Wechseln, denn er hatte gesagt, daß sie sich alles nachschicken lassen würden, sobald sie in Rom angekommen wären. *Unverzüglich vorstellig werden*, befahl das Telegramm, vom Generalsekretariat der Partei unterzeichnet, und *unverzüglich!* war wiederholt.

Die Frau des Federale hockte auf dem Holzbalken, drückte das Telegramm ans Herz und versuchte in der totalen Dunkelheit, von der das Boot umgeben war, irgend etwas zu erkennen. Allzu gerne hätte sie zumindest die Umrisse der verdammten Insel, den Widerschein eines Schattens jenes Gestades, das sie endlich verließ, das Licht eines Hauses in weiter Ferne gesehen. Aber da war nichts, nur Dunkelheit, unsichtbares Wasser und schwarzer Nebel. Wenn sie geradeaus über den dunklen Rücken des Federale blickte, der am Bug hockte, war ihr, als könne sie den helleren Streifen des Festlands wahrnehmen, doch das war nur eine Einbildung, eine Halluzination, ausgelöst von dem heftigen Glücksgefühl, das ihr Herz wild klopfen ließ.

Von Zeit zu Zeit drehte der Federale sich nach ihr um. Er lächelte ihr zu, aber es war kein echtes Lächeln. Es war eine erzwungene Grimasse, ein unendlich trauriger und zugleich angsterfüllter Gesichtsausdruck.

Der Dumme, dachte sie, und: *Das Heimweh*, und: *Was juckt's mich!* Sie skandierte im Geiste die Silben, wie Mussolini es tat. Dann dachte sie, daß dieser Dumme sie am Ende doch von der Insel weggebracht hatte, wenn auch viel zu überstürzt. Also taugte er im Grunde zu etwas, und sobald sie auf dem Festland wären, *in Rom oder wo auch immer*, möglichst auch mit einem anderen Miranda im Bett, *wer weiß, dann werden wir schon sehen*.

Mazzarino näherte sich ihr von hinten. Die Frau des Federale drehte sich nicht einmal um. Seelenruhig konnte sie verzichten, ihn anzuschauen, er würde ihr noch weniger als alles andere fehlen, wenn das überhaupt möglich war.

»Schade, daß Ihr so schnell habt aufbrechen müssen«, sagte Mazzarino. »Ich hätte den Manipel zum Grußspalier aufgestellt. Alle wären dabeigewesen … außer Miranda natürlich.«

Der Federale warf einen Blick über die Schulter seiner Frau. Es war ein erschrockener Blick, aber sie merkte es nicht. Sie hatte sich über den Bootsrand gebeugt und versuchte, die Wasserspritzer zu berühren, die übers dunkle Holz liefen. Das Wasser war schwarz und sah aus wie Kaffee.

»Das macht nichts«, sagte sie. »Ihr wart ja schon freundlich genug, uns mit dem Zubringerboot der Miliz zum Dampfer zu begleiten. Mein Gatte wird Euch das nicht vergessen, wenn er in Rom ist.«

Mazzarino rückte noch eine hölzerne Querstrebe weiter zu ihr auf. Sie spürte ihn in ihrem Rücken, roch seinen beißenden Wildgeruch, hörte sein knurrendes Keuchen zwischen den Zähnen.

»Ich habe das schon für den alten Kommissar und für den Sekretär getan, der vorher da war. Und ich werde das bald für den neuen Kommissar machen. Natürlich ist es ein schwerer Schlag für die Vertretung des Faschismus auf der Insel. Zuerst Kamerad Miranda, jetzt der Untersekretär, der sich auf immer verabschiedet.«

Wieder warf der Federale einen erschrockenen Blick auf seine Frau.

Sie aber fuhr sich mit den feuchten Fingern über den Mund, zerquetschte das Salz auf den Lippen, die voll wie die der Abessinierinnen waren, und begehrte auf: »Was ist das für ein Vergleich! Bei Miranda handelte es sich um einen tragischen Unglücksfall. Mein Mann hingegen wurde für eine Beförderung zurückbeordert. Ich würde nicht sagen, daß es dasselbe ist, oder?«

Sie hob die Augen zum Federale, und er sah darin den unterkühlt naiven Ausdruck wie an jenem Morgen, als sie nackt, mit Gras und Erde beschmutzt, lange bläuliche Streifen auf den Handflächen, heimgekommen war. Als er sie gefragt hatte: »Was ist passiert?«, hatte sie ihm nicht geantwortet. Voller Gleichgültigkeit hatte sie gelächelt, und das tat sie auch dann noch, als er die Absätze ihrer Halbstiefel gesehen hatte, die von Erde und Blut verdreckt waren, und vergeblich wiederholte: »Was ist passiert? Was ist passiert?« Sie hatte sich ins Bett gelegt. Er aber war zu Mazzarino gerannt, um nach Miranda zu suchen und die Sache wieder in Ordnung zu bringen. Den ganzen Tag hatte sie selig wie ein kleines Kind geschlafen. Als sie am nächsten Morgen erwachte, schien sie sich an nichts mehr zu erinnern, so als hätte die Zeit jene Nacht geschluckt, hätte sie ausgelöscht, wie die Zeit auf der Insel es eben machte.

»Bitte«, murmelte der Federale, »bitte, Mazzarino. Ihr hattet gesagt, daß wir es nicht merken würden …«

Die Frau des Federale hob den Kopf und sog die Nachtluft ein. Nicht einmal so konnte sie die Insel riechen, kein Hauch, den sie hätte vergessen, unter ihren Absätzen zerquetschen, wie ein trockenes Blatt zu Staub machen und verschwinden lassen können. Die Gerüche waren allesamt im Boot, als existierte in jenem Augenblick nur dieser Ort im gesamten Universum. Der Dieseltreibstoff des Motors, das Salz des Meeres, die Feuchtigkeit des Nebels, das Holz das Bootes, ihr eigener Hautpuder und der Geruch von Mazzarino, der noch näher gekommen war.

»Bitte …«, stöhnte der Federale, »Ihr hattet es versprochen … Ihr hattet es versprochen …«

»Sie wird nicht einmal mitkriegen, was ihr geschieht«, erwiderte Mazzarino. Und darauf: »Schau dort, schau dort, das Vögelchen«, und rasch packte er die Frau des Federale an der Schulter.

Der Federale sah, wie sie sich umdrehte und ruckartig, mit einem rauhen Schluchzer, erstarrte. Ein glühender, heftiger Blutschwall schoß ihr unterhalb des Haarknotens aus dem Nacken. Der Federale sprang brüllend auf, doch schon war Mazzarino bei ihm. Sein

Arm schnellte hoch und bohrte ihm den Dolch in den aufgerissenen Mund.

Dann streckte Mazzarino das Messer zum schwarzen Himmel hinauf, warf den Kopf in den Nacken, bleckte die Zähne und stieß aus voller Kehle einen Wolfsschrei aus.

37

Als Valenza zu ihm kam, war einige Zeit vergangen, doch wieviel, hätte er nicht sagen können. Die Arme eng um den Leib geschlungen, saß der Kommissar auf der Ecke einer Holztheke im Gefrierhaus und war selbst zu eisig, um die Kälte überhaupt zu spüren. Sein Gesicht war zu einer Grimasse verzogen. Er schluckte den bitteren Speichel, von dem sein Mund angesäuert war, und plötzlich stand Valenza neben ihm.

Valenza wischte sich die Hände am Werkzeuglappen ab und hatte noch immer diesen merkwürdigen Gesichtsausdruck. »Der Milizsoldat ist von jemandem erwürgt worden, der hohe Absätze trug«, sagte er. »Zecchino und der Postbeamte fanden ein anderes Ende … mit einem Dolchstoß in die Kehle, und zwar mit demselben Dolch. Mir scheint, wir haben über eine ganze Reihe von Dingen nachzudenken.«

»Warum zieht Ihr so ein Gesicht, Valenza?«

»Politik. Dahinter steckt kein Zufall. Ihr habt doch eine Verabredung, nicht wahr?«

Der Kommissar nickte, stieß sich vom Tisch ab und spürte einen Schmerz längs der Wirbelsäule. Mit den Händen klopfte er sich den Staub vom Hosenboden. »Ja«, sagte er. »Es ist noch Zeit, aber vorher muß ich in meinem Büro vorbei. Ich will etwas mitnehmen.«

»Die Trillerpfeife?«

»Nein. Die Dienstpistole.«

»Ich hoffe, daß Ihr die nicht braucht, Exzellenz.«

»Auch ich hoffe das. Ich weiß nämlich nicht, wie man damit umgeht.«

Es war absurd, doch allein schon bei der Vorstellung, bald den Nachtwind zu spüren und die stickige Luft des Gefrierhauses mit dem Fischgestank hinter sich zu lassen, fühlte er sich erleichtert. An das, was hinterher kommen sollte, an jene Verabredung mit Mazzarino, die wie eine Drohung in seinen Ohren widerhallte und ihm Angst einjagte, wollte er jetzt nicht denken. Später.

»Warum macht Ihr ein solches Gesicht, Valenza?«

»Ich habe es Euch doch gesagt, Exzellenz. Politik. Es hat nichts mit Euch zu tun.«

»Es geht auch mich etwas an, wenn ein Verbannter darin verwickelt ist. Und Ihr seid ein Verbannter, Valenza. Ein brillanter Arzt, aber auch ein Verbannter.«

Valenza lächelte, doch sein Lächeln war nicht echt. Er wischte sich mit dem Lappen den Schmutz von den Fingern. »Genau das ist der Punkt, Exzellenz. Ich bin ein Regimegegner und kann es kaum erwarten, daß die Faschisten gefaßt und ins Gefängnis geworfen werden. Aber heute war ich von der Strafzelle noch zu benebelt und von der Autopsie abgelenkt, so daß ich ganz vergessen hatte, Euch um die Zeitungen mit Nachrichten über Mussolini und Matteotti zu bitten.«

Ein Lächeln spielte auf den Lippen des Kommissars, das zu einer Atemwolke und einem gequälten Gesichtsausdruck verpuffte. »Valenza, guter Gott … Was redet Ihr nur für dummes Zeug!«

»Dummes Zeug, Exzellenz? Dummheiten? Das ist möglich …«

Er zog die Schultern hoch und warf den Lappen auf die Theke. Seine Nägel waren an den Rändern rötlich verfärbt, als hätte er sie lackiert. Dann hob er die Augen zum Kommissar. Sein Blick war ernst. »Dummheiten, sagt Ihr. Und was geschieht, wenn auch der Rest Italiens von den Knüppeln der Faschisten gelähmt ist und sich nur noch um seine eigenen Angelegenheiten kümmern will und dasselbe tut, was ich getan habe?«

38

Der Rhythmus war der eines schlecht gespielten Walzers. Träge, schleichend, kränkelnd rutschte er auf dem Schlußtakt aus wie ein Hund, der sich auf drei Beinen halten muß. Mit dumpfer Beharrlichkeit kreiste er um sich selbst und klang so unrein, daß die einzelnen Instrumente kaum zu unterschieden waren, obwohl sie sich nur überlagerten wie die Schritte einer Menschenmenge in den unterschiedlichsten Schuhen. Da waren ein Akkordeon und eine Geige, dann ein Tamburin, dessen schrilleres, leicht aus dem Takt gekommenes Schellen die anderen übertönte, als würde es diese distanziert und mit einem ironischen, etwas teuflischen Lächeln beobachten. Es klang wie Zigeunermusik.

Als der Kommissar diese Töne in der Ferne hörte und sah, wie Mazzarino die Hand erhob, um seinen Männern Schweigen zu gebieten, atmete er erleichtert auf und lockerte den Griff um die Pistole in seiner Hosentasche. Bis zu diesem Augenblick hatte er inmitten der Schwarzhemden, die ihn mit einem versteckten Lächeln ansahen und allesamt wie eine Strafexpedition mit Gewehren und Messern bewaffnet waren, um sein Leben gefürchtet. Er hatte auch seine Pistole entsichert, kaum daß sie den staubigen Pfad einschlugen, der zum Zeustempel führte, denn steil über den Klippen und im Schutz der Gesteinsblöcke hätte Mazzarino ihn leicht umbringen und ins Meer werfen können, ohne daß es einer Menschenseele aufgefallen wäre.

Doch als er die Musik hörte und sah, daß Mazzarino sich mit erhobener Hand duckte, hatte er begriffen, daß sie nicht seinetwegen zu diesem Ort unterwegs waren.

Sie näherten sich dem Tempel wie in einer Kriegsaktion. Mazzarino teilte seine Männer auf, mit dem Zeigefinger nach links und nach rechts der Ruinen deutend; dann nahm er den Kommissar am Jackenärmel, zog ihn mit einem Ruck zu sich und bewegte sich zunächst in gebeugter, dann in gebückter Haltung, am Ende auf allen vieren wie eine Katze voran. Als er bei den eckigen Gesteinsblöcken angelangt war, die den Tempel begrenzten, warf er sich zwischen dem stoppeligen Gras zu Boden und zog auch den Kommissar mit hinunter.

Bei Tag waren die Steine des Zeustempels, die von der Salzluft und dem Wind glattgeschliffen waren, glänzend und weiß wie Glas. Am Abend erglühten sie von den Strahlen der untergehenden Sonne. Nachts aber, wenn filigrane Wolken am Himmel waren, die das Mondlicht durchließen, waren sie blau. Auf dem Weg und auf der Wiese um den Tempel herum, vor allem aber im Innern zwischen den Säulen spiegelten die Steine ein bläuliches Licht wider, das unruhig und kränklich flackerte wie der Walzer, der jetzt deutlicher zu hören war. Der Kommissar hob den Kopf und blickte über den Rand des Gesteinsblocks zum Tempel. Was er dort sah, verschlug ihm den Atem.

Da stand Martina auf den Zehenspitzen und schlug, die Arme hoch über dem Kopf, mit der flachen Hand das Tamburin. Sie war splitternackt, hatte die Augen geschlossen, und auf ihren Lippen spielte ein leeres Lächeln. Sie drehte sich um sich selbst, schlug mit den geschlossenen Fingern auf die gespannte Haut des Tamburins, ließ die Schellen rasseln und tanzte auf dem Boden aus gestampfter Erde im süßlichen Rhythmus dieses Walzers, als gäbe sie allen anderen das Tempo vor. Wer diese anderen hinter den Säulen waren, hätte der Kommissar nur erkennen können, wenn er den Kopf zwischen die Felsen gesteckt und sich in den Tempel hineingebeugt hätte. Von dort aus, wo er war, sah er nur Martina und die azurblauen Reflexe des Mondes auf ihrer glänzenden Haut, die nachtblau war wie die Steine des Tempels.

Die Musik spielte jetzt schneller. Sie klang noch immer mißtönend und unharmonisch, zigeunerhaft grell und schleppend, aber schneller, wie ein hysterisches Gelächter und nicht wie ein Schrei. Martina folgte dem Rhythmus und leitete jede Drehung mit einer heftigen Kopfbewegung ein. Der Blick des Kommissars glitt über ihre mageren Beine, die spitzen Knie und die schmalen Fesseln. Ihm fiel auf, daß sie mit den Zehen ihrer nackten Füße nicht auf einer beliebigen Stelle des Bodens auftrat, sondern inmitten eines Kreises, der in den Staub gezogen und mit schrägen Linien unterteilt war, die das Mädchen beim wahnsinnigen Tanz fast ganz verwischt hatte.

Mazzarino machte dem Kommissar ein Zeichen, lautlos zur Seite zu rutschen. Der Kommissar bewegte sich vorsichtig, auch wenn die lauter werdende Musik jedes Rascheln übertönt hätte. Von dieser Stelle aus war das Blickfeld ein anderes. Auch ohne sich zwischen den Säulen vorzubeugen, konnte er sehen, daß vor Martina noch andere Leute waren, die Musik machten.

Auf einem Stein saß die Frau des Engländers und folgte angestrengt, die Wange gegen den Resonanzkasten der Ziehharmonika gequetscht, dem Rhythmus. Auch sie war nackt und nur zum Teil von dem Instrument auf ihrem Schoß verdeckt. Sie hatte ein Bein hochgehoben und den Fuß an der Felskante abgestützt; den anderen hatte sie nach hinten abgedreht wie in der Rennstellung. Rasch glitten ihre Finger über die Tastatur, sie atmete schwer, und ihre markant gezeichneten Lippen waren ein winziges Stück zu einem Lächeln geöffnet.

Neben ihr war der Engländer – der Kommissar sah ihn, als er sich ein kleines Stück von der Säule wegbog. Auch er war nackt und wirkte noch viel kleiner und magerer, fast wie zugespitzt. Sein ovaler schmaler Schädel glänzte von Schweiß, von blauem Flaum wie von einem schmalen Kamm von der Stirn aus überzogen. Die großen Ohren leuchteten im Mondlicht, als seien sie durchsichtig. Der Rippenbogen, der angespannte Bogen des Jochbeins und der spitze der Gesäßbacken drückten sich durch die Haut, drohten sie zu zerreißen. Er preßte die Augen und die Zähne zusammen, die Lippen waren schmal, und mit der Hand drückte er den Klangkörper einer Geige so fest gegen die Schulter, als wolle er das Instrument in seinen Hals bohren. Mit der anderen ließ er den Geigenbogen, so schnell er konnte, über die Saiten gleiten und versuchte, dem schleifenden Rhythmus des Akkordeons seiner Frau und dem wilden des Tamburins von Martina zu folgen. Das Jaulen, das an hysterisches Gelächter erinnerte, kam aus der Geige des Engländers. Auch er befand sich inmitten eines Kreises, der in den Sand gezogen war. Doch er stand still und reglos, und so waren die diagonalen Linien noch intakt und ließen einen in die Länge gezogenen fünfeckigen Stern erkennen. Hin und wieder öffnete er die Augen, sah zu Martina, dann schloß er sie wieder mit einem erschöpften Lächeln. Unter dem flachen, angespannten Bauch hatte er eine überraschend potente Erektion.

Jetzt war die Musik so laut, daß man mit normaler Stimme reden konnte, ohne Gefahr zu laufen, entdeckt zu werden. Der Kommissar blickte auf Mazzarino, der lächelte und die Lippen über den zusammengebissenen Zähne hochgezogen hatte. Er starrte auf etwas im Innern des Tempels, dann drehte er sich zu ihm und schüttelte den Kopf. »Was für eine Sauerei!« knurrte er.

»Wie habt Ihr davon erfahren?« fragte der Kommissar.

Mazzarino kniff die Augen zusammen, kam mit dem Kopf näher, und der Kommissar wiederholte die Frage.

»Jemand hat es mir gesagt. Was geht Euch das an? Das ist Zuständigkeit der Miliz.«

»Ist gut. Sagt mir jetzt, soll das meine Figur des Arschlochs sein? Hier liegen ein paar Vergehen gegen die öffentlichen Sitten vor, weiter nichts.«

»Wartet ab, und Ihr werdet sehen, Exzellenz.« Mazzarino näherte sich noch ein Stück. Mit einer Hand nahm er den Kopf des Kommissars in den Hakengriff, zog ihn zu sich und preßte die Lippen gegen sein Ohr. »Vorher aber will ich mit Euch einen Pakt schließen. In Eurem Rapport darf nur die Quästur auftauchen. Wir sind hier nie gewesen, verstanden?«

»Warum?« Der Kommissar versuchte, den Kopf nach hinten wegzuziehen, aber Mazzarino ließ das nicht zu. Die zischende Stimme, der heiße Atem und der Speichel in seinem Ohr bereiteten dem Kommissar einen unerträglichen Juckreiz.

»Das ist unsere Angelegenheit. Was Ihr sehen werdet, ist sehr peinlich für die Miliz. Beklag dich nicht, Sbirre, ich mache dir ein Geschenk, und das Verdienst wird ganz auf deiner Seite sein.«

Endlich gab er ihn frei. Der Kommissar trocknete sich das Ohr mit dem Handrücken, beherrschte sich aber, vor Ekel das Gesicht zu verziehen. Die Musik war noch lauter und schneller geworden. Beim Anblick der Frau des Engländers, die mit wirrem Haar auf der glänzenden Stirn über das Akkordeon gebeugt war, brannten in ihm heftige Gewissensbisse ob seines Verlangens. Abrupt wandte er sich um und sah Mazzarino, der aufgestanden war und eine geöffnete Hand wie zum Gruß in der Luft hielt.

Statt dessen ließ er den Arm sinken und brüllte so laut, daß er auch die hysterischen Geigenschluchzer übertönte. »Zum Angriff!«

Mazzarinos Schwarzhemden drangen in geduckter Haltung und bewaffnet, als seien sie aus einem Gefechtsgraben herausgesprungen, in den Tempel ein. Die erste, die die Männer bemerkte und zu spielen aufhörte, war die Frau des Engländers; sie schrie und kauerte sich hinter das Akkordeon. Der Engländer sah zu Martina und hatte gerade noch Zeit, ein paarmal den Geigenbogen über die Saiten zu führen, bevor er die Schreie und die Schritte hinter sich hörte. Er drehte sich um, hielt das Instrument wie eine Keule in die Höhe, und als ein Milizsoldat es ihm aus der Hand riß, ließ er auch den Bogen fallen und breitete die Arme aus. »Ich ergebe mich, ich ergebe mich, ich ergebe mich«, wiederholte er schnell hintereinander, und sein Kopf wurde von einem Gewehrlauf an seiner Schläfe auf die Schulter gedrückt. Martina hielt, noch zweimal auf den Boden stampfend, inne, als müsse die Musik tatsächlich auf diese Weise und in diesem Augenblick enden. Mit einem Schellengeklingel des Tamburins ließ sie die Arme an den Seiten herunter und blickte gleichgültig um sich.

Der Kommissar betrat den Tempel hinter Mazzarino, der mit einem Sprung zwischen den Säulen hindurch eingedrungen war. »Nein, nein! Halt!« schrie er, die Arme nach vorn gestreckt, denn eins der Schwarzhemden hatte die Frau des Engländers an den Haaren gepackt und ihr den Kopf nach hinten gebogen, als ein anderer mit dem Dolch in der Hand vor ihr stand.

Er glaubte, die beiden wollten sie töten, statt dessen schnitten sie nur die Riemen des Akkordeons durch und stießen die nackte Frau zu Boden.

»Ich rühre mich nicht, ich rühre mich nicht«, wiederholte der Engländer in einem fort und hatte die Arme jetzt so gerade über den Kopf gereckt, daß er für die Gewehrkolben, die nahe bei seinen Rippen durch die Luft fuhren, nicht den mindesten Vorwand bot. Mazzarino machte einen Satz seitwärts und rammte mit einem Schulterstoß den Soldaten mit dem schrägen Lächeln, der sich mit gespreizten Händen und vom Speichelschaum weißen Lippen auf Martina stürzte. Der Milizsoldat fiel mit dem Hinterteil in den Staub und unterdrückte einen Aufschrei, was als Signal gedeutet wurde, denn alle anderen standen still, hielten die Dolche in die Luft und die Gewehre auf die nackten Leiber des Engländers und seiner Frau gerichtet.

»Also, was geht hier vor?« fragte der Kommissar.

»Ein satanischer Ritus ist das hier«, sagte Mazzarino.

»Eine dionysische Zeremonie«, widersprach der Engländer, schloß aber sofort wieder den Mund, denn der Kolben eines Gewehrs berührte seine Lippen.

»Ein satanischer Ritus«, wiederholte Mazzarino. »Eine schwarze Messe! Hier werden Menschenopfer dargebracht!«

Dem Engländer entwich ein belustigter Laut. Es war der Anfang eines Lachens, das er unterdrücken wollte, das man aber daran erkannte, wie er die Augen aufriß und die Bauchmuskeln zusammenzog, bevor der Gewehrkolben ihn mitten in den Magen traf und in die Knie zwang.

»Langsam, langsam!« rief der Kommissar und machte dem Milizsoldaten ein Zeichen, der im Begriff war, noch einmal zuzuschlagen. »Ich wiederhole, Manipelanführer. Hier kann ich nur Verstöße gegen die Moral und die Religion erkennen, die, wenn auch schwerwiegend ...«

»Schwerwiegend, Exzellenz? Gibt es etwas Schwerwiegenderes als Mord?«

Mazzarino trat heftig in den Staub, und der rieselte auf den Engländer nieder, der sich mit aufgerissenem Mund auf der Erde krümmte. Gern hätte er ihn getroffen und auch die Frau des Engländers, die sich im Fallen an ihrem Ehemann festgehalten hatte. Sie umarmte ihn und biß sich zugleich auf die Lippen, um nicht zu schreien. Mazzarino hielt sich nur mühsam zurück, genau wie seine Männer, die sich rabiat im Tempel bewegten und die Gewehrkolben und die Dolchgriffe umklammerten.

»Diese beiden Herrschaften da haben eine Sekte von Teufelsanbetern ins Leben gerufen, die jeder Art von Schweinerei frönt! Und ich schäme mich, es zuzugeben, aber zu dieser Sekte gehörte auch das Schwarzhemd Miranda, Gott möge ihm verzeihen!«

»Das ist nicht wahr!« schrie der Engländer, aber Mazzarino trat ihm mit der Stiefelspitze in die Seite, und er klappte zusammen wie ein trockenes Blatt. Die Frau des Engländers streckte die Hand aus, um den nächsten Tritt abzuwehren, doch es kam keiner.

»Diese zwei Satansjünger haben Zecchino ermordet, weil er zuviel wußte, und den Postmeister, der die Telegramme an ihren Komplizen schickte! Und zuvor haben sie auch Miranda umgebracht, weil er es bereut hatte, bei ihnen mitzumachen!«

Das ist nicht wahr, stand in den Augen des Engländers, die auf den Kommissar gerichtet waren, um nicht noch einen weiteren Tritt zu riskieren. Mazzarino hätte es sowieso nicht verstanden, denn sein Blick war auf einen Milizsoldaten gerichtet, der von einer der äußeren Säulen des Tempels kam, und vor lauter Aufregung leuchtete sein Gesicht, das vor Zorn sowieso schon rot war. »Hier ist der Beweis, Exzellenz. Hier ist das, was diese Ungeheuer machen!«

Das Schwarzhemd hatte ein zusammengeknotetes Bündel in der Hand und trug es, weit von sich gestreckt, mit angeekeltem Gesicht. Er legte es dem Kommissar zu Füßen und zog es mit spitzen Fingern an den Stoffzipfeln auf.

»Du gütiger Gott!« schrie der Kommissar und schlug sich die Hände vors Gesicht.

»Das ist nicht wahr«, sagte der Engländer und spuckte Blut zwischen den geröteten Lippen. Er versuchte, seine Frau zurückzuhalten, die auf seinen Rükken geklettert war, um etwas zu sehen. Sie rutschte von seinen Schultern und landete mit dem Gesicht beinahe auf dem Bündel, auf dem blutverkrusteten Dolch und auf dem Fötus mit den wäßrigen Augen und dem unvollständigen Lächeln, der bläulich und langgestreckt wie ein gehäutetes Kaninchen dalag.

Die Frau des Engländers schrie, sie schrie, so laut sie konnte. Dann stützte sie sich mit den Armen ab, sprang auf und floh in Richtung Wald, rannte schreiend immer weiter zwischen den Dornensträuchern hindurch, die ihre nackte Haut zerkratzten. Die Milizsoldaten zogen die Dolche aus der Scheide und liefen ihr nach. Die Schneiden fuhren durch die Luft und funkelten im Mondschein wie die Zähne der Hunde in den aufgerissenen Mäulern.

39

Loveday war tot. Er war, an Malariafieber leidend, direkt aus Indien nach Thelema gekommen, und die Riten des Meisters hatten ihm gewiß nicht gutgetan. Aber seine Frau war nach Italien geeilt und hatte erzählt, daß er gestorben sei, weil er während eines orgiastischen Rituals Katzenblut getrunken habe, und die Polizei hatte ihr geglaubt.

»Katzenblut«, hatte der Meister gesagt. »Kannst du dir etwas Widerlicheres vorstellen, selbst für eine Gruppe von Exzentrikern, wie wir es sind? Katzenblut ... offen gesagt ist mir ein fangfrischer Zackenbarsch aus diesem wunderschönen Meer in Sizilien viel lieber. Katzenblut ...«

Aber Loveday war tot, und seine Frau hatte bei der italienischen Polizei Anzeige erstattet. In einer Villa mit dem Namen Thelema, hatte sie erzählt, lebte eine Gruppe seltsamer Engländer, die Drogen nahmen und Tier- und Menschenopfer zur Anbetung des Teufels darbrachten.

»Der Teufel«, hatte der Meister gesagt. »Glaubst du so etwas? Ich weiß nicht recht. Aufsehen erregen, Widersprüchliches tun, Verunsicherung schaffen ... *Tu, was dir gefällt*, lautet das Gesetz. Meine Rituale der sexuellen Magie, deine Untersuchungen über die befreiende Macht der Musik, der Gott Pan, die freie Natur,

Dionysos, Luzifer, der Lichtträger, Prometheus, der das Feuer entwendet, Giosuè Carducci und Marsilio Ficino ...«

Loveday war tot, und während der Meister mit erhobenen Armen redete und redete und schon fragte, wo seine Tunika sei, klopfte die Polizei an die Haustür. Auch ein Beamter von Scotland Yard war dabei. Lovedays Ehefrau hatte ihn rufen lassen: Er sollte herausfinden, auf welche Weise ihr Mann umgebracht worden war.

»Einen Mord begehen«, hatte der Meister gesagt. »Kommt dir eine unwürdigere Handlung für einen so schönen Ort wie diesen in den Sinn? Man glaubt in Pompeji zu sein. Es ist jammerschade, daß wir hier nicht bleiben dürfen. Denn du wirst sehen, auch von hier werden sie uns vertreiben. Mach, daß du fortkommst, Junge, du bist Italiener und könntest Ärger bekommen. Nimm deine Frau und hau ab. Schau dich um nach einem passenderen Ort für eine Gruppe Verrückter wie uns. Wenn du ihn gefunden hast, laß von dir hören. Schick mir ein Telegramm. Schreib ein einziges Wort: *Torna! Kehr zurück*, und wir werden wieder zusammensein.«

Damals hatte er den Meister zum letztenmal gesehen, bevor die Polizei in die Villa eingedrungen war: »Mr. Crowley, where are you?« Und genau daran dachte der Engländer, als er nackt in Richtung Klippen floh und der Kommissar und Mazzarino ihn verfolgten. Die Schreie seiner Frau waren plötzlich irgendwo im Wald verstummt, und nur noch das gefährliche Knurren der Jagdhunde war zu hören. Aus diesem Grund brachte der Engländer es nicht fertig zu schreien, er wimmerte nur noch und sah nicht, was hinter dem fahlen Schleier war, der seine Augen trübte. Er hatte damit gerechnet, daß der Kommissar von der Pistole Gebrauch machen würde, die er in der Hand hielt, aber nichts. Er brüllte nur: »Santana, um Himmels willen!« und war ihm nachgelaufen. Er erwartete, daß Mazzarino es tun würde, aber auch der schien keine Absicht zu haben, ihn zu stellen; nicht einmal das Stampfen seiner Stiefel war noch auf dem Pfad zu den Felsen zu hören, während der Kommissar wieder schrie: »Santana! Santana, um Himmels willen!«

Der Engländer sprang, und der Schwung vom Laufen zog ihn in den Abgrund. Während er wie ein nackter Vogel mit dem Kopf voran auf die Felsen zustürzte, die im Mondlicht vom Schaum der Wellen überflutet wurden, erinnerte er sich an die letzten Worte des Meisters, bevor sie die Villa verließen: »Gehen wir weg, Bruder«, hatte er gesagt. »Der Teufel hier ist mächtiger als der unsere.«

Der fünfte Tag

40

»Wollen wir die nicht hierlassen?«

»Nein.«

Hana verbarg die *Ludovico*-Platte hinter dem Rücken und machte einen Schritt weg vom Kommissar. Der hob die Hände, wie um sich zu ergeben. »Ist ja gut, ist ja gut. Du kannst sie behalten. Ich dachte, wir sollten sie hier auf der Insel lassen, zum Andenken.«

Hana preßte nachdenklich die Lippen zusammen. Der Kommissar mußte einfach zu ihr gehen und sie in die Arme schließen. Vor Überraschung über seine Geste kam ein ängstliches Wimmern über ihre Lippen.

»Nimm mit, was du willst«, sagte er und küßte sie aufs Haar. »Meinetwegen den gesamten Haushalt. Um unser Gepäck kümmert sich sowieso die Miliz.«

Die Koffer waren längst gepackt, auch ein Schrankkoffer, den der Kommissar aus dem Schlafzimmer zu schieben versuchte. Einige Meter von der Tür entfernt ließ er ihn aber stehen. Valenza saß darauf und hatte die Ellenbogen auf die Knie und das Kinn in die Hände gestützt wie in der Schule.

»Es tut mir leid, Euch in den Klauen von Mazzarino zurückzulassen«, sagte der Kommissar, »aber früher oder später wird es auch für Euch ein Ende haben. Ich habe für Euch ein gutes Wort eingelegt. Der Manipelanführer ist mir noch einen Gefallen schuldig.«

Valenza zuckte mit den Schultern. Er hatte gesehen, um was für einen Gefallen es sich handelte. Es war der Rapport, der in der Tasche des Kommissars steckte. Darin stand, daß Zecchino und der Leiter des Postamts das Treiben der Sekte aufgedeckt hatten und vom Engländer und seiner Frau ermordet worden waren, die wiederum auf dem Fluchtversuch ums Leben gekommen waren. Der Gefallen bestand darin, daß die Miliz mitsamt Miranda darin unerwähnt bleiben sollten; die Meldung über dessen Ermordung sollte Mazzarino in der Form weitergeben, die ihm angebracht erschien. Hauptsache, er gab sie tatsächlich weiter. Das eine war Zuständigkeit der Quästur, das andere Zuständigkeit der Miliz. Falls er es nicht tat, würde der diensteifrige Kommissar die Angelegenheit persönlich in die Hand nehmen, sobald er auf dem Festland wäre. Über die minderjährige Analphabetin Martina sollte jedoch kein einziges Wort verloren werden, so als hätte sie nie existiert.

Der Kommissar hatte darauf bestanden, daß der Rapport von zwei Ärzten gegengezeichnet werde, vom Inselarzt und von Valenza. Er war der Meinung, daß dies Valenza einen Vorteil einbringen könnte, wenn er auch nicht genau wußte, welchen.

Valenza unterschrieb, ohne länger nachzudenken, und hatte für den Rapport einen Blick übrig wie gewöhnlich für die Tageszeitungen. Nur den Kommissar sah er eindringlicher an, und der winzige Ansatz eines Lächelns spielte auf seinen Lippen. Es war ein häßliches Lächeln.

»Nun denn«, murmelte der Kommissar, »es ist ja nicht allzuweit von der Wahrheit entfernt, oder? Und dann an diesem Punkt …«

»Gehen wir«, sagte Hana und machte sich auf den Weg Richtung Haustür.

»Warte ... Du bist noch nicht angezogen. Willst du so, wie du bist, aufs Dampfboot gehen? Im Morgenrock?«

»Nein.«

Er hatte Martina aufgetragen, Hanas Kleider auf dem Bett bereitzulegen, und achtete darauf, daß das Mädchen sie mit ihren schwarzen Fingern nicht schmutzig machte: Auf der Bettdecke lagen genau derselbe Unterrock und dieselbe Bluse, die Hana bei ihrer Ankunft auf der Insel getragen hatte, auch der Hut, den sie sich im Gegenwind auf den Kopf preßte, jedesmal, wenn er an sie beide auf dem Dampfschiff dachte. Beim Anblick der Kleidungsstücke seiner Frau hatte er es plötzlich wahnsinnig eilig, sie darin zu sehen. Er lächelte, denn ihm wurde bewußt, daß er wegen der bevorstehenden Reise viel aufgeregter war als sie, die eher verschreckt wirkte. Natürlich, sagte er sich, ich bin immer so zurückhaltend und vorsichtig gewesen. Jetzt wird sie Angst haben, daß ihr alles in den Fingern zerrinnt, wie ein kleines Mädchen, das ein viel zu zerbrechliches Spielzeug geschenkt bekommen hat.

Und er? Warum hatte er denn solche Eile? Warum wollte er von der Insel weg wie alle anderen, wollte befördert werden und an einem passenden Ort Karriere machen, bis er schließlich die Stelle in dem leeren Bilderrahmen an der Wand einnahm, der für ihn bestimmt war. Doch das war nicht die Art von Eile, die er verspürte. Es schien die Eile einer Flucht zu sein. Er floh vor etwas.

Der Milizsoldat mit dem schiefen Mund stand auf der Schwelle und warf Hana, die noch im Morgenrock war, einen Blick zu, der dem Kommissar ganz und gar nicht gefiel.

»Der Chef hat zwei Kameraden geschickt, die Euch

helfen sollen, den Schrankkoffer auf das Zubringerboot zu verfrachten. Und er hat mir gesagt, daß ich mir diese Notizbücher des Telegraphen aushändigen lassen soll. Für den Fall, daß Ihr das vergessen würdet.«

»Nein, das vergesse ich nicht«, sagte der Kommissar. »Wir gehen jetzt und holen sie.«

Unhöflich schob er den Milizsoldaten aus dem Raum und drehte sich um, denn Hana hatte ihn am Hemdsärmel gezogen.

»Was gibt es?«

»Ich will nicht, daß du weggehst.«

»Und warum? Wir haben noch ausreichend Zeit. Das Gepäck muß erst aufs Zubringerboot geschafft werden, wir müssen warten, daß der Dampfer kommt. Und du mußt dich ja noch anziehen. Willst du das vor all den Leuten tun, vor den Augen des Doktor Valenza?«

»Ja.«

»Sei nicht albern. Zieh dich an und warte hier auf mich. Ich gehe auf einen Sprung im Kommissariat vorbei und bin gleich wieder zurück.«

»Ich komme auch mit. Ich habe meinen Sonnenschirm in deinem Büro vergessen, vor langer Zeit.«

Der Kommissar seufzte. Er erinnerte sich an den kleinen Schirm, den er gut sichtbar neben dem Karteischrank aufbewahrt hatte, bis sein Anblick ihn allmählich zu schmerzen begann. So hatte er ihn zusammen mit den Sammelmappen weggeschlossen.

»Du kannst nicht im Morgenrock aus dem Haus gehen, und ich habe keine Lust zu warten, bis du dich hergerichtet hast. Ich nehme Martina mit, gebe ihr den Schirm und lasse ihn dir bringen. Danach, ich schwöre es dir, Hana, ich verspreche es dir hoch und heilig, komme ich nach Hause, und wir verlassen diese verdammte Insel.«

Bleich und verhärmt stand sie da und sah ihn aus verschreckten Augen an, die nackten schmalen Fesseln ragten aus den Pantoffeln, und die Schultern waren gekrümmt. Der Kommissar erinnerte sich, wie anders sie früher gewesen war. Er dachte an ihre Verlobungszeit, als sie einmal einen Kunstband durchblätterte und er plötzlich ihre Hand festhielt, um sie auf die Abbildung eines Gemäldes hinzuweisen. Dort waren präraffaelitische Nymphen, bis zum Oberkörper in einem Wasserspiegel eingetaucht. Ihre Haut war weiß, nicht bleich, und ihre Haare waren rot wie Hanas Haare, sie waren jung und verkörperten eine elegante Sinnlichkeit. Damals war sie errötet und hatte ausgerufen: »Herr Leutnant! Aber was geht Euch nur im Kopf herum? Diese Mädchen sind ja nackt!« Und dann hatte sie gelächelt, und sie hatten sich zum erstenmal geküßt.

Als hätte Hana in seinen Gedanken gelesen, wurde sie rot, zog die Wangenknochen mit den Sommersprossen hoch, und ein intensiver grüner Reflex blitzte hinter ihren Wimpern auf. Sie lächelte. Und als die dünne Falte in ihrem Mundwinkel erschien, dachte der Kommissar, daß Valenza, die Cayenne und Mazzarino, sein Vater, der Staatssinn, die Frau des Engländers, der Engländer, die Toten und die Lebenden ihm völlig gleichgültig waren. Sein einziger Wunsch war, Hana von hier wegzubringen, damit sie wieder gesund und die von früher sein würde – eine präraffaelitische Nymphe mit rotem Haar, kräftig und nackt in einem Wasserspiegel.

»Beeile dich mit dem Anziehen«, sagte er zu ihr. »Die *Littorio* wartet auf uns.«

41

Die Luft vor dem Kommissariat war schwer und drükkend wie selten zuvor.

»Jetzt, da ich weggehe«, sagte der Kommissar und hielt auf den drei Treppenstufen inne, die in das kleine Herrschaftshaus führten, »bläst dieser verfluchte Wind nicht mehr. Es sieht schon seltsam aus … Als würde sich überhaupt nichts mehr bewegen.«

Die Straße war menschenleer, nicht einmal ein Hund oder eine Staubflocke auf dem Pflaster waren zu sehen. Auch die Piazza war wie ausgestorben, und nicht eine einzige Möwe stand am Himmel und flog gegen den Wind an.

»Macht es Euch etwas aus, wenn ich kurz mit hochkomme?« fragte Valenza. »Ich habe da so eine Ahnung, daß es für mich kein Zuckerlecken sein wird, wenn ich zur Cayenne zurückkehre, und das will ich möglichst lange hinauszögern.«

Der Kommissar betrat das Gebäude und wies dem Milizsoldaten mit dem schiefen Gesicht eine Sitzbank zu. Es wäre schneller gegangen, wenn er ihn hätte eintreten lassen und ihm sofort die verlangten Notizbücher übergeben hätte. Aber es hatte ihn geärgert, daß der Kerl auf dem ganzen Weg von hinten unter Martinas Rock gegriffen hatte. Auch Martina war ihm jetzt egal, aber er wollte nicht, daß sich die Sache in seinem

Büro wiederholte – nicht solange er noch Kommissar war.

Als er drinnen war, schloß er die Tür und suchte sofort im Aktenschrank nach Hanas Sonnenschirm. Beim Herumkramen spürte er Valenzas stechenden Blick in seinem Rücken. Es mußte der Blick von Valenza sein, dachte er, denn der bohrte richtig und glitt nicht zerstreut ab wie der von Martina.

»Es scheint nicht so weit von der Wahrheit entfernt, oder?« sagte er erneut, ohne sich umzudrehen. »Und dann an diesem Punkt …«

»An diesem Punkt sind mehr oder weniger alle tot, auf die eine oder andere Art und Weise …«

»Ich war persönlich dabei, und dennoch war es unmöglich, noch etwas für den Engländer zu tun. Was seine Frau angeht …« Der Kommissar schüttelte heftig den Kopf, um jeden Gedanken an sie zu verscheuchen.

»Die Miliz behauptet, es handle sich um einen Unfall, und ich habe keinen Grund zu der Annahme, daß dem nicht so sei.«

Mit dem Schirm in der Hand drehte er sich um und richtete ihn auf Valenza. »Ich heiße deren Methoden nicht für gut, aber ich kann nichts dagegen tun.«

»So denken viele, auch auf dem Festland.«

»Ich denke nicht, Valenza. Ich bin Polizist, und basta.«

Wieso war ihm sein Vater eingefallen? Warum hatte er sich an den engen Griff um sein Handgelenk erinnert, als er zum letztenmal am väterlichen Bett war? Wieder schüttelte er den Kopf und warf Martina den Schirm zu, die nicht aufgepaßt hatte und ihn fallen ließ.

»Dieser Fötus stammte von der Abtreibung bei der Apothekertochter«, sagte der Kommissar. »Das weiß ich auch. Aber es könnte möglich sein, daß sie ihn für ihre Rituale ausgegraben haben. Die Miliz hat ihn zusammen mit dem Dolch, der Tatwaffe für die anderen Morde, im Tempel gefunden ...«

»Und wir haben keinen Grund, der Miliz nicht zu glauben.«

»Genau.«

Der Kommissar setzte sich an den Schreibtisch, zog eine Schublade auf und suchte nach den Notizheften. Auch hier in der Amtsstube spürte man, daß kein Wind wehte. Gewöhnlich drückte der Wind sanft gegen die Scheiben, manchmal ganz schwach, aber immerhin war er da, hielt einen Teil des Gehirns besetzt, als blase er in die Gedanken hinein. Jetzt hingegen – nichts. Auch das Wasser des Brunnens auf der Piazza war unbewegt. Die Glockenturmuhr spiegelte sich klar und deutlich darin und schien stillzustehen.

Wieso muß ich ständig an meinen Vater denken, fragte sich der Kommissar.

»Miranda ... den könnte der Engländer umgebracht haben, oder nicht? Er war zwar kleiner, aber bei diesen Riten werden gewöhnlich Drogen genommen, und Drogen lassen oft die Körperkräfte anwachsen.«

»Die Absätze.«

»Also dann ist es seine Frau gewesen. Oder er war verkleidet.«

»Es waren orgiastische Feiern. Dabei waren alle nackt, das habt Ihr mir selbst gesagt.«

Der Kommissar knallte die Notizhefte, die er schließlich in einer anderen Schublade gefunden hatte, auf die Schreibtischplatte. Bei dem heftigen Geräusch verstummte Valenza. Der Kommissar legte die Hefte fein säuberlich eins neben das andere, auch er sagte nichts. Er hätte den Milizsoldaten rufen und sie ihm geben können. Er hätte Martina mit dem Sonnenschirm nach

Hause schicken können, besser noch, er hätte den Schirm nehmen und ihn Hana selbst bringen können, und zwar schleunigst.

Martina.

Martina stand vor ihm, der Schirm lag auf dem Boden.

»Sage ich das, oder sagt Ihr das?« murmelte Valenza.

Wieso kommt mir mein Vater in den Sinn. Warum beginnt der Wind nicht wieder zu blasen. Wieso mache ich mich mit dem Schirm nicht auf den Weg zu Hana.

»Sage ich das, oder sagt Ihr das?« wiederholte Valenza.

Martina sah ihn zerstreut an. Sie hatte einen Fuß auf den Schirm gesetzt und ließ ihn nun hin und her rollen. Die metallenen Speichen knirschten unterm Stoff.

»Sage ich das, oder sagt Ihr das?«

Warum mache ich mich jetzt nicht auf den Weg. Sperre alles zu und mache mich aus dem Staub, jetzt, auf der Stelle.

»Ich sage das, Exzellenz.« Und er skandierte jedes Wort. »Und wenn wir Martina dazu befragen würden? Sie war immer dabei, bei diesen Riten.«

Der Kommissar atmete tief ein. Er stützte den Ellenbogen auf den Schreibtisch, legte die Stirn in die offene Hand und atmete schwer. Er schloß auch die Augen. »Nimm einen Stuhl, Martina, und setz dich«, forderte er sie auf. »Ich muß dir ein paar Fragen stellen.«

Er hielt die Augen geschlossen. Er hörte, wie Valenza sich auf den Schreibtisch setzte. Und obwohl das feuchte Geräusch zerplatzenden Speichelschaums in den Mundwinkeln nicht zu hören war, wußte er, daß Valenza lächelte. Martina mußte sich genähert haben, denn ein Stuhl wurde über den Fußboden gezogen, Holz quietschte, und ihre nackte Haut patschte auf den

Sitz. Er hörte auch ein zweimaliges trockenes Aufprallen und stellte sich vor, daß sie die Fersen auf den Stuhlrand gestellt hatte.

»Sag mir, hast du je gesehen, daß der Engländer oder seine Frau Schuhe mit hohen Absätzen getragen haben?«

»Nein«, erwiderte Martina.

»Ist gut, sag mir noch eins, hast du je gesehen, daß der Engländer oder seine Frau seltsame Sachen mit Tieren oder toten ungeborenen Kindern gemacht haben?«

»Nein«, sagte Martina wieder.

»Also dann, hör zu. Hast du den Engländer oder seine Frau gesehen, wie sie das Schwarzhemd Miranda getötet haben?«

»Nein.«

»Das bedeutet nichts, Exzellenz. Fragt sie danach. Macht Ihr es, oder muß ich es machen?«

»Es reicht mit den Wortspielen, Valenza!«

Der Kommissar schlug die Augen auf, und das erste, was er sah, war der strohblonde Schatten zwischen Martinas hochgezogenen Beinen. Aber er war viel zu nachdenklich, um sich damit zu beschäftigen. Er holte erst Luft, bevor er fragte: »Warst du immer bei den Festen des Engländers dabei?«

»Ja«, war Martinas Antwort.

»Und hast du jemals das Schwarzhemd Miranda bei den Festen des Engländers gesehen?«

Martina lächelte und senkte achselzuckend den Kopf. »Nein, Exzellenz. Nie.«

»Ist gut so«, sagte der Kommissar. »Nimm den Schirm und bringe ihn der Signora. Erzähle ihr aber nichts von dem, worüber wir gerade gesprochen haben. Und steh schon auf, ich kann es gar nicht mit ansehen, wie du dasitzt! Du siehst aus wie eine Fledermaus.«

Martina lächelte noch immer. Sie zog die Schultern zwischen ihren Beinen in die Höhe, löste die Knie, die ihr wie Flügelspitzen über den Kopf ragten, hob den Schirm auf, und mit den Worten: »Zu Diensten, Exzellenz«, verließ sie das Büro und rannte davon.

42

Der Wind kam nicht wieder. Die Luft regte sich nicht, und auch die Sonne schien ihr Licht auf den Dingen niedergelegt und dort vergessen zu haben. Die Straßen waren leer, und die Piazza war noch immer wie ausgestorben. Das Wasser des Brunnens war derart unbewegt, daß es wie Blei aussah. Etwas in der Tiefe mußte es getrübt haben, denn es spiegelte nichts mehr wider, und die Uhr des Glockenturms war verschwunden.

Valenza hatte sich auf Martinas Platz gesetzt und sah dem Kommissar zu, wie er die Notizhefte, in die der Postmeister die Telegramme übertragen hatte, nebeneinanderlegte. Er schob die Seitenkanten aneinander und zog mit der Spitze des Zeigefingers den oberen Rand nach, damit sie eine perfekte Linie bildeten.

Der Kommissar fragte sich nicht mehr, warum er an seinen sterbenden Vater denken mußte. Er verfluchte ihn jetzt ganz einfach, ihn und seinen Staatssinn.

»Warum haltet Ihr es nicht wie alle anderen?« fragte Valenza. »Verkauft Eure Seele, was macht Euch das schon aus? Das tun doch alle.«

»Ausgerechnet Ihr sagt das.«

»Ja, ausgerechnet ich. Wißt Ihr, was heute in der Zeitung steht?«

Der Kommissar schüttelte den Kopf. Er klopfte mit

der Fingerspitze auf den unteren Rand eines der Notizhefte, um es ein ganz klein wenig nach oben rutschen zu lassen. Ein winziges Stück. Doch das war bereits zuviel.

»Heute stand nichts in der Zeitung«, sagte Valenza. »Nichts. Die Sorgen der Angestellten wegen der steigenden Lebensmittelpreise, die Reklame der Pomade *Cadum* gegen Pickel, eine Rezension des Dramas von Cleide Fratta *Die Stimme des Meeres*, habt Ihr das gesehen?«

»Nein«, antwortete der Kommissar, unsinnigerweise.

»Ich auch nicht. Was bedeutet schon ein Ermordeter mehr oder weniger, selbst wenn es ein Abgeordneter der Opposition ist? Ihr habt einen Schuldigen, und auch der ist tot. Schlimmer als so wie jetzt konnte es für ihn nicht ausgehen. Und obendrein war er ein pervertierter Halbengländer. Verkauft Eure Seele, Exzellenz …«

Um das Telegrammheft heruntergleiten zu lassen, nahm er jetzt den Daumen, wie wenn man mit Murmeln zielt. Aber langsam, ganz vorsichtig. Doch es war bereits zuviel.

»Wenn es nicht die Engländer waren, wer war es dann?« fragte der Kommissar. »Und vor allem, aus welchem Grund?«

Endlich waren die Einbände wieder perfekt auf einer Linie. Sie bildeten eine einzige grobkörnige, schwarze Oberfläche. Die roten Gummibänder, die senkrecht darüberliefen, waren ganz gerade und identisch, begannen am selben Punkt und endeten am selben Punkt. Nein, das stimmte nicht, der eine war einen Millimeter kürzer als der andere, den Bruchteil eines Millimeters. Zuviel.

»Wißt Ihr, was ich mache, Exzellenz? Sobald Mazzarino es mir erlaubt, schreibe ich nach Hause und sage meiner Mutter, daß sie beim Duce ein Gnadengesuch für mich einreichen soll. Nein, besser noch, Ihr tut mir diesen Gefallen. Sobald Ihr auf dem Festland seid, sucht sie auf und übergebt ihr diese Nachricht.«

Warum ist dieses Band kürzer? dachte der Kommissar. Nein, es ist nicht kürzer, es scheint nur kürzer zu sein, weil es höher aufliegt. Warum aber liegt es höher auf?

Der Kommissar legte die Spitze des Zeigefingers auf die Linie, die zuvor das erste mit dem zweiten Notizheft gebildet hatte, und fühlte, daß sie tatsächlich nicht gleich waren. Natürlich, ja, das eine war ein Rücken und das andere ein Rand. So verkehrte er eines der Notizbücher und fügte sie Rand an Rand zusammen. Sie waren nicht gleich dick.

»Was gibt es?« fragte Valenza und rückte mit dem Stuhl näher. Der Kommissar hob die Schultern. Er nahm ein Telegrammheft, streifte das Gummiband ab und öffnete es auf der ersten Seite. Dasselbe tat er auch mit dem zweiten und legte sie aufgeschlagen nebeneinander auf den Schreibtisch.

»Was gibt es?« wiederholte Valenza.

Nichts Auffälliges. Die zwei ersten Seiten waren gleich. Diese veraltete, farblose, schräg verlaufende Handschrift, mit einem harten Bleistift aufs karierte Papier gekratzt. Es war die Schrift des Postmeisters.

Die erste Seite des einen und die erste Seite des anderen. *Von Manipelanführer Mazzarino an das Generalkommando der Miliz. Besitz ergriffen von der Strafkolonie verfolge erhabene Ideale der faschistischen Justiz. Saluto al Duce!*

Auf der dritten Seite des einen wie des anderen Hefts. *Vom Personalbüro an den Kommissar. Mit heutigem Tag ist die Frist zu Eurer Pensionierung abgelaufen. Glückwünsche.*

Auf derselben Seite. *Vom Generalsekretariat an den*

Ortssekretär der Faschistischen Partei. Wir erwarten Euch. Neue Aufgabe ist bereit. Saluto al Duce!

Und noch weiter, vierte Seite. *Vom Kommissar an die Generaldirektion. Örtliches Sekretariat in Besitz genommen …*

Das war sein Telegramm, er hatte es am Tag seiner Ankunft auf der Insel abgeschickt und brauchte es nicht mehr zu lesen, er erinnerte sich sehr gut daran.

Doch Moment mal.

Auch im anderen Heft war die Abschrift des Telegramms, in allem identisch, Wort für Wort. Die gleichen Bögen, die die A mit den R verbanden, die gleichen Querstriche, die die T durchschnitten. Nur daß der Text nicht auf der vierten, sondern auf der fünften Seite stand.

»Was gibt es?« fragte Valenza noch einmal.

Der Kommissar blätterte zurück, langsam, als könnten sich die Seiten zwischen seinen Fingern auflösen. Er dachte, daß dies das Notizheft war, das der Brigadiere in den Taschen des Postmeisters nach dessen Ermordung gefunden hatte. Er erkannte es am Schatten des Eselsohrs an einer Ecke. Er nahm die Hefte, schloß sie und hielt sie fest zwischen den Fingern, das eine in der einen, das zweite in der anderen Hand.

Ja, das Heft, das beim Postmeister gefunden worden war, hatte mehr Seiten als das andere.

So öffnete er jenes wieder, befeuchtete die Fingerspitze, und eilig blätternd kam er zur vierten Seite.

»Also, was gibt es?«

Vom Generalkommando der Miliz an Manipelanführer Mazzarino. Das Ministerium beabsichtigt, die Strafkolonie zu schließen, die zu kostenträchtig und zwecklos geworden ist. Überwachungsaufgabe vor Ort zur Unterstützung der Quästur ist beendet. Schwarzhemden und Gefangene an Bord schaffen und sofortige Rückkehr antreten.

Der Kommissar blinzelte und fuhr sich mit der Zunge über die trockenen Lippen. Er näherte sich dem Notizheft, indem er den Kopf zum Schreibtisch neigte, beinahe als hätte er Angst, es in die Hand zu nehmen.

Vom Generalkommando der Miliz an Manipelanführer Mazzarino. Das Ministerium beabsichtigt, die Strafkolonie zu schließen, die zu kostenträchtig und zwecklos geworden ist. Überwachungsaufgabe vor Ort zur Unterstützung der Quästur ist beendet. Schwarzhemden und Gefangene an Bord schaffen und sofortige Rückkehr antreten. Las er noch einmal.

Die Strafkolonie schließen. Die Insel mit allen Verbannten und den Schwarzhemden verlassen. Im Notizheft, in dem offiziell die Telegramme registriert wurden und das der Postmeister ihm immer gezeigt hatte, fehlte dieses Telegramm.

Der Kommissar blätterte unter dem Blick Valenzas, der aufgestanden war und den Kopf verdrehte, um nicht von der verkehrten Seite zu lesen. Wütend blätterte der Kommissar weiter, verbog die Ecken und riskierte, die dünnen Blätter zu zerreißen.

Sechste Seite. *Von Manipelanführer Mazzarino an das Generalkommando der Miliz. Befehl erhalten. Gehorche. Saluto al Duce!*

»Teufel noch mal«, brummte Valenza. Der Kommissar hob eine Hand, als könnte das Geräusch ihn daran hindern, die geschriebenen Worte aus dem Notizheft zu hören.

Siebte Seite. *Von Manipelanführer Mazzarino an das Generalkommando der Miliz. Strafkolonie verlassen. Schwarzhemden und Verbannte an Bord. Wir legen sofort ab. Saluto al Duce!*

»Ich begreife nicht, Exzellenz, ich kann einfach nicht verstehen ...«

Achte Seite. *Vom Kommissar an die zuständigen Dienststellen.* Das hatte er nicht geschrieben, dessen war er sich sicher. Dieses Telegramm stammte nicht von ihm.

Achte Seite. *Vom Kommissar an die zuständigen Dienststellen. Bitte den Untergang des Motorboots Littorio zur Kenntnis nehmen, Manipelanführer Mazzarino, Schwarzhemden und Gefangene alle ertrunken. Ich wiederhole: alle ertrunken.*

Der Kommissar hob die Hände und preßte sie gegen die Wangen.

Valenza starrte ihn mit weitaufgerissenen Augen an. »Exzellenz«, sagte er leise. »Exzellenz! Dieser wahnsinnige Mazzarino! Wir leben alle auf einer Insel, die es seit fast zwei Jahren gar nicht mehr gibt!«

43

Hier gilt nicht das, was für andere Orte gilt, hatte Miranda ihm gesagt.

Hier auf diesem gottverlassenen Felsen mitten in einem Meer, das nirgendwo endet, vergeht die Zeit auf besondere Weise. Sie steht still und kehrt auch wieder zurück, wenn sie will. Auf dieser verlorenen Insel, die nicht einmal einen Namen hat, ist das Klima anders, und je nachdem, welcher Wind bläst, kann es Sommer und Winter sein. Der Mond ist seltsam, er versteckt sich hinter den Wolken, und du siehst ihn nicht einmal, wenn er voll ist. Der Nebel hier ist nicht weiß, sondern schwarz. Der Schaum der Wellen ist schwarz. Auch die Sonne ist schwarz. Und die Möwen fliegen hier zur Nachtzeit.

Das hatte Miranda nicht gesagt, er hatte nur gesagt: »Hier gilt nicht das, was für andere Orte gilt«, aber Mazzarino hatte begriffen.

Genau so gefiel ihm diese Insel. Ein kleines Loch inmitten des Meeres, klein und eng, aber so tief, daß es alles, was hineinfiel, schluckte, gefangenhielt und nie mehr wieder freigab. Daran dachte er manchmal, wenn er sich unter dem Bogen auf dem Felsen befand. Er dachte, daß das Meer sich früher oder später die Insel einverleiben würde. Und es würde die Strände bedecken und auf die Felsen klettern. Sobald das Meer in der Mitte der Insel angelangt war, würde es, anstatt die Insel unter sich zu begraben, in sie hineinstürzen und alles mit sich reißen, die Grenzen der Welt aufbrechen, bis die Insel allein im leeren Raum schweben würde. Bei dieser Vorstellung bekam er Herzklopfen, sein Atem ging rasselnd und schnell zwischen den halbgeschlossenen Zähnen.

Als das Telegramm eingetroffen war, in dem der Befehl stand, alles zu schließen und aufs Festland zurückzukehren, meinte er sterben zu müssen. Nicht einen Augenblick hatte er an den übergeordneten Gründen der faschistischen Ökonomie gezweifelt, die die Schließung der Cayenne geboten. Nur, er wollte sie nicht akzeptieren. Er konnte nicht. Von all den Menschen, die auf der Insel lebten, war er der einzige, der sie nie verlassen wollte. Und ausgerechnet ihn mußte dieses Telegramm treffen.

Auf dem Friedhof, wo er sich auf dem Steingeländer den makabren Tanz angesehen hatte, dachte er, daß er es genau wie der Tod machen könnte, der da unter ihm gezeichnet war: Daß er alles vernichten könnte – Strafkolonie, Faschisten, Verbannte, die *Littorio* und sich selbst. Verschwinden, in das schwarze Loch der Insel stürzen. Und da drinnen weiterleben wie die Geister in einer anderen Dimension, vergessen vom Generalkommando der Miliz, von Rom und vom Rest der Welt.

Zu allem war er bereit, um sich seine Insel zu erhalten, und das bedeutete, alle die umzubringen, die es bis zur Abreise schafften. Sie alle fuhr er mit dem Zubringerboot *Littorio* weit hinaus aufs Meer, wo sie spurlos verschwanden. So konnten sie nirgendwo erzählen, sie hätten seine Gespensterkolonie gesehen. Er mußte auch alle die töten, die ihn verraten konnten, wie Zecchino, der über alles Bescheid wußte, den Postmeister, der seine Telegramme verschickte, den Federale, der ihn von Anfang an gedeckt hatte. Und er wollte auch die anderen umbringen, wenn nötig alle miteinander, alle Einwohner der Insel, den Kommissar, die Fischer, die Verbannten, seine Schwarzhemden. Dann wollte er allein auf diesem Felsbrocken inmitten des Meeres zurückbleiben, unter dem Bogen jenes Felsens sitzen und auf die letzten Möwen schießen.

Zwei Jahre lang war ihm das gelungen. Dann hatte der Teufel ihm ein Bein gestellt.

44

Plötzlich geriet alles wieder in Bewegung, schneller sogar als zuvor: Auf der Piazza waren Leute, die sich wegen des Windes den Hut auf dem Kopf festhielten, Hunde, deren Schnauzen vom Pflasterstaub gesträhnt waren, Möwen, die unbeweglich über dem Meer standen. Die Zeit am Glockenturm lief wieder flüssig auf dem Wasserspiegel, eilte rasch dahin.

Als erstes hatte der Kommissar den Milizen mit dem schiefen Gesicht verhaften lassen. Dann hatte er den Brigadiere nach Hause geschickt, damit er ein Auge auf seine Frau hatte und sie daran hinderte, das Haus zu verlassen. Mit dem Gewehr im Anschlag sollte er vor seiner Tür Wache halten und auf jeden schießen, der sich näherte. Auf ihn natürlich nicht.

Danach hatte er die Schublade des Schreibtischs aufgezogen, Pistole und Dienstpfeife genommen und sich von einem Zubringerboot zum Militärdampfer bringen lassen. Dort hatte er, im Namen des Königs, die Offiziere und alle Matrosen der Besatzung unter sein Kommando verpflichtet.

Als er gepfiffen hatte und die bewaffneten Matrosen in die Cayenne eingedrungen waren, hatte sich Mazzarinos Manipel wie Schnee unter der Sonne aufgelöst. Die Milizsoldaten hatten sich in dem schwarzen Gebäude eingeschlossen, aber sie hatten nicht einmal ihre

Musketen mitgenommen. Als der Kommandant des Dampfschiffs eine Maschinenkanone vor dem Tor hatte aufstellen lassen und der Kommissar den Schießbefehl gab, hatten sie sich sofort ergeben. Mann an Mann gedrängt, um sich gegen die zu erwartenden Schläge zu schützen, waren sie mit erhobenen Armen herausgekommen. Und wieder schienen sie ein einziger Leib mit vielen Köpfen zu sein. Den Blick scheu nach unten gerichtet, mit gebeugtem Rückgrat, wirkten sie weniger bedrohlich als in jener Nacht.

Nur Mazzarino fehlte.

Es wird erzählt, daß eine Jagd auf ihn angesetzt wurde, wilder als eine Wolfshatz. In den drei Tagen, die sie brauchten, um ihn zu stellen, grasten der Kommissar und die Matrosen des Dampfboots die Insel Zentimeter für Zentimeter ab, folgten seinen Spuren und machten nur halt, um die Toten einzusammeln. In den kommenden Jahren erhöhte sich jedesmal, wenn die Geschichte von den drei Tagen erzählt wurde, die Anzahl der Toten, stieg auf fünfzig, achtzig, hundert. In Wahrheit waren es vier.

Es wird erzählt, daß Mazzarino mit einem Dolch, einer Handgranate und der Muskete, mit der er immer auf die Möwen geschossen hatte, aus der Cayenne floh. Er kletterte über die Mauer, als er die Matrosen eindringen sah, und rannte zu den Felsen. Dort auf der Steigung, die zur Kirche führte, tötete er den ersten, einen Unteroffizier, spaltete ihm mit einem präzisen Schuß aus der Muskete den Schädel. Von da an wollten die Matrosen ihn nur noch aus der Entfernung verfolgen, obwohl der Kommissar befahl, aus der Nähe auf ihn Jagd zu machen und ihn schnellstens zu fassen. Auf seiner blindwütigen Flucht ins Innere der Insel zerstörte und massakrierte Mazzarino alles, was ihm unter die Augen kam.

Es wird erzählt, daß die Matrosen nach jeder Meile die Spuren seiner Flucht vorfanden. Da war sein zerfetztes schwarzes Hemd, das er sich vom Leib gerissen haben mußte. Die Reste seines Gewehrs, das er auf den Felsen zertrümmert hatte, nachdem die letzte Munition verschossen war, um die Matrosen hinter dem Rand des Pfades auf Entfernung zu halten. Die Handgranate, die er als Falle hinter einem Grabstein auf dem Friedhof versteckte und die einen Unterbefehlshaber beide Arme gekostet hatte. Die Stiefel, die Hosen, die er sich von den Beinen gezerrt hatte, und ein Stück weiter auch die Unterhosen. Ein niedergebrannter Schafstall, der noch rauchte. Die Schafe lagen mit aufgeschlitzten Leibern im Gras, das vom getrockneten Blut hart geworden war, und einige röchelten noch im Todeskampf. Ein Junge, dem er mit einem Dolchstreich den Mund gespalten hatte.

»Wir müssen ihn kriegen«, und der Kommissar drohte dem Leutnant zur See und allen, falls sie sich zurückzögen, mit Verhaftung und Prozeß.

Es wird erzählt, daß sie ihn eines Nachts wie einen Wolf heulen hörten. Es war ein hysterisches, grauenhaftes Brüllen, und die Leute des Dorfs verrammelten ihre Häuser, gingen nicht zu Bett und blieben mit dem Gewehr in Reichweite am Feuer in der Stube sitzen. Die Zeit verstrich, und das Geheul wurde immer mehr zu einem Schrei, einem heiseren Jammern, das sich zu einem verzweifelten Krächzen langzog und manchmal wie ein Schluchzer abbrach. Wenn die Matrosen diesen Schrei hörten, stürzten sie sich mit den Musketen im Anschlag in die Dunkelheit, teilten den schwarzen Nebel mit den Bajonetten, denn sie brachten es nicht fertig, ruhig um das Feuer der Nachtlager sitzen zu bleiben. Und so fanden sie im Morgenlicht wieder einen Toten, seine Zunge war zerschnitten, sein ganzer Körper war in einer derartigen Mordraserei verstümmelt und zerstückelt worden, daß die Schneide des Dolchs zerbrochen war.

Es wird erzählt, daß sie, als sie ihn am dritten Tag fingen, den gesamten Inselboden bis auf ein Stück, groß wie ein zerquetschter Halbmond vor dem Meer, abgegrast und mit ihren Stiefeln zertrampelt hatten.

Der Kommissar schließlich entdeckte ihn, wie er nackt und schmutzig und von Dornen zerstochen hinter ein umgekipptes Boot auf dem Strand rutschte. Und der Kommissar pfiff, deutete mit der Pistole in Mazzarinos Richtung und hätte auch auf ihn geschossen. Doch Mazzarino überraschte ihn mit einem derart wahnsinnigen Schrei, daß ihm das Blut in den Adern gefror und sein Arm wie gelähmt war. Er sah Mazzarino wie einen rasenden Eber mit geblähten Nasenflügeln und gebleckten Zähnen auf sich zustürzen. Dabei stieß er einen Eselsschrei, ein Wolfsgeheul, ein fürchterliches Brüllen aus, das zugleich ein langgezogenes Weinen war, das kein Ende mehr zu nehmen schien.

Es wird erzählt, daß Mazzarino den Kommissar mit bloßen Händen wie eine Taube in zwei Stücke gerissen hätte, wenn nicht die Matrosen alle vereint eingegriffen hätten. Auch so, wie er war, nackt, ohne Waffen und dicht umgeben von Gewehrkolben und Bajonettspitzen, gelang es ihm, seine Zähne in die Kehle eines Matrosen zu rammen und zuzubeißen, bis der verblutete, bevor sie ihn mit einem Schuß aus der Muskete in den Kopf erledigten.

Seit damals, auch viele Jahre nach den Ereignissen, die weit zurücklagen und doch keineswegs abgeschlossen waren, kam ihm jedesmal, wenn er das Meer und die Schaumkronen beobachtete, die an den Felsen zerbrachen, und die Wassertropfen an die Fensterscheibe klatschen hörte, gegen die er seine Stirn preßte ... unweigerlich, wo er auch war, die Nacht in den Sinn, in der er seinen Fuß auf die Insel gesetzt hatte.

Wo er auch war – im Dorf, auf dem Felsenriff, im Wald, in der Nähe des Friedhofs oder am entferntesten Platz, in der hintersten Ecke der Cayenne, die nun, nachdem man Valenza und die anderen in ihre Heimat zurückgeschickt hatte, verwaist und zwecklos geworden war –, überall pfiff ihm der Wind in den Ohren und trug, zusammen mit den rauhen Flüstertönen, die Noten dieses dümmlichen Lieds mit dem hüpfenden Rhythmus wie ein Kinderreim heran.

Unter den vielen Freunden habe ich einen,
ich sag's euch, wen,
Ludovico ist es ...

Telegramme an ihn waren nicht mehr eingetroffen. Vielleicht war die zweite Aufforderung, innerhalb von drei Tagen abzureisen, echt gewesen oder doch nur eine Falle von Mazzarino, vielleicht hatten sie ihm nicht verziehen, daß er auf so unangemessene Weise seine Pflicht getan hatte, oder vielleicht hatten sie ihn einfach vergessen – jedenfalls war aus Rom und vom Festland nichts mehr für ihn angekommen.

Wenn er dann an Hana dachte, wie sie im Halbschatten des Zimmers saß, immer blasser wurde und so mager war, daß der Morgenrock von ihren Schultern rutschte, wenn sie sich erhob, um die Tonnadel auf der Schallplatte zu versetzen; wenn er an ihre schmalen, farblosen Lippen dachte, die sich schnell und stumm bewegten, an das fahle Grün ihrer Augen, das kein Reflex mehr zwischen den Lidern, sondern ein Schleier war; wenn ihm ihre längst unsichtbaren Sommersprossen und die feine Falte im Mundwinkel, die verschwunden war, in den Sinn kamen – ballte er von Zeit zu Zeit die Fäuste in den Taschen und marschierte entschlossen auf den dichten Nebel des Molo Vecchio zu.

Manchmal schaffte er es sogar, nicht kehrtzumachen, sondern einzutreten und dem neuen Postmeister ein weiteres formelles Gesuch um Versetzung, eine weitere vertrauliche Bitte um Empfehlung, eine weitere dringliche Bittschrift zu diktieren, so unnütz wie alle vorigen.

Wenn er dann wieder im Freien und allein im Nebel war, in dieser schneeweißen Leere schwebte, eingeschlossen vom Wind, der *Ludovico* pfiff, wurde seine Wut so rasend und so verzweifelt, daß er die Annahmebestätigung des Telegramms zerriß und in die Luft warf.

Dann mußte er tief Luft holen, die Zähne zusammenbeißen und heftig die Hände auf seine Augen pressen, damit er nicht in Tränen ausbrach.

Manchmal gelang es ihm, manchmal auch nicht.

Nachbemerkung

In diesem Roman habe ich mir einige dichterische Freiheiten erlaubt. Beispielsweise ist es historische Wahrheit, daß die Massenverbannung für Antifaschisten, wie wir sie uns vorstellen, erst später Wirklichkeit wird, wie es ebenfalls wahr ist, daß das Lied Ludovico *im Jahr 1931 komponiert wurde, also Jahre nach der Zeit, in der unsere Geschichte spielt, nämlich 1925.*

Doch ich hoffe, dies sind verzeihliche Sünden. Denn theoretisch hätte eine Strafkolonie wie die Cayenne, die auf Maßnahmen des Zwangsaufenthalts, wie er seit Ende des 19. Jahrhunderts eingeführt war, und die Infiltration des Faschismus in die Staatsinstitutionen, die bereits 1923 eingesetzt hatte, zumindest vom Konzept her existieren können.

Im übrigen ist die Insel, auf der dieser Roman spielt, keine Insel wie alle anderen, sie besitzt eine ganz eigene Realität – etwas magisch und etwas teuflisch –, und es gibt so viele merkwürdige Abweichungen von der Realität auf ihr, daß sie mir ruhig auch einige überlassen kann.

PIPER

Andrea Camilleri
Eine Sache der Ehre

Roman. Aus dem Italienischen von Monika Lustig.
191 Seiten. Gebunden

Der 20jährige Andrea Camilleri ist auf dem Weg nach Palermo, als er von drei finster aussehenden, mit Schrotflinten bewaffneten Männern angehalten wird. »Was wollt ihr heute?« fragt Camilleris Begleiter, Don Vicinzino. »Zwei Steigen Meerbarben, zwei von den Seezungen und zwei von den Zwergkraken«, erwiderte einer der drei. Als man die beiden wieder ziehen läßt und Vicinzino Camilleris entsetztes Gesicht sieht, lacht er: »Ich gebe ihnen den Fisch, und sie garantieren mir eine sichere Reise.« Eine Abmachung unter Ehrenmännern, sozusagen. In Camilleris Buch über Sizilianer und deren etwas unorthodoxe Methoden wimmelt es von solchen Tauschgeschäften: Richter und Räuber, Politiker und Mafiosi, Sünder und Priester – in Sizilien findet jeder irgendwie irgendwann zu einem Kompromiß. Selbst mit Gott läßt sich verhandeln … Mit dem unwiderstehlichen Sprachwitz, der ihn in ganz Europa so berühmt gemacht hat, präsentiert der große sizilianische Autor dem Leser ein Feuerwerk an bunten Gestalten und deftigen Situationen.

01/1017/01/R

PIPER

John Colapinto
Ein unbeschriebenes Blatt

Roman. Aus dem Amerikanischen von Sonja Hauser.
287 Seiten. Gebunden

Wie er sich fühlte, als die Polizei ihm mitteilte, daß Stewart Church tot war? Schwer zu sagen. Überrascht, erleichtert. Aber durfte er erleichtert sein? Ein netter Langweiler ist Stewart für ihn gewesen, mehr nicht. Nächtelang hatte Cal nichts anderes von seinem Mitbewohner gehört als nur die Schreibmaschine. Klack, klack, klack. Cal war sicher gewesen, daß Stewart an irgendwelchen juristischen Texten arbeitete. Dabei hatte er das fertiggebracht, was Cal seit über zehn Jahren vergebens versuchte, er hatte sich hingesetzt und einen phantastischen Roman geschrieben. Jetzt aber gab es Stewart nicht mehr.
Sein Manuskript an sich zu nehmen, war einfach. Sich in die schlanke, dunkelhaarige Janet, Stewarts Freundin, zu verlieben, war bloßer Zufall. Nun möchte Cal Cunningham beides nicht mehr missen, doch niemand stiehlt ungestraft das Leben eines anderen: Auf dem Höhepunkt von Cals Erfolg erscheint eine alte Bekannte, die genau zu wissen scheint, von wem das brillante Manuskript wirklich stammt.

01/1021/01/R

Karin Fossum

Dunkler Schlaf

Roman. Aus dem Norwegischen von Gabriele Haefs.
263 Seiten. Gebunden

Sie hat den Wunsch, ihn zu zerstören, kommen sehen. Noch immer erinnert sie sich genau an das Gefühl, den süßen Druck, als flösse Öl durch ihren Körper. Sie weiß, daß es böse war, aber nun kann sie nichts mehr ändern. – Irma Funder lebt in ihrer eigenen Welt, seit langem. Jetzt aber hat sie gegen die Regeln verstoßen und wird früher oder später dafür büßen müssen. Doch für den Augenblick ist sie sicher, niemand ahnt von ihrem Verbrechen. Auch Kommissar Konrad Sejer nicht, denn den einzigen, verwirrenden Hinweis in diesem Fall haben er und sein Assistent Skarre übersehen. Jetzt tappen die beiden im dunkeln, verzweifelt bemüht, das Schweigen des einzigen Zeugen zu brechen …
In Karin Fossums ebenso packendem wie beklemmendem Fall bringt erst ein Hinweis aus der eigenen Familie Konrad Sejer auf die richtige Spur. Doch tragische Umstände, Einsamkeit und allgegenwärtige Schuld machen es beinahe unmöglich, zwischen Mörder und Opfer zu unterscheiden.

01/1040/01/R